썰물로 밀물로

# 썰물로 밀물로

장 병 선 수 필 집

**한국문화사**

## 썰물로 밀물로

발 행 일   2013년 10월 25일 초판 인쇄
          2013년 10월 30일 초판 발행

지 은 이   장 병 선
펴 낸 이   김 진 수
펴 낸 곳   **한국문화사**
등    록   1991년 11월 9일 제2-1276호
주    소   서울특별시 성동구 아차산로 3(성수동 1가) 502호
전    화   (02)464-7708 / 3409-4488
전    송   (02)499-0846
이 메 일   hkm7708@hanmail.net
홈페이지   www.hankookmunhwasa.co.kr

책값은 뒤표지에 있습니다.

ISBN 978-89-6716-073-7  03810

이 도서의 국립중앙도서관 출판시도서목록(CIP)은 서지정보유통지원시스템
홈페이지(http://seoji.nl.go.kr)와 국가자료공동목록시스템(http://www.
nl.go.kr/kolisnet)에서 이용하실 수 있습니다.(CIP제어번호: CIP2013021904)

제4집을 낸 지 2년이 됩니다.

그동안 틈틈이 쓴 글 65편을 여기에 묶습니다. 7부部로 나눈 것은 별다른 의미가 있어서가 아니라 글을 쓴 순서대로 구분한 것입니다.

책 낼 때마다 지난번 글보다 더 나아진 게 있는지 되돌아봅니다. 이번에 실은 글을 다시 읽어 보니 문장의 몸집이 좀 줄어들었다고나 할까요? 물론 글제[文題]와 소재는 다르지만, 그 내용이 닿아야 할 알맹이의 결에 이르렀을까 하는 의구심을 떨칠 수 없습니다.

스스로 느낍니다. 상상의 한계, 미흡한 서술, 그리고 조급한 퇴고라는 것을. 한 편의 글을 써도 오래오래 되새김질하여 완성도를 높여야 하는 것을 뻔히 알면서도 성급한 마음에 늘 실천하지 못합니다.

언젠가 흐뭇하게 책 엮을 그날을 기대하면서 오늘도 들뜬 마음을 다잡습니다.

2013년 가을
여의도 우거에서

## 1부 난을 분갈이하면서

## 2부 오빠, 꽃구경 오십시오

# 3부 묵은 갈대

# 4부 나이나 적은가

## 5부 사랑은 어디에서든 피어난다

## 6부 꽃노을 앞에서

## 7부 썰물로 밀물로

# 1부
## 난을 분갈이하면서

# 해돋이 사진

벽에 걸린 산수화 그림 한 장에 마음을 가다듬게 되고, 격언格言 한 줄에 일상의 삶을 뉘우치게 된다더니 사진도 마찬가지다.

해돋이 사진, 겨울 문턱 이른 아침에 때때로 보아오던 해돋이 광경을 사진에 담고자 마음먹은 지 몇 주가 됐다. 그러던 어느날, 일찍 잠이 깨어 밖을 내다보니 둥그런 해가 막 떠오르는 찰라였다. '저 장면이다.' 그러나 미처 카메라를 준비해두지 않아 촬영의 기회를 놓쳤다.

그 장면의 사진 구도構圖는 이러하다. 여의도 63시티 옆 고층 아파트에서 한강대교 쪽을 바라보고 있노라면, 올림픽 대로에는 강남·김포, 양방향 차가 꼬리를 물고, 언뜻언뜻 켜지는 브레이크 등 불빛이 꽃처럼 보인다. 한강에 뜬 철교엔 전철이 힘차게 달린다. 저만치 강 끝자락 어슴푸레한 산 위로 해가 뜨면서 강물을 물들인다. 햇살과 강물이 몸을 섞는다. 희부연 한강물이 멈춘 듯 고요히 흐른다.

그 광경을 찍으려고 일찍 일어난다. 새벽 5시가 되면 모닝콜이 울린다. 그럴 때면 벌떡 일어나 촬영 준비를 한다. 카메라를 꺼내 렌즈를 닦고, 창문 커튼을 걷어 올린 다음, 촬영 대상물의 구도를 잡아가며 해 뜨기를 기다린다.

그런 촬영 시도를 네 번이나 했다. 처음 이틀간은 먼 산 위에 구름이 짙게 깔려 아예 촬영하지 못했다. 그다음 이틀간은 구름 한 점 없는 맑은 날로 사진을 몇 장 찍었다. 그러나 서툰 솜씨라 사진이 흔들려 초점이 맞지 않았거나, 해가 솟는 그 시간에 바로 셔터를 누르지 못해, 안타깝게도 마음에 드는 사진을 찍지 못했다. 그러다가 오늘 아침에야 비로소 모든 조건이 맞아 사진을 여러 장 찍었다. 그 중 한 장면이 이 사진이다.

애써 찍은 사진이라 애착이 간다. 8절 크기로 인화해서 액자에 넣어, 서재 책상 위에 놓았다. 언제든지 책상에 앉게 되면 이 사진을 바라보면서, 해 돋는 이른 아침을 떠올린다. 아침은 하루의 시작이다. 출발이다. 때 묻지 않고, 젊고 싱싱하다. 한강 물처럼 조용히 흐른다. 그런 아침을 하루에도 여러 번 맞는다.

아침엔 누구나 하루의 설계를 한다. 잠자리에서 일어날 때면 오늘 할 일을 생각한다. 그런 아침을 하루에 여러 번 맞아, 제 생활을 가다 듬을수록 하는 일이 촘촘히 짜인다. 세상사에 서툰 내게 이 사진이 안성맞춤인 셈이다.

문득 독일 쾰른대 심리학 교수이며, <찰칵, 사진의 심리학> 저자인 마르틴 슈스터Martin Schuster의 말이 떠오른다. "사진은 생각을 바꾸게 한다는 점에서 위력을 발휘한다. 한 예로 위성에서 찍은 최초의 지구 사진이 세계 환경 운동에 촉매제 역할을 했다. 멀리서 바라본 둥근 지구 사진은 우리 모두가 마치 한 배에 탄 사람처럼 함께 살고 있다는 사실을 시각적으로 분명히 보여줬다."

지구 사진만이 아니다. 결혼사진도 그렇다. 삶이 어렵고 고단할 때, 두 사람이 하나 되길 서약하던 그날의 사진을 들여다보면, 지치고 들 뜬 마음이 가라앉는다. '잘 살아가야지.'란 다짐도 하게 된다.

한 장의 사진이 제 삶을 뉘우치게 하고, 불안한 마음에 평화가 깃들 게 한다. 의욕을 불러일으킨다. 때론 아픔의 상처까지 치유한다. 늘 하는 일이 엉성하고 빈틈 많은 내 일상을 되돌아보게 한다.

그래설까, 책상에 앉을 때마다 예의 그 사진에 시선이 간다. 하루에도 여러 번 새 아침을 맞는다. 그때마다 내 삶을 생각하게 하는 '해돋이 사진'이다.

# 팽이는 돌아야 아름답다

눈 오는 날, 집에 앉아 있으려니 답답해서, 바닷바람이라도 쐬려고 소래 포구로 가는 길이다.

목감牧甘 사거리를 지나 물왕저수지에 닿으니, 얼음판에서 십여 명의 아이가 팽이놀이를 한다. 내 어린 시절, 팽이 치던 생각이 떠올라 빙빙 도는 팽이를 내려다본다. 이동식 카페에서 들려오는 '팽이치기' 동요를 들으면서.

채를 감아 던지면 꼿꼿하게 서서
뱅글뱅글 뱅글뱅글 잘도 도는 팽이

팽이하고 나하고 한나절을 놀고
팽이 따라 뱅글뱅글 나도 돌며 놀고.

'오래 돌리기' 놀이하던 두 팽이가 부딪쳤다. 그중 한 팽이가 비틀거리더니 얼음판에 멈춘다. 다가가 보니, 끈으로 돌린 원뿔 모양의 나무 팽이가 힘이 약해 쓰러졌다. 정지된 얼굴엔 주름(금)이 나고 얼룩덜룩 상처 난 피부에 때가 두껍게 끼었다. 먼지와 손때 묻고, 채에 맞아 상처 나고, 얼음과 돌에 부딪쳐 긁히고, 그리고 흙바닥과 얼음판을 돌고 돈 고난의 흔적일 것이다.

그런 팽이도 빙빙 돌 때는 얼굴이 곱게 보였다. 주름도 연결된 하나의 고운 선으로, 군데군데 벗겨진 태극무늬도 하나의 디자인으로, 고르지 못한 얼굴도 말끔해 보였다. 때가 끼어 거무스름한 피부도 일광욕한 건강 색으로 비쳤다. '도는 게' 아름다웠다.

하지만 돌다가 정지한 팽이는 흠이 많다. 상처투성이다. 인생도 그렇지 싶다. 한창 잘 나갈 때, 이를테면 쌩쌩 달릴 때는 흠이 잘 보이지 않는다. 단점도 달리는 속도에 가리는지 장점만 드러난다. 아름다운 면만 두드러진다. 사랑으로 줄달음할 때 상대의 좋고 고운 면만 보이듯이.

그렇지만 주행선에서 정지하거나 물러서면 스스로 움츠러진다. 나사 풀린 문짝처럼 삐거덕거리는 소리가 난다. 외출하지 않으니 샤워하는 횟수도 줄어들고 몸차림에도 신경 쓰지 않는다. 추레한 모습이다. 그뿐만이 아니다. 행동거지도 느슨해진다. 그러니 집에서 잔소리를 듣는다. 요즘의 내 삶이 그렇다. 움직이게 된 몸인데 집에 앉아 있으니 겉늙기 마련이다.

집 안에서만이 아니다. 바깥세상에서도 대우가 후하지 않다. 팽이처럼 팽팽 돌 때는 손뼉 치며 응원해 주던 사람들도 현직에서 물러나니 나로부터 멀어져 간다. 지난날 잘한다고 칭찬해 주던 일도 점차 안개에 가려지거나 아니면, 흉이나 흠집으로 남는다. 멈춘 팽이처럼.

팽팽 도는 시간은 줄어드는데 멈춰 쉬는 기간은 길어져 간다. 100세 시대가 눈앞으로 다가온다. 인생의 전반기를 살고도 갈 길은 멀다. 헐거운 시간과 공간 속에서 그냥 소일할 게 아니다. 비록 전반기와 같은 바통은 아닐지라도 제2의 바통으로, 그도 어려우면 제3의 '봉사 바통'이라도 꼭 잡고 주행을 계속할 일이다. 멈춘 팽이와 같은 모습을 보이지 않으려면, 겉늙지 않으려면.

팽이는 돌아야 아름답다. 인생도 그럴 것이다.

# 막사발

　울긋불긋 화려한 '빛깔[컬러] 시대'라서 그럴까. 치장하지 않은 민얼굴이 그립다. 그래서인지 무명 치마 입은 조선의 여인처럼 검소하고 소박한 그릇, '막사발'에 마음이 끌린다. 요즘은 소박한 막사발이 '금金사발'보다 귀한 대접을 받는 부러운 그릇이다.

　스스로 낮추어 사는 막사발. 인간이 지어준 이름이긴 하지만, 검소한 서민의 그릇이기에 그에 걸맞은 '막*'이란 접두사를 앞세웠다. 제 모양에 신경 쓰지 않은 사발. 표면[얼굴]에 금이 간 듯, 옆이 터진 듯, 밑으로 유약釉藥이 흐르는 듯 그렇게 보인다. 속이 두둑한 내실을 갖췄기에 겉치레하지 않았을 것이다. 거짓이나 꾸밈없는 맨얼굴의 그 그릇에 정이 간다.

　순박한 얼굴, 반질반질 윤이 나는 매끈한 일반 사발과는 다르다. 고르지 않는 모양, 크기도 제각각, 생김새도 다 다른 사발이다. 제 이름이 말하듯, 도공들이 구태여 거친 면을 없애려고 하지 않았다. 꽃병처럼 눈으로 보는 도자기가 아닌, 실용적인 면을 염두에 두고 만든 사발이다.

백자에 속하지만 등속等屬의 다른 그릇처럼 우윳빛 광채를 내지 않는다. 청자처럼 매끈하게 만든 것도 아니다. 잘 만들려 하지도 않고, 곱게 다듬지도 않았다. 그저 되는대로, 손쉽게 만들었기에 들쑥날쑥하다. 그렇게 겉이 거친 사발이 오히려 편하고 실용적이다. 여러 가지 식품을 담을 수 있다.

장독에서 간장을 퍼도 되고, 시원한 열무김치를 담아 상 위에 올려놓아도 좋고, 구수한 된장국을 담아도 어울리는 수수한 백의민족의 그릇으로 탄생한 막사발이다. 그나마 조금 낮게 사용하는 경우라면 막걸리를 담으면 '술사발', 밥을 담으면 '밥사발', 떨떠름한 찻잎 몇 개를 달인 녹차를 담으면 '찻사발'이 된다. 그 어느 것을 담아도 그것의 '맛'을 더해 주는 '막사발', 어찌 본받고 싶지 않을까. 그 귀함을 일본인이 먼저 알았다.

일제강점기, 일본인들은 바다를 건너간 조선의 막사발을 다기茶器로 사용, '정호다완井戶茶碗*'이라 불렀다. 그곳에 있던 26점 모두 국보로 지정했다. 조용하고 차분한 '차茶 자리'를 추구한 일본 다도茶道의 대성자大成者인 센리큐千利休(1522~1591)가 조선 찻사발의 질박하고 담백한 아름다움을 높이 평가한 덕택일까. 아니면, 일본 다인茶人들로부터 '미美의 종료'로 추앙받았기 때문일까. '오사카성大阪城*과도 바꾸지 않겠다.'라는, 가격을 매길 수 없는 보물의 위치에 올려놓았다. 오동나무 상자 속에 금이나 은으로 함을 만들어 그 안에 조선의 막사발을 넣어 보관하고 있다. 우리 선대, 서민의 손으로 수수하게 만든 무심의 결정結晶이 이렇게 주목받고 있다.

언론인 이규태李圭泰(1933~2006)의 칼럼에서는 사계斯界 유명인들이 호평한 글을 실었다. 세계 도예미학陶藝美學의 태두인 영국 버너드 리치Bernard Leach는 "이 막사발처럼 없으면서 있는 것 같은, 색과 투박한 촉감을 낼 수 있는 그런 사람이 곁에 있다면, 얼마나 편하고 남을 행복하게 할까?"라는 말을 했다. 고故 최순우崔淳雨(1916~1984) 전 국립중앙박물관장은 "막사발에 쌀밥을 담아 먹어서는 안 된다."라고 했으며, 박물관에 들른 한 외국인 부인이 막사발에 꽂힌 꽃을 들어 보이며 "자기磁器에 대한 모독"이라고 했다는 것이다.

그처럼 막사발은 국내인만이 아닌, 외국인이 높이 평가하는 것은 그 그릇에 담긴 '내면적인 미美'일 것이다. 검소하고 소박하며. 꾸밈도 야심도 없다. 순박하고 지나쳐 보이지도 않는다. 눈부시게 희거나 화려하지 않은 회백灰白색 도자기로서의 단아함을 잃지 않은, 조선백자 특유의 '멋' 때문일 것이다.

'멋', 제 모양은 꾸미지 않으면서 담은 내용물을 돋보이게 하는, '맛'을 더해 주는 막사발. 속보다 겉치레에 신경 쓰는 나는 무엇을 담고 있으며, 담은 내용물을 얼마나 빛내주고 있을까. 막사발처럼 이것저것 가리지 않고 어떤 내용물이라도 받아들일 수 있는가?

아니다. 달면 받고 쓰면 뱉는다. 마음에 들지 않으면 피하고, 싫어하기 일쑤다. 겉모습과는 달리 속이 차다는 말을 듣는 것도 그래서일 것이다. 남의 말을, '맛'을 받아들이기보다 내 것을 앞세우는 자신이 아닌가. 머리에 든(담은) 경험과 지식도 막사발처럼 '맛나게, 구미 당기게' 하지 못하는 '묵사발'이 아닐는지. 속보다 겉치레 포장에 신경 쓰는 나는 '막사발'에서 배울 일이다. 제 색깔을 죽이고 스스로 낮추며, 담은 내용물을 더 '맛나게, 빛나게' 하는 그 숨은 비법을.

*막 : '마구'의 준말. '거친', '품질이 낮은'의 뜻
*정호다완井戶茶碗 : 일본에서 '이도자왕'이라 불린다. 조선에서 사발의 용도로 만든 자기磁器가 일본으로 전해져, 다기茶器로 사용되며 붙여진 이름이다. 일본인이 제일로 치는 '찻사발'로 그곳에 있는 26점 모두 국보로 지정하였다.
*오사카성大阪城 : 일본 오사카에 있는 성으로 도요도미 히데요시豊信秀吉 정권의 본성이었지만, 오사카 전투에서 소실되었다가 그 후 에도江戶 시대에 재건해, 에도막부江戶幕府의 서西 일본 지배의 거점으로 삼았다. 구마모도성, 나고야성과 더불어 일본 3대 명성 중 하나이다.

# 가을 나들이
### -전북 해안 길 따라

세상을 살다 보면 뜻밖에 얻는 것도 많지만 잃는 것 또한 그에 못지 않다. 오늘도 그런 현장을 찾아가는 길.

가을볕 고운 아침, 리무진 관광버스가 양재역을 떠난다. 차창 너머 들판엔 자글자글 내리쬐는 햇볕에 벼 이삭이 익어가고, 차 안의 코트라KOTRA동우회 회원 30명은 오랜만에 만난 기쁨과 그간 삶의 얘기로 화기애애하다. 웃음꽃이 핀다. 그럴 만한 분위기다.

일행 모두가 마음 터놓고 말할 수 있는 처지다. 자기 소유의 리무진 관광버스를 모는 기사(구자봉)도, 신우회信友會에서 준비한 시루떡·과일·과자와 따끈한 커피를 나눠주는 두 여성 회원(박영숙, 조순현)도, 그리고 나머지 27명 전원이 한 직장에서 같은 일을 하던 무역의 동우다.

지난날 '외국 시장개척'이란 임무를 띠고 이 나라 저 나라에 우리

상품을 수출하고자 구매자를 찾아다녔다. '인생의 봄', 그 청춘 시절을 낯선 지역을 돌며 어려운 여건 속에서도 '무역의 씨'를 뿌렸다. 그 싹들이 자라, 올해 1조 달러의 '무역 결실'을 눈앞에 두고 있다. 이제 '인생의 가을'에 접어든 그들 모두 지난날 걸은 그 사막의 발걸음이 우리나라가 '통상 대국'으로 발돋움하는 데 작은 힘이나마 보탬이 되었음을 뿌듯하게 느끼고 있을 것이다. 그래선지 너나없이 바깥 날씨만큼이나 얼굴이 밝다.

버스가 죽전을 지나자 회장(김두환)이 인사한다. "이렇듯 좋은 날, 좋은 분들을 모시고, 좋은 데를 가는 게 대단히 기쁩니다. 즐거운 모임, 참여하는 동우회로 다 같이 만들어 갔으면 합니다."

달리던 버스가 속도를 낮춘다. 차가 망향휴게소로 들어서자, 기다렸다는 듯이 사회자(심창섭 부회장)의 안내 말이 웃음을 자아낸다. "다른 관광버스는 군산 IC까지 가는 도중 한 번밖에 휴게소에 들르지 않지만, 우리는 망향휴게소에 이어 부여백제 휴게소에도 들를 것입니다." 나이 든 오비OB 회원들이 자주 화장실에 가야 하는 생리 현상을 배려한 것이다.

차에서 내리니 노래가 흐른다. "뿐이고 뿐이고 내 사랑은 당신뿐이다…"란 '하이 샵hi-shop 카세트테이프에서 꽝꽝거리는 트로트 노래를 들으며, 화장실을 다녀온 회원들이 차 앞에 모인다. 예의 버스 기사가 불쑥 말을 꺼낸다. "오늘 여러 동우를 만나니 코트라에 다시 들어온 것 같습니다. 차는 그냥 봉사를 할 것이니 자주 여행을 다닙시다."라고 제안한다. 회장이 좋은 의견이라며 화답한다. 동우회에 신우회, 산악회, 골프회, 기우회 등이 있듯이 '여행클럽'도 하나 있는 게 좋겠다는 김용집 운영자문위원에게 시선이 간다. 회장이 답한다. 당초 동우회에 야외 나들이 아이디어를 내었기에 적임자로 생각한다며, '여행클럽' 추진 위원장을 맡아 줄 것을 부탁하자, 모두가 찬성의 손뼉을 치며 환영한다. 일상의 우리네 현안들도 이처럼 빨리 결정될 수 있다면 얼마나 좋을까?

어느덧 차는 군산 IC를 빠져나와 새만금* 방조제防潮堤로 가는 금강로에 들어선다. 소금기 먹은 갈대꽃 저 너머로 푸른 바다가 보이더니 방조제 위에 우뚝 선, 새만금 33센터(방조제 길이 33km에서 비롯된 말) 건물 앞에 차가 멎는다. 우리 일행을 환영하듯 갈매기가 훨훨 날아드는 끝없는 바다를 바라보며 손희태 소장의 안내를 받는다. 환영 인사에 이어 새만금 간척 현황을 브리핑한다. 소장이 설명한 내용과 관련 자료를 참고하여 그동안의 추진 경과를 간추려 본다.

1991년 공사 착공 때만 해도 식량 자급이 국가적 과제였기에 국토를 넓혀 식량 수입을 줄이자는 목적을 내세웠다. 그러나 점차 쌀이 남아도는 상황이 되면서 농업 간척의 경제성은 설득력을 잃었다. 그래서 개발과 보존이란 두 가지 대명제를 두고 17년간 격렬한 논쟁에 휘말렸다. 환경 단체와 전북 주민의 법정 공방을 벌이기도 하였으나, 2006년 3월 대법원의 원고 패소 판결과 2007년 11월 국회에서 '새만금 사업 촉진을 위한 특별법'이 통과됐다. 단군 이래 가장 큰 간척 공사가 본격화되었다. 물을 빼내어 얻는 토지의 용도를 농지 위주에서 산업·관광 등 다목적 용도로 바꿨다.

2006년부터 15년간 대장정의 물막이 공사. 15톤 트럭 486만 대분의 흙을 쏟아 부었다. 산더미처럼 밀려오는 바닷물을 막고자 70만 개의 3톤짜리 '돌망태'로 메워진 방조제. 그 '돌망태' 공법이 뉴스화되었다. 육지가 바다보다 얕은 물의 나라, 네덜란드 관계인들이 그 공법을 배우러 오게 한, 우리의 지도를 바꾸는 대역사大役事였다. 20년 가까운 기간 정권이 바뀔 때마다 희망과 갈등이 엇갈렸던 새만금은 굴곡의 역사만큼이나 말도 많았다. 그러나 이제 국책사업으로 입지를 굳힌 새만금은 한국 '미래의 땅'으로 새롭게 태어나고 있다. 33센터 전망대에서 만경萬頃 강물과 바닷물이 합수하는 장면을 내려다보니 옛 개펄의 생각에 젖어 시조 한 수를 짓는다.

새만금 방조제에서

바다가 뭍이 됐네 개펄이 바다 됐네
세계에서 제일 긴 물막이 되었네
어디서
다시 볼 수 있을까
그 진흙탕 그 생명들

새롭게 생겨나는 게 있으면 또 잃는 것이 있기 마련이다. 세계에서 가장 긴 방조제로 알려진 네덜란드의 자위더르zuiderzee 방조제(32.5km)보다 500m나 더 긴 33km의 최장 방조제가 태어나고, 여의도

면적의 140배에 달하는 1억 2,000만 평의 간척지는 생겼지만, 새만금의 그 너른 뻘밭은 흔적도 없이 사라졌다. 썰물 때면 많은 사람이 우르르 모여들던 진흙탕 그 개펄, 뭇 새의 쉼터였던 해안가 모래사장은 바다 한가운데를 횡단하는, 새만금 관광도로에 자리를 내주었다. 아니 자연을, 바다를 인간이 빼앗은 것이다.

처가가 이곳이기에 김제에 들를 때마다 새만금 개펄을 찾아 밀물 썰물과 석양의 붉은 노을을 구경하였다. 때로는 광활한 뻘밭에 긴 장화 신고 들어가 주꾸미와 게를 잡고, 조개를 줍곤 하였다. 발이 푹푹 빠지는 진흙탕에 구멍을 파고 사는 게들이 비죽 밖으로 나와 집게발을 내디디던 그 모습, 제 몸통보다 두 배나 긴 여덟 개의 팔을 쭉 뻗으며 꿈틀거리던 그 주꾸미들은 지금 어디서 살고 있을까. 바지락·대합·갯지렁이 등을 캐서 생계를 유지하던 어민은 어디에서 어떻게 생활하고 있을까. 그때의 활기찬 모습들이 눈앞에 어른거린다.

추억이라서 그리운 걸까. 출렁이는 바닷물로 덮인 진흙탕 개펄이 아쉬운 건 마치 수몰된 고향을 그리워함이다. 머물러 즐기던 땅이 흔적 없이 사라진 서운함은 나만이 느끼는 상실감일까.

높은 파도에 실려 오던 물결이 긴 개펄을 구르면서 서서히 제 몸집을 낮추고, 속도를 줄이며 내 앞으로 다가오던 그 하얀 물살이 또 그리운 건 어인 일일까. 수많은 사람과 철새가 모여들던 모래사장도 이제 보이지 않는다. 고속도로같이 뻥 뚫린 콘크리트 도로에 차들만 달린다. 자연이나 바다를 있는 그대로 두고 살아갈 수 없는 우리의 삶일까?

바다 가운데 4차선 도로로 포장된 방조제는 부안 가는 길이다. 그 길 따라 해변 휴양지인 격포항을 돈다. 저만치 군산식당이 보인다. 예약한 해물탕 전문식당. 이 집 자랑이란 백합정식을 주문하자, 포도주를 수입 판매하는 김경식 사장이 가져온 세 병의 술을 내어놓는다. 그 포도주를 컵에 따라 건배하고, 상 가득 차려준 음식을 먹는다. 전라도 음식이 푸짐하듯이 이 집도 예외가 아니다.

백합탕, 백합구이, 백합죽, 게장, 미나리무침, 갑오징어무침 등 10여 종의 요리가 펼쳐졌다. 은박지에 싸서 구운 백합의 담백한 맛, 백합을 우려낸 탕의 시원한 맛, 거기에다 양파·당근·오이를 썰어 넣고 무친 갑오징어가 일미다. 큰 감자만한 백합을 7~8개씩 까먹고, 그 껍질 속에 든 상큼한 국물까지 후루룩 마신다. 그렇게 배불리 먹은 대부분의 회원은 맛있는 백합죽을 남긴다. 자리에서 일어나 마시는 종이컵 커피가 어찌 그리 맛이 있던지.

커피 잔을 들고 식당을 나서니 앞이 확 트인 바다가 시야에 들어온다. 저 멀리 위도蝟島가 아스라이 보인다. 오른쪽엔 닭이봉이 우뚝 서 있고, 그 아래 1.5km의 해식절벽海蝕絶壁과 해변이 채석강彩石江이다. 오랜 세월 바닷물에 침식되어 퇴적한 절벽이 마치 수만 권의 책을 쌓아놓은 모습이다. 그 채석강을 바라보며 전망대를 향해 걷는데 갈매기들이 우리를 인도하듯 등대로 뻗은 둑길을 선회한다. 채석강을 배경으로 기념사진을 찍고, 이번 여행의 마지막 코스인 내소사來蘇寺로 향한다.

요트 경기장을 지나 산자락을 따라 변산 해변도로로 달린다. 차창에 스치는 경치가 여느 유럽 해변의 별장지別莊地 같다. 색깔 고운 집들이 바닷가에 들어서 있고, 좌측엔 나지막한 산, 우측은 푸른 바다, 절경이다. 지평선 바닷물에 내리쬐는 햇볕이 마치 물고기들이 팔딱거리는 비늘처럼 보인다. 산자락 여기저기에 들어선 뽕나무 잎사귀 사이로 비친 햇살이 유난히 빛난다. 집집마다 감나무에 홍시가 주렁주렁 달렸다. 20여 분 달린 차는 내소사 주차장에 멎는다.

변산 남단에 위치한, 능가산(424m)이 에두른 내소사는 진입로에서 마음을 가다듬게 한다. 일주문에서 천왕문에 이르는 600m의 길 양쪽에 하늘 높이 솟은 전나무 숲길의 목향木香이 속세의 때를 씻어낸다. 또한, 석양이 붉어질 무렵 내소사에서 은은히 울려 퍼지는 타종 소리는 듣는 이로 하여금 잠시나마 세속의 번뇌를 잊게 하는 길이다. 변산 팔경 중 하나인 '소사모종蘇寺暮鐘'이라 이른다.

우리나라의 아름다운 길 100선選 중 하나이며, 영화 '대장금'의 촬영 장소이기도 하다. 그 길 따라 10여 분 걸어 절에 들어서니 지금까지 본 절과는 다르다. 대웅전과 벽안당碧眼堂을 비롯한 건물에 단청이 보이지 않는다. 못 하나 박지 않고 나무에 칠하지 않은 나무 그대로의 색깔이다.

백제 무왕 34년(633)에 승려 혜구惠丘가 세운 절. 특히 대웅전은 조선 인조 2년(1633)에 청영대사淸暎大師가 지은 건물로 건축 양식이 정교하며, 앞문의 꽃무늬 문살은 나뭇결을 그대로 살려 꽃잎이 살아 움직이는 것 같다. 조선 중기 사찰 건축의 대표적 작품으로 꼽힌다. 사람 수명보다 긴 세월을 버티며 시간이 지날수록 품격이 우러나는, 겹치레하지 않은 자연(나뭇결)의 아름다움 그대로다. 새만금도 그랬으면, 자연은 건드리지 않을수록 좋아진다는 것을.

절을 한 바퀴 돌고 대웅전 앞뜰에 서니 나무 그늘이 길게 뻗었다. 서산에 걸친 해가 발길을 재촉한다. 주차장으로 내려오는 길, 음식점에 파전이 지글거리고 나무 테이블에 놓인 '죽포 막걸리'가 구미를 당기지만 거기에 들어가 앉을 시간이 없단다. 잰걸음으로 주차장 버스에 오른다. 변산 팔경 중 가장 잘 알려진 황혼의 진경, '서해낙조西海落照'를 보지 못하니 모두가 아쉬워한다. 그 서운한 마음을 달래주듯 사회자의 선창으로 홍난파의 '봉선화'를 비롯한 남인수의 '애수의 소야곡' 등 우리의 옛 가곡을 합창한다. 그 합창을 끝으로 오늘의 공식 일정을 마치고, 달리는 차 안에서 각자 휴식에 들어간다.

차창 밖 너른 황금 들판을 내다보며 나들이한 해안 길을 뒤돌아본다. 오랜만에 만난 동우들과 여러 군데를 둘러봤다. 군산항·격포항·채석장·변산 해변·내소사. 거기는 다시 와서 볼 수 있는 아름다운 곳이다. 하지만, 아직도 기억이 생생한 새만금의 개펄은 다시 볼 수 없는 바닷물에 잠겼다. 간척지를 얻고 뻘밭은 잃었다. 얻고 잃은 것에 대한 득실을 가리는 건 역사의 몫이다. 잘, 잘못도 후손들이 평할 것이다.

그러나 다시 복원할 수 없는 개펄에 대한 미련은 떨칠 수 없다. '자연보호' 하면 으레 떠오르는 명언. '자연은 있는 그대로 두는 게 가장 잘 보호하는 것'이란, 그 말이 뇌리에서 지워지지 않는다. 내일은 또 무엇을 얻고 어떤 것을 잃게 될는지.


*새만금: 이 용어는 1987년 11월 2일 전두환 집권 시절에 등장했다. '새만금'의
명칭은 예로부터 김제·만경 평야를 우리나라 제일의 '금만평야金萬平野'로 일컬
었다. '금만'이란 말을 만경·김제의 준말인 '만금'으로 바꾸고, 새롭다는 뜻의
'새'를 덧붙여 만든 신조어이다. 그때까지 서해안 간척사업이라 불리던 것을 '새
만금 간척사업'이라고 하였다. 새만금의 위치는 전북 군산시, 김제시, 부안군에
속하는 서해 지역이다. 바닷물이 육지로 몰려오는 것을 막는 김제·만경 방조제
를 더 크게, 더 새롭게 확장하는 간척사업이다. 또한 일제강점기, 새만금을 통째
로 담아낸 문학이 조정래의 대하소설 『아리랑』이다.

# 호시노야에서

눈이 내린다. 싸락눈이 차창에 부딪친다. 손녀들이 "화이트 크리스마스"라며 열차가 빨리 출발하기를 바란다.

기다리던 그 신칸센新幹線이 움직이자, 이곳 도쿄에서 직장 생활하는 딸애가 이왕이면 서로 마주보고 앉는 게 좋겠다며 좌석을 돌린다. 한 열列에 네 명씩 여덟 명의 일행이 자리에 앉는다. "기차 여행엔 에키벤토驛弁솔"라며 역에서 산 도시락을 펼친다. 꼬들꼬들한 밥, 새우·버섯튀김, 어묵, 연근 조림 등, 네댓 가지 반찬이 든 도시락을 나눠 먹는다. 오랜만에 한 밥상에 앉은 가족 분위기다.

일 년 만에 만난 이산가족. 젊은 시절 외국 근무지 따라 나의 동반 가족으로 여러 나라를 전전했기에 애들이 최종학교를 마친 나라에서 취업해 산다. 큰애 가족은 미국 산호세에서, 두 딸은 도쿄에서. 퇴직한 나와, 아내는 서울에서. 그런 연유로 해마다 애들이 초청하여 만나는 송년회. 올해는 딸들이 주선하여 여행을 떠나는 길.

반찬을 서로 밥에 얹어주며 그동안 겪었던 일과 다가오는 새해의 설계 등을 얘기하는데 세 손녀의 시선이 차창 밖으로 간다. 후지산富士山(3,776m)이 보인다. 흰 구름떼 위에 우뚝 솟는 정상 설경이 햇볕에 반짝인다. 일본의 상징인 후지산 얘기를 해주니, 손녀들이 이구동성으로 말한다. "할아버지 할머니, 다음엔 저 산에 가면 좋겠습니다." "그래, 너희가 좋다면 그렇게 해야지."라며 새로 나온 흑黑우롱차를 마시는데, 도착 역 안내 방송이 나온다. 어느새 1시간 20분이 지나 다음이 가루이자와역輕井澤驛이라고 한다.

주섬주섬 휴대품을 챙겨 역에 내리니, 많은 사람이 스키 타는 설산雪山이 보인다. 마중 나온 안내원은 "1998년 나가노長野 동계올림픽 때, 처음 올림픽 종목으로 채택된 컬링Curling* 경기가 열리던 곳입니다."라고 소개한다. 대기 중인 셔틀버스에 오르니 그 안내원이 1인 2역, 운전하면서 관광 안내를 한다.

"가루이자와는 나가노 현縣에 속한, 인구 1만 8천여 명의 도시로 피서와 별장지로 유명합니다. 연간 780만 명의 관광객이 찾는 국제 친선 문화 관광지로 지정되었습니다. 북쪽으로 높이 솟은 아사마야마淺間山 활화산 자락, 해발 천여 미터의 고원高原지대입니다. 여기에서 4.5km 들어가면 목적지 호시노야*가 있으며, 가는 길가에 숲과 나무가 많습니다."

창밖으로 시선을 돌리니 울창한 나무숲, 하늘이 보이지 않는 전나무 사이의 좁은 길이다. 100년이나 된 호시노야 온천을 비롯한 여러 호텔이 있고, 일본 천왕이 피서 온다는 별장지대인데, 겨우 차 한 대비켜갈 수 있는 좁디좁은 길이다. 우리나라 별장 생각이 난다. 지난여름 친구 따라 찾았던 별장, 산을 깎아 만든 넓은 도로, 드문드문 심은 조경수. "찻길이 넓고 조경이 잘돼 있어야 앞으로 지가地價가 올라갑니다."라던, 그 분양업체 사장의 말이 새삼 떠오른다. 자연을 있는 그대로 보존하려는 이곳 별장과 대비된다. 물론 우리의 모든 별장이 다 그런 건 아니지만.

20여 분 달린 셔틀버스가 숲속에 자리잡은, 나무로 지은 집 앞에 멈춰 선다. "여기가 호시노야입니다." 프런트에 들어서니 검정 가운 입은 안내원이 줄을 서서 "이랏사이 마세(어서 오십시오)"라며 공손히 허리를 굽힌다. 체크인 절차를 마치자 2층으로 안내한다. 로비 겸 휴게실이 꽤 넓다. 전면이 확 트인 정원이 펼쳐지고, 온천물이 나무와 나무 사이를 돌며 흐른다. 푹신한 소파 곁엔 아이들 만화책을 비롯한 최근 인기도서가 서가에 가득하다. 출입구 한쪽엔 커피를 비롯한 각가지 음료를 자유롭게 마시도록 준비돼 있다.

커피를 타 마시며 잠깐 휴식을 취한 후, 각자 읽을 책을 뽑아 숲속에 흩어져 있는 별장으로 들어간다. 아내와 나, 큰애 가족, 그리고 딸들이 각각 별채의 방으로 안내받는다. 마치 신혼여행 온 기분으로 여장을 풀고, 검정 가운으로 옷을 갈아입는다. 일본 요정에서나 볼 수 있는 테이블 밑으로 움푹 파인 나무 탁자에 앉으니, 어느 고급 요정에 온 기분이다. 창밖 계곡엔 물이 흐르고, 산자락엔 나목裸木과 음목陰木이 조화롭게 들어서 있다.

바깥세상과 차단된 듯한 고요한 곳, 그래서 1987년 대한항공 폭파

범 김현희(48)를 이 산 별장에 머물게 하였을까? 지난 7월 20일 국빈 대우로 일본에 왔을 때 이 지역 하토야마 유키오鳩山由紀 전 수상 별장에 투숙시켜, 북한이 납치한 일본인의 소식을 들었다.

그처럼 외진 곳, 듣던 대로 자연 친화적인 별장이다. 바깥 풍경만이 아니다. 방안 비품들도 그렇다. 바닥을 두꺼운 나무판자로 깐 방, 그 넓은 공간에 흔한 티브이 한 대가 없다. 욕탕도 나무로, 메모지 옆에 놓인 볼펜도 플라스틱이 아닌 재생지로 만들었다. 또한, 내가 입은 가운과 종업원 유니폼도 공장에서 만든 게 아니고, 한 땀 한 땀 손으로 기워서 만든 십인십종十人十種의 면綿 옷이란다. 그리고 실내용품도 잘 정돈됐다. 거실 테이블에 놓인 차 세트·필기구, 세면대에 걸린 타월 등이 반듯하여, 이 별장 경영의 단면을 엿볼 수 있다.

휴대전화도 터지지 않는 조용한 방에 앉아 있으니 뜨끈한 온천 생각이 난다. 실내 탕보다는 넓은 노천탕에 들어가고 싶어, 이 별장에서 가장 큰 '돔보유' 노천탕에 들어선다. 냉·온탕, 사우나 등의 시설이 있지만, 대부분 사람이 눈 덮인 산을 내다보며 노천탕에 모여 있다. 덩달아 나도 거기에서 온천욕을 즐기고, 가와가미안川上庵 식당에서 나가노 명산 '신슈소바(메밀국수)'를 먹는다. 고원지대 메밀로 만들어서 그런지 면발이 졸깃졸깃한 감칠맛도 좋지만, 코를 톡 쏘는 생生 와사비(고추냉이) 향이 정신을 깨우쳐 주는 듯하다.

차를 마시며 해마다 하던 말을 또 되풀이한다. 애들에게 채근하는 말. "현실에 만족하지 말고, 퇴직 후 할 일을 사전에 설계하여, 지금부터 공부해 가야 한다." 그 말을 들은 막내가 "벌써 작년부터 매주 토요

일 도자기 만드는 실습을 하고 있습니다. 올해는 전시회에 작품도 출품할 계획입니다."라며 자랑삼아 말한다. 자리를 내어줘야 할 시간인 듯하여 밖으로 나온다.

캄캄한 밤이다. 월명기月明期(음력 13~18일)가 아니라서 그런지 달도 뜨지 않는 밤, 가로등마저 보이지 않는다. 시즌인데 크리스마스 장식도 없다. 너나없이 손전등을 비추며 길을 걷는다. 아내가 건네주는 손전등을 켜고, 길을 걷는 나는 의아했다. 어두운 밤인데 가로등을 켜지 않는다니! 안내원은 숲과 산에 사는 동식물을 배려한 것이라고 설명한다. 벌레들의 밤잠까지 걱정하는 별장. 농원에서 조경수를 키우는 나는, 그곳 동식물에 얼마나 배려하고 있을까를 되돌아보게 한다. 사람도 그렇지만 동물도 태어난 곳이 중요함을 새삼 깨닫는다.

손전등을 들고 앞서 가던 손녀들이 멈춘다. "할아버지, 저 하늘을 보세요!"라며 별들을 가리킨다. 반짝이며 유난히 푸르다. 애들이 "북두칠성이 어디 있어요."라며 두리번거린다. 그런 애들을 바라보고 있으니, 어릴 적 생각이 난다. 마을 친구들과 느티나무 아래 모여 앉아 별을 세던 그때의 하늘도, 저렇게 초롱초롱하였다. 오랜만에 고향 하늘을 이국땅에서 쳐다보는 느낌이다.

방으로 돌아와 누웠으나 잠이 쉬 오지 않는다. 그 파란 하늘, 푸른 산천, 넓은 들판을 바라보며 살던 어린 시절이 떠올라, 순수했던 그때가 그립다. 시야에 펼쳐지는 고향의 이모저모를 둘러보느라고 잠을 설쳤다. 하지만, 평소의 습관 때문인지 시간이 나를 깨운다. 여느 날처럼 눈을 비비며 일어나, 산책을 나선다. 문을 열자 바깥이 하얗다. 간

밤에 내린 눈으로 나무에 눈꽃이 피었다.

눈 쌓인 정원, 그 가운데에 일직선으로 눈이 녹았다. 폭 30센티 정도의 똑바른 길엔 눈이 없다. 신기하여 정원사에게 묻는다. "예, 숙박객을 고려한 것입니다. 걸어 다니기 편하게 하고, 새들의 발자국과 나뭇가지에 핀 설화雪花 등, 정원의 설경을 방문객이 즐길 수 있도록, 통행로에 눈 녹는 시설을 하였습니다. 길 밑에 동관銅管을 묻어, 그 관으로 뜨거운 온천수가 흐르고 있습니다."

숙박객을 배려한 그 마음가짐이 가슴을 따뜻하게 한다. 이 별장에서는 정원이나 주위의 눈을 쓸지 않고 스스로 녹도록 하는 — 자연 그대로 둔단다. 그게 자연을 아끼는 '호시노야의 문화 상품'이기도 하다. 그런 마음의 여유가 부럽다. 그저 급하게 눈이 쌓이면 쓸어버리고, 거슬리는 가지가 있으면 꺾어버리는 내 거친 손, 내 위주로 판단하여 행동하는 자의적인 삶을 뉘우친다.

별난 별장이다. '호시노야 리조트의 교과서'란 책을 읽어 본다. 경영자와 종업원이 남다르다. 그들의 열정으로 이룬, '자연 보존', '고객 사랑'이 있었기에, 기업마다 경제 불황으로 구조 조정하는 요즘에, '호시노야'는 그의 시설을 늘려간다고 한다. 교토京都에 이어 후지산, 오키나와에도 제2 제3의 체인 리조트를 추진하고 있다. 4대째 이어온 호시노 요시하루星野佳路 사장이 말하듯, '고객 서비스 우선'이란, 97년 간 대대로 쌓아온 '자연 사랑' 노하우가 이제 꽃을 피운다.

무슨 일이든 서두르는 조급증, 그게 나의 병이다. 순리대로 천천히 해도 될 일을 지레 걱정한다. 때가 되면 애들이 알아서 할 일을 미리

채근하는 것도 그렇고, 글쓰기 또한 그렇다. 원고를 독촉하는 이도 없는데 서둘러 마무리해 졸작이 되곤 한다. 호시노가星野家의 '서행 행보'를 배울 일이다. 그런 생각을 하다 보니 어느덧 아침 식사 시간.

약속한 2층 로비로 나가니 가족 모두가 기다린다. 아래층 식당으로 안내받아 앉으니, 이 별장의 특별 메뉴라는 가스케嘉助 요리가 나온다. 온천물로 만든 물두부, 가자미 구이, 찜 요리, 산나물 무침 등으로 밥을 먹고, 이곳 산産 모과차를 마시고 있는데, 안내원이 '숲길 걷기' 시간이라고 알린다.

해설자를 따라 '들새의 숲野鳥의 森'에 들어서니 '딱딱~', 딱따구리가 나무를 쫀다. 그 곁을 지나 안으로 들어가니 보슬보슬한 털에 참새보다는 큰 새들이 보인다. "저 새가 유명한 '고주우카라五十雀(동고비)'입니다. 일본에선 참새 쉰(50) 마리와 맞먹는다고 하여 그렇게 부릅니다." 그 새들 곁으로 이 나무 저 나무를 오르내리는 다람쥐와 박쥐가 눈에 띈다. 일본 정부가 지정한 '조류 보호구역'이라더니 희귀한 동물의 서식지다.

높이 솟은 침엽수 곁으로 흐르는 탕천湯川에는, 화산에서 분출된 용암들이 옛 모습 그대로 온천수를 흘린다. 깎거나 다듬지 않는 바위와 돌들이다. 그 계곡 따라 숲길을 돌아 나오니, 숲 속 곳곳의 바위에 새겨진 작품이 보인다. 이곳 별장에서 자연을 벗 삼아 문인이 글을 쓰고, 화가가 그림을 그린, 유명 작품들이 남아, 그것을 보러 오는 고객도 많다고 한다.

모처럼 물소리·새소리를 들으며 2박 3일을 보냈다. 가족도 세속의 때를 씻은 듯 맑은 얼굴에 살결이 반질반질하다. 너나없이 생기가 돈다. 남의 나라 별장이라서 그럴까. 시기심이 날 정도로 훼손되지 않는 경관, 자연 그대로의 원시림 같았다. 문명과는 거리가 먼 외진 곳, 활화산 자락이지만, 그 산 그 터전을 지키며 살아가는 사람들. 자연을 소중히 여기며, 그것의 순리를 닮아간다. 산속 동식물의 영역을 훼손하거나 거슬리지 않고, 그것들의 생태를 인정하며 산다. 지난해 후쿠시마[福島]를 강타한 지진으로 원전 사고가 있었지만, 이렇게 자연을 아끼고 가꾸는 것은 또 일본의 하나의 희망이다. 짧은 기간이었지만, 그동안 스스로 순화됐는지, '자연의 순리대로'를 되뇌며 호시노야 셔틀버스에 오른다.

*컬링Curling: 얼음판에서 둥글고 납작한 돌을 미끄러뜨려 과녁에 넣음으로써 득점을 얻는 경기
*아사마야마[淺間山]: 일본 군마 현과 나가노 현 경계에 있는 높이 2,568m의 활화산으로 때때로 분화하고 있다. 1783년 대분화大噴火 때는 큰 피해를 빚었다. 산허리엔 소나무가 울창하고 남쪽 기슭에는 가루이자와 고원高原이 있다.
*호시노야: 4대째 이어온 호시노星野 집안의 성姓을 딴 이름이다. 우리말로는 '성야옥星野屋'이란 뜻이다. 1914년에 온천 여관으로 문을 연 이래, 자연 친화적인 경영으로 28개의 별장을 보유한 호텔 겸 리조트다. 국내외에 널리 알려져 '호시노야'란 브랜드로 체인화하고 있다.

# 나무, 겨우살이 채비하는

아침 산책길, 여의도공원에 들어서니 바람 따라 단풍든 나뭇잎이 우수수 떨어진다. 마치 내게 '당신은 겨우살이 준비를 하고 있소?'라고 묻듯이 발 앞에 살포시 내린다.

공원 곳곳에 들어선 회화나무, 느티나무, 은행나무, 단풍나무 등의 잎사귀가 각가지 색깔로 물들었다. 제 소임을 다한 듯 가볍게 떨어지는 저 나뭇잎. 봄에 싹 틔워 여름 내내 뜨거운 햇볕으로 광합성光合成하여, 녹말과 당糖 등의 주요 영양분을 모체母體인 나무에 공급해 주던 나뭇잎이 말라 떨어지고 있다.

나무는 왜 애꿎은 잎을 말라 떨어지게 할까? 가을이 깊어 가면 해 떠 있는 시간이 줄어든다. 햇빛의 세기도 약해지는 데다 기온이 내려가고 비도 적게 내린다. 그 때문에 잎의 광합성 기능이 떨어진다. 그런 잎에 계속 양분을 보낼 수 없는 어머니 나무의 안타까움, 잎에서 얻는 것보다 그것들의 생명 유지를 위해 보내줘야 할 양분이 더 많아져 간다. 그래서 겨울이 오기 전에 나무는 잎에 보내던 영양분의 통로를 막아버린다. 양분 공급이 중단된 나뭇잎은 바싹 말라 떨어진다. 나무는 모성애가 없어서 그럴까?

아니다. 겨우살이 하기 위한 현명한 판단이다. 결코, 어머니로서 저만 살아가려는 게 아닐 것이다. 한정된 영양분으로 잎을 달고는 도저히 설한풍을 견뎌낼 수 없다는 판단이 섰기 때문일 것이다. 이듬해 새잎을 달아 아름다운 꽃을 피우고, 튼실한 열매를 맺으려면 쓰리고 아프지만 어쩔 수 없는 나무의 숙명이요, 결행이다.

봄여름 광합성 작용으로 모체에 양분을 공급해 주던 제 살붙이에 영양분을 끊는 건 받은 은혜를 저버린 매정한 짓일지 모른다. 하지만 나무와 잎이 함께 동사凍死하기보다 나무라도 살아남아 더 많은 후손을 낳고, 동물과 인간에게 녹음과 산소를 만들어 주고, 끝내는 굵은 목재로 공헌해야 한다는 사명감일 것이다. 그런 사명감으로 제 살을 뜯어내는 아픔을 견디며, 잎으로 가는 양분의 통로를 막을 수 있지 않았을까?

얼마나 아팠을까? 나무는 그런 아픔을 견디면서, 그 고통을 감내하면서 결연히 제 살붙이에 영양분 공급을 끊는다. 마치 이유기離乳期에 젖을 떼는 어머니의 결행처럼. 그런데 나는 지금 어떤 겨우살이 준비를 하고 있을까. 내 인생 겨우살이(나이 70대이니 인생 겨울이다)에 어떤 채비를 하고 있을까. 무엇을 얼마나 끊으며, 얼마나 떨어뜨리려고 노력하고 있을까?

짧지 않은 긴 세월을 살아오면서 체질화한 살붙이가 어디 한두 가지일까. 쌓인 불신·시기·자만·욕망……. 아직도 미련이 있어 맡은

여러 겉치레 명예직, 실속 없는 허세들을 과감히 떨어뜨려야 가벼워
질 것이다. 잎 떨어뜨리는 저 나무들처럼.

살 떼어내는 아픔이야 있겠지만, 다가오는 인생 겨울을 얼지 않고
월동하기 위해 덧붙인 살을 이제 떼어내야 할 때다. 겨우살이 채비하
는 저 나무들처럼.

# 5매 수필과 인터넷

'걱정도 팔자'라고 하더니 내가 그런가. 5매 수필 원고를 청탁받고, 글을 쓰면서 짧아져 가는 글에 대해 지레 걱정한다.

금요 해바라기문인회 송년회 때 낭송할 글이다. 서술 능력이 부족한 때문인지, 평소 수필의 기준(원고지 15매 내외)보다 길게 쓰는 편이다. 그래선지 짧은 글쓰기가 쉽지 않다. 응축된 낱말과 문장으로 줄여야 하기 때문이다.

여러 사람이 모이는 자리에서 낭송할 글이기에 짧게 써 달라는 것은 이해하지만, 낭송할 글이 아니어도 요즘 글이 짧아져 가는 추세다. 대부분의 문학지나 기관지에서도 되도록 글을 짧게 써 달라는 청탁을 받는다.

글이 왜 짧아져 가는 걸까? 아마도 인터넷과 무관하지 않을 것이다. 스마트폰을 비롯한 컴퓨터에 접목하기엔 글이 짧아야 한다. 작은 창에 메시지를 띄우거나 블로그·트위터·카페 등에 올리기엔 그럴 수밖에 없을 것이다.

카페 글도 한두 줄, 트위터에 올리는 글자도 140자까지이다. 종이 책보다 전자책eBook이 성행하는 '인터넷 시대'이니, 수필도 그렇게 짧아져 가는 걸까. 3장章 6구句 45자 내외의 평시조나 3구 17자字로 구성되는 일본의 하이쿠俳句* 독자가 늘어나는 이유이기도 하다.

너나없이 인터넷이 소통의 수단으로 생활화돼 간다. 컴퓨터에 저장된 정보를 되도록 빨리 검색하려는 누리꾼(네티즌)의 바람으로 날로 인터넷의 속도가 빨라져 간다. 온라인에 뜨는 수많은 정보에서 핵심만 훑는 경향이 이런 짧을 글을 부추긴다.

시도 때도, 장소도 가리지 않는다. 정보기기를 들고 다니면서 인터넷에 드나든다. 그러다 보니 머리에 깊숙이 기억한 정보나 지식을 추상追想 또는 유추類推하여 찾지 않는다. 손에 쥔 스마트폰이나 태블릿 PC, 아니면 손가방에 든 노트북에서 찾는다. 이를테면 글을 쓰다가 아름아름한 낱말이나, 영어 단어, 시구詩句도 그렇다.

얼마나 애써 배우고 익힌 정보인가. 짧지 않은 긴 세월 동안 기억하고 체험한 소중한 지식이 잠을 잔다. 중학교 시절, 오천 단어집을 한 장 한 장 뜯어가며 외우던 영어, 책을 읽다가 가슴에 와 닿는 좋은 말·속담·격언 등을 몇 번씩 종이에 써가며 외우던, 그 노력을 헛되게 한다. 머리에 든 것을 멀리하고, 손에 쥔 스마트폰이나 노트북을 가까이한다. 유행처럼 남이 그렇게 하니까 따라 하는 건 아닐는지?

머리를 쓰지 않으면 기억력도 감퇴한다. 신경 세포도 자극을 줘야 퇴화하지 않는다. 머릿속에 축적한 정보나 지식을 꺼내 쓰지 않고,

손쉽고 빠른 정보기기에 의존하는 부작용도 만만치 않다.

쓰지 않으면 녹슬기 마련이다. 애써 기억한 것을 다 잊혀가고 있어 안타깝다. 날로 늘어가는 건망증도 이와 무관하지 않을 것이다. 친한 친구의 전화번호, 내 집 우편번호, 심지어 자신의 옷 치수까지 생각나지 않아 머리를 긁적거릴 때가 있다.

예삿일이 아니다. 내 머릿속 뇌는 나를 의아하게 생각할 것이다. 스스로 저장한 정보나 지식을 외면하고 있음을, 검증 없이 인터넷 정보를 그대로 받아들이고 있는 것을. 기억력이 떨어져 가는 '디지털 치매'가 오고 있는 것을 감지 못하는 둔감鈍感함을.

어찌 보면 외도外道다. 편리함과 속도만을 바라는 '오늘 살기'이다. 그러면서도 인터넷 화면에 뜨는 정보를 하나도 놓치지 않으려 한다. 마치 그 화면에서 시선을 떼면 그 시간만큼 뒤처져 가는 양 생각하는 요즘이다. 대세가 그러니 따라가지 않을 수 없는 현실이긴 하나, 내 재능으로 5매에 15매의 내용을 어떻게, 얼마나 압축할 수 있을까? 그게 5매 수필을 쓰면서 느끼는 무거운 감회다.

몇 번인가 긴가민가한 낱말을 인터넷에서 검색해 가며, 어렵사리 원고지 15매 분량의 글을 5매로 줄여 가며 정리했다. 하지만, 어딘지 모르게 짜임새가 없고 내용이 미흡해 보인다.

그것은 짧아지는 형식에서 오는 내재율內在律의 빈곤이 아닌가 싶다. 원래 수필이란 상징과 비유, 은근과 여유로 의미 전달을 극대화하는 장르이기 때문이다. 형식이 짧아도 들어갈 내용과 의미를 함축할 수 있어야 할 것이다. 그렇지 못해서인지 원고 마감이 오늘이라 탈고는 하지만 마음이 찜찜하다.

또한, '뇌'에 미안한 마음이다. 글을 쓰면서 미처 '너'에게 물어볼 (머리 굴릴) 시간이 없었다. 스커트 자락처럼 길이는 짧아져 가고, 빛처럼 속도는 빨라져 가는 세상이니 어찌하겠는가. 시류時流를 따라야지. 분초를 아끼는, 속도가 '정보화 시대'의 생명이니 5매만이 아닐성싶다. 3매 수필도 더러 보이는 요즘이고 보면, 1매 수필도 이제 시간 문제가 아닐는지?

'번개 소통'이란 말까지 나오는 '속도 경쟁'은 멀쩡한 글자를 조각낸다. 한글의 모음만 떼어 인터넷에 올린다. 블로그나 카페에 통용하는 'ㅋㅋ ㅎㅎ*'와 같은, 약어略語로 글 쓸 날도 머지않아 다가오지 않을까?란 생각은 나만의 부질없는 걱정일까.

---

*하이쿠俳句 : 일본의 시詩 형식 가운데 하나. 5·7·5의 3구句 17자로 구성되는 일본 고유의 단시短詩.

*ㅋㅋ ㅎㅎ : 둘 다 웃음소리를 간단히 한, '크크' '하하(또는 호호)'로 사전에 없는 인터넷에서 자주 쓰는 약어略語다.

# 고마운 눈이 내린다

눈이 내린다. 앞집에도, 뒷집에도, 옆집에도 똑같은 눈이 내린다. 뉴스를 들으니 동생들이 사는 내 고향 영천永川에도, 친구가 사는 부산에도 눈이 온다니 모두 기뻐할 것이다.

내 집만이 아닌, 이웃이나 친지 집을 가리지 않고, 전국 각지에 눈이 내린다. 물론 국지적으로 폭설이 내릴 때도 있긴 하지만, 대체로 눈은 골고루 뿌린다. 거리가 멀다고 2, 3년에 한 번 찾아갈까 말까 하는 먼 고향이나 친구가 사는 곳에까지, 해마다 어김없이 값진 '겨울 선물'을 내려주니 고마운 눈이다.

만약, 눈이 전국 곳곳에 흩어져 내리지 않고 한 곳에 이 많은 눈이 폭우처럼 쏟아진다면 어떻게 될까. 우리 마을이나 도시가 눈에 잠길 뿐만 아니라 이 많은 눈덩이가 하늘 높이 쌓일 것이다. 그랬다면 뜨거운 햇볕에 그 눈이 한꺼번에 와르르 녹아 큰 홍수라도 나지 않았을까? 하지만, 눈은 한 곳에 몰려오지도 않고, 녹는 것도 서서히 녹는다.

대지를 덮은 눈이 나의 청량제가 된다. 두꺼운 옷을 입고 걷는 나의 움츠린 가슴을, 메마른 마음을 촉촉이 적셔 준다. 편편이 꽃잎처럼 고요히 내리면서 들뜬 내 마음을 안정시켜 준다. 서둘지 않고 천천히 내리는 눈은 내가 잃고 사는 너그러움과 느긋함의 여유까지 느끼게 해 준다.

그뿐만이 아니다. 햇볕을 받아 조금씩 서서히 녹아 건조한 땅을, 거기에 사는 식물의 뿌리를 적셔 주며 잠을 깨운다. '어서 일어나십시오.'라고 봄이 오고 있음을 일깨운다. 식물에만이 아니다. 각지에 골고루 내리는 눈은 우리 모두에게 봄이 다가오고 있음을 알려 준다. 씨 뿌릴 준비를 하라고 흙에 물기를 준다.

자연自然이, 대기가 하는 일이 얼마나 현명한가. 그 눈이 하는 일을 사람이 한다고 치면 얼마나 많은 노력과 예산이 들어갈까? 돈으로 그 가치를 셈할 수 없을 정도로 값진 일을 한다. 고마운 눈이다. 오묘한 대기에 감사하고 싶다. 대기는 눈만이 아닌 비와 서리도 내려 주지만 나는 그것을 당연한 것으로 여기며, 그 고마움을 잊고 사는 것은 아닐까.

혹여 겨울에 눈이 오지 않는다면, 이 대지는 얼마나 건조할까. 열대 지방같이 일 년 내내 눈을 볼 수 없는 나라도 많은데, 사계절이 있는, 해마다 눈이 내리는 이 한반도에 태어난 것이 다행한 일이 아닌가. 마땅히 선대에 고마워해야 할 것이다.

눈이 우리 정원에 들에, 강산에, 그리고 내 고향 선산에서 목 놓아 기다리는 모든 생명에 수분을 준다고 생각하니 눈이 더욱 가치 있는 일을 하고 있음을 깨닫는다.

그런 대기에, 그 베풂에 내가 보답할 수 있는 게 무엇일까? 비록 대기가 하는 일에 직접 도움을 주지 못할지라도 해를 끼쳐서는 아니 된다는 것을 느낀다. 이를테면 지구 환경을 지켜 주고자 하는 마음의 자세다. 날마다 품어대는 자동차 가스를 줄여 주고, 추울 때나 더울 때에 트는 냉난방기의 사용도 될 수 있는 대로 줄여가야 하지 않겠는가. 대기가 온난화하지 않도록 지구의 순리를 지켜 줘야 할 것이다. 해마다 오늘 같은 눈을 보려면, 지구와 내가 건강해지려면.

눈이 내린다. 꽃샘추위에 내리는 눈이 겨우내 움츠린 내 마음을 열어 준다. 봄이 오고 있음을 일러 준다. 식물에, 우리 모두에게 봄맞이 준비를 하라고, 해마다 거르지 않고 눈 내리는 한반도에 태어난 것을 감사해야 한다고, 그런 나라를 오래오래 지켜야 한다고.
이래저래 고마운 눈이 내린다.

# 또 한 번 뜨거운 눈물을

추억만 그리운 게 아니다. 요즘은 눈물도 그립다.

어릴 적 나는 울보였다. 뜻밖의 선물을 받아도, 깜짝 놀랄 만한 일이 생겨도, 생명이 죽어가는 애처로운 모습을 볼 때도 눈물을 흘리곤하였다. 그랬던 눈물이 좀처럼 나오지 않는다. 나이 들어 감정이 굳어가는 것일까.

아침 출근길. 시흥 공장에 가려고 안양에서 목감牧甘 사거리를 지날때였다. 개 한 마리가 차에 치여 피를 흘리며 눈길 위에 쓰러져 있다. 네 다리를 파르르 떨면서 죽어 가는 모양새다. 서행으로 그 자리를피해 휑하니 달린다. 한참 가다가 그 개의 애처로운 모습이 떠오른다. '아차!' 싶다.

차를 세워, 그 개를 돌봐주지 않고 그냥 지나친 게 후회된다. 죽어가는 개를 보고도 모른 척 지나쳤을 뿐만 아니라 눈물 한 방울 흘리지않았다. 의아한 생각이 든다. 언제부터 감정이 이렇게 무뎌지고 냉랭

해졌는가. 어릴 적엔 그렇지 않았는데.

초등학교 시절, 고향에서다. 어느 여름날 개천가로 소를 몰고 나가 풀을 뜯기고 있었다. 그때 개구리 한 마리가 누군가의 발에 밟혀 뒷다리를 떨면서 죽어 가는 모습을 보고 애처로워 눈물을 흘렸다. 창자까지 터져 나온 그 개구리를 손수건으로 싸서 나무 그늘로 옮겼으나 금방 죽고 말았다. 그 자리에서 엉엉 울었다. 그날뿐만이 아니다. 개구리를 볼 때면 그 장면이 떠올라 눈물이 핑 돌곤 한다.

동물만이 아니다. 몇 달 전 고향 친구가 돌연 세상을 떴다. 형제같이 지내던 소꿉친구다. 나이 들면 다 세상을 뜨기 마련이지만, 내 분신 같았던 그의 죽음은 슬프디 슬펐다. 그 아픔이 나를 그의 영정 앞에 세운다. "광수야, 왜 그리 빨리 떠났느냐, 먼저 갔느냐?"고 목이 메이도록 울먹였지만, 눈물이 나오지 않았다.

눈물 하면 잊지 못할 눈물이 또 있다. 어찌 잊을 수 있을까. 어머니가 세상을 떠나시던 그날의 눈물을. 온몸이 덜덜 떨리던 격통激痛에서 솟구치던 그 눈물방울을. 아직도 기억에서 지워지지 않는 그 아픔의 눈물을.

그토록 많이 흘리던 눈물은 다 어디로 갔을까. 사람이나 동물이 죽음을 당하면 나도 덩달아 가슴이 아파서 저절로 눈물을 흘리곤 하였다. 그 죽음 앞에서 주위 사람들과 같이 슬퍼하고 안타까워했던 따뜻한 가슴이었는데……

슬픔의 눈물만이 아니었다. 기뻐서 눈물을 흘릴 때도 있었다. 초등학교 졸업 기념으로 뜻밖의 선물을 받았다. 아버지가 잘 키우라며 토끼 두 마리를 사 주셨다. 너무나 기뻐서 눈물이 핑 돌았다. 수시로 싱싱한 풀을 뜯어다 토끼장에 넣어 주며 정성껏 키웠다. 보답이라도 해 주듯 6개월 만에 깜찍한 새끼 네 마리를 낳았다. 내가 키운 토끼가 생명을 얻었다는, 그 성취의 기쁨에서 저절로 눈물이 나왔다.

감격의 눈물도 흘렸다. 1953년, 부산 영도에 피난 와 있던 국립 체신고등학교에 다닐 때였다. 그해 7월 27일 휴전이 되었다. 누구나 바라던 수도 서울로 환도하는 날, 콩나물시루같이 사람이 많이 몰린 만원 열차에 몸을 실었다. 기적도 우렁차게 뚜〜 하며 한강 철교를 건널 때 나는 감격해 눈물을 흘렸다. 어린 마음에 시골에서 태어난 내가 서울에서 공부할 수 있다는 것이 너무나 기뻤다.

그랬던 자신이 달라졌다. 기뻐도 감격해도 눈물이 나오지 않는다. 어릴 적부터 글 쓰는 문인이 되길 바랐다. 하지만 직장 일로 여의치 않았다. 근무지가 외국이었다. 수출 시장개척을 위해 이 나라 저 나라로 뛰어다녔다. 밤마다 딱딱한 시장조사 보고서를 쓰면서, 30여 년간 그리기만 했던 문학이었다.

이제다 싶었다. 직장 생활을 마치자 동아문화센터로 달려갔다. 1년여 수필 강의를 들으면서 어렵사리 등단의 기회가 왔다. 꿈만 같던 등단 통보서를 받아들었다. 감격했지만 눈물이 나오지 않았다. 어릴 적부터 그토록 바라던 꿈을 이뤘는데도.

기쁨은 큰데 감정이, 눈물이 그에 따르지 못한다. 죽음의 슬픔과 성취의 기쁨에도 자극받지 못하는 무뎌진 감정이 아닌가. 무덤덤해진 자신! 인간의 가장 고귀한 정을 잃고 사는 아쉬움이다. 메마른 내 가슴이 안타깝다.

물기 없는 마음. 언제부턴지 슬퍼도, 기뻐도, 불쌍한 것을 보아도 눈물이 나오지 않는다. 어쩐 일일까? 밥 먹기에 급급했던 내 젊은 시절, 낭만을 모르고 살아왔기에 감성과 감정의 기능이 마비된 것일까. 어느덧 오감五感이 노쇠해진 탓일까. 세월의 무늬가, 나이테가 누선淚腺을 가리는 것일까. 그도 아니면 워낙 눈물을 많이 흘렸기에 눈물샘이 바닥났을까?

어떤 이유인지는 잘 모르지만, 개가 차에 치여 죽어 가는 모습을 보고도 눈물을 흘리지 않았다. 매정한 마음, 눈물 없는 차가운 사람이 되었다. 슬픈 일이다. 가슴이 아플 때나, 마음이 기쁠 때 그냥 줄줄 흐르던 그 눈물이 그리워진다. 훈기 있는 촉촉한 삶이 아쉬운 요즘이다.

‘울컥’, 또 한 번 뜨거운 눈물을 쏟아 봤으면.

# 난<sub>蘭</sub>을 분갈이하면서

　마음의 눈이 어두웠다. 사물의 겉만 보고 속을 보지 못한 탓에 집에 있는 난을 애꿎게 고생을 시켰다.

　호접란胡蝶蘭, 그 화분 하나를 들여놓은 지 3년이 됐다. 그동안 내 나름대로 정성 들여 키웠다. 봄여름에는 햇볕이 쬐는 베란다에 내어 놓고 5∼6일에 한 번씩 물을 주고, 겨울엔 아파트 거실로 옮겨 햇볕 드는 방향으로 옮겨주면서.

　그랬더니 보답이라도 하는 듯 지난 3월 어느 날, 구둣주걱 같은 여덟 개의 잎 사이로 꽃대를 올렸다. '올해는 꽃을 피우나 보다.'라며 눈길 이 거기로 자주 간다. 날마다 조금씩 꽃대를 뻗더니 어느덧 50cm 정 도의 높이로 자랐다. 두 줄기에 열두 꽃망울이 모습을 드러냈다.

　하나 둘 꽃망울이 벙글더니 하얀 꽃잎에 빨간 점이 알알이 박힌 꽃 을 피운다. 그윽하게 풍기는 난향을 맡고자 즐거운 마음으로 화분 곁 에 다가간다. 외출할 때도, 집에 돌아와서도 인사하듯 바라본다.

　난이 제 열매를 맺고자 꽃을 피우지만, 나까지 즐겁게 해 주니 고맙다. 나도 저렇게 살았으면. 제 열매(결실)를 맺고자 하는 일이 남에게도 즐거움을 줄 수 있다면 일거양득이 아닌가. 어떻게 사는 게 그럴까. 좋은 작품을 쓰는 것, 그것이 내겐 열매일 수 있지 않을까? 하지만, 난처럼 보는 이(독자)에게 즐거움을 줄 수 있는 작품을 쓴다는 건 쉽지 않은 일이다.

그러던 어느 날 퇴근길, 엘리베이터에서 옆집 K 회장(기업 경영인)을 만났다. 내 나이 또래인 점잖은 인상의 그 사람과 가까이해 온 사이였다. 만날 때마다 서로 반갑게 대하던 이웃이었다. 엘리베이터가 30층에 닿자 서로 먼저 내리라며 양보하다가 내가 앞서 내리면서,

"저희 집에서 차 한잔하실까요?"

"예, 그러지요."

거실로 안내하는데 그는 탁자에 놓인 화분 앞으로 다가간다.

"고운 난입니다."

"네, 10여 일 전부터 꽃이 피기 시작했습니다."

한참 꽃을 바라보던 K 회장이 주춤거리며 말한다.

"저도 난을 키워 본 경험이 있습니다. 이 정도 자랐으면 분갈이를 해야 할 것 같습니다."

"미처 생각하지 못했네요. 고맙습니다."

차를 마시며 난에 대한 이야기를 나누지만, 내 시선은 화분에 가 있다. 난의 잎과 줄기(꽃대)에 비해 화분이 적어 보인다. 목 부분 지름이 7cm 정도의 잘록한 선물용 화분 속에서 얼마나 답답했을까. 연하디연한 새 뿌리가 얽히며 화분 벽에 닿아 아파했을 것이다. 꽃만 보고

즐거워하던 내게 난은 주인을 잘못 만났다고 후회하지 않았을까? 아마도 그랬을 것이다. 그런데도 아랑곳하지 않고 아름다운 꽃을 피워 준 난이었다. 너그럽고 이해심 많은 난이었다. 공자가어孔子家語에 난초가 '군자의 격'이라 하더니 가히 그렇다.

"두어 달 즐기겠습니다."라며 K 회장이 자리에서 일어난다. 문밖까지 배웅하면서 인사한다. "오늘 난에 대한 설명을 잘 들었습니다." 그러고는 바로 내 방으로 가서 컴퓨터를 켠다. '분갈이'를 검색하니 주르륵 자료가 뜬다. 2년마다 한 번씩 해야 할 분갈이를 3년이 지나도록 그냥 두었으니 미안한 마음이다. 배양토培養土의 양분도 부족할 뿐만 아니라 좁은 집에서 많은 불편을 겪었을 것이다.

이런 일이 비단 분갈이만이 아닐 것이다. 날마다 만나는 사람들도 겉모습만 보고, 그 사람의 입지나 심기를 읽지 못한 채 내 주장만 내세웠을 것이다. 지금 어떤 환경에 처하고 있는지 살피지 못하고, 내 처지로만 생각하고 대하지 않았는지. 좁은 식견으로 사려 깊은 관찰과 이해 없이 살아온 근시안적인 '마음눈' 때문일 것이다.

사람도 그러하지만 생물도 그렇다. 성장하면 옷을 갈아입는 게 당연하다. '아는 것만큼 보인다.'더니, 전체를 보지 못하고 눈앞의 부분적인 현상에만 집착하여 제때에 분갈이를 해 주지 못했을 것이다.

자책감 때문에 그 이튿날 서둘러 꽃집을 찾았다. 점원에게 난의 현 상황을 설명하니, 청자색 사각 도자기 화분(가로세로 13cm, 높이 20cm) 하나를 추천해 준다. 그 화분과 분갈이할 재료(배양토, 나무껍질, 물이끼 등)를 사와서 꽃집에서 받은 유인물에 적힌 분갈이 요령에 따라 상한 뿌리를 잘라내고, 큰 분에 옮겨 심으니 마음이 가뿐하다. 마치 내가 넓은 새집으로 이사한 듯 흐뭇하다.

잘 휘는 공예 철사를 사다가 축 늘어진 꽃줄기를 받쳐주고, 배양토 습기가 쉬 마르지 않도록 흰 돌도 구해다가 화분 윗부분 흙에 촘촘히 깔아준다. 때때로 창문을 열어 환기도 시켜준다. 그동안 좁은 집에서 발(뿌리) 뻗기가 불편하고, 아팠을 난에 대해 미안해하며, 어려운 여건에도 고운 꽃을 피워 준 난에 고마워하며.

이러한 우리 집 난처럼, 그동안 피상적으로 대해 온 사람들의 얼굴이 떠오른다. 애들에게 꾸중하던 내 모습도 스친다. 그들의 입지와 환경을 살피지 않고, 드러난 사실만 보고 판단하는 근시안적인 자신이 아닌가. 속속들이 깊은 내면을 꿰뚫지 못하고, 얕은 지식으로 글을 쓰니 독자에게 공감이나 즐거움을 주지 못할 것이다.

이참에 내 심안心眼의 분갈이도 해야겠다. 대상을 '통찰洞察하는 더욱 밝은 눈'으로.

# 2부
## 오빠, 꽃구경 오십시오

# 작은 배려

흐뭇한 마음은 어려운 큰일을 성취할 때만 느끼는 게 아니다. 일상의 손쉬운 작은 배려에서나, 자잘한 마음의 씀씀이에서도 느낄 수 있다.

크리스마스 날, 막내딸 집에서 아침밥을 먹는다. 커피를 타 오며 그 애가 말한다.

"아버지·어머니, 도쿄까지 오시느라고 애쓰셨습니다. 여독도 풀 겸 오늘은 바다가 보이는 노천 온천으로 모셨으면 합니다."

"비 오는데?"

"괜찮습니다. 전철 타고 가면 됩니다. 10시에 출발하고자 합니다."

"알았다. 그렇게 하자."

서둘러 준비하여 문을 나선다. 추적추적 겨울비가 내린다. 우산을 쓰고 다이칸야마역代官山驛에 닿는다. 열두 살배기 애리(큰딸의 장녀)가 건네주는 탑승권을 들고 승차장 입구에 들어선다. 각종 여행안내서가 꼽힌 진열대에서 '매너와 안전북安全book'이란 작은 책자를 뽑아

들고 전차에 오른다.

의외로 찻간이 조용하다. 승객 중 몇 사람은 스마트폰 화면을 긋고 있지만, 대부분 사람이 책이나 신문을 읽고 있다. 통화음이나 휴대전화 조작음은 들리지 않는다. 이처럼 글 읽는 사람이 많아서 승객이 통화를 자제하는 건 아닐는지?

듣던 대로 차 안이 독서실 같다. 아마도 이런 조용한 분위기는 그들의 가정교육에서 오지 않나 싶다. 집안 교육에서 가장 우선한다는 "남에게 피해를 주지 않은 사람이 되라."라는, 남을 먼저 생각하는 그런 배려가 몸에 익은 것이다.

누구나 읽는다는 '매너와 안전북'에 적힌, "대화와 휴대전화 음향은 주위 손님들에게 폐를 끼치지 않도록…."이란 '승차 매너'도 조용한 분위기 조성에 한몫하고 있는 것 같다.

비는 계속 내린다. 출입문 위의 화면에는 문자가 흐른다. '우선석優先席엔 여러분의 따뜻한 마음 씀씀이를 보여주시기 바랍니다.'라는 부드러운 말이다. "노약자나 장애인에게 자리를 양보합시다."라는 우리 찻간의 사무적인 말보다 한결 설득력 있는 말로 들리는 것은 나만의 느낌이 아닐 것이다.

한 시간쯤 달린 전철이 요코하마역橫浜驛에 들어선다. 창밖 역명판驛名板이 눈에 들어온다. '요코하마'라는 일어 밑줄에 영어·중국어·한국어로 역명이 나란히 적혀 있다. 언제부턴지 잘 모르지만 낯선 이곳에서 보는 한글의 역명이 반갑고 친근감을 준다. 우호국이나 이웃 나라에 대한 배려가 아닌가 싶다.

어느덧 전차는 목적지 미나도미라이역港未來驛에 닿는다. 바다에 연한 인터콘티넨털 호텔 7층이 만요万葉온천이다. 딸애가 입욕권과 생소한 사각 신주머니를 건네준다. 앞선 사람이 하는 대로 신발을 벗어 그 주머니에 넣고, 남탕 입구에 들어선다. '비 오는 날의 서비스'란 표지판이 눈길을 끈다.

기모노(일본 전통 옷) 입은 젊은 여성이 "이랏사이 마세(어서 오십시오)"라며 흰 타월을 건네준다. 비 오는 날이라 우산을 펴고 접으면서 손에 묻는 물기를 닦으라는 서비스란다. 따뜻한 그 타월로 젖은 손을 닦으니 타월의 온기가 가슴에 스민다. 그 옛날 초등학교 다닐 때 생각이 난다. 어머니가 온돌방 아랫목 이불 속에서 꺼내주시던 면장갑을 낄 때 느꼈던 그 따스함이다. 이국에서의 작은 배려가 불러온 어머니의 온기다. 사랑이다. 작은 배려가 결코 작지 않다는 느낌이다.

널따란 노천탕에 들어선다. 비가 그친 바깥이 환하다. 마치 욕실이 바다 위에 떠 있는 것 같다. 아득히 보이는 먼바다를 내다보며 사우나실·온탕·열탕·냉탕을 번갈아 드나든다. 한 바퀴 다 돌고 나니 어느덧 애들과 약속한 12시 30분이 지났다.

서둘러 탕 출구 쪽으로 나오니 기다리고 있는 것처럼 정수기가 나를 맞이한다. '알칼리 이온수'라고 쓰인 그 정수기 앞의 컵은 지금까지 봐 오던 것과 달랐다. 납작하게 접힌 종이컵이 아닌 둥근 종이컵이 쌓여 있다. 고객에게 접힌 컵을 빼서 펴는 수고를 덜어주는 마음 씀씀이다. '어떻게 하면 고객 마음에 들게 할 수 있을까?'를 끊임없이 연구하는 이들의 배려에 솔직히 시기심이 인다. 한편, 부럽다. 냉정히 보면 우리, 아니 내게 필요한 게 주위 사람들에게 작은 것에도 배려하는 마음일 것이다.

오늘은 마음이 푸근하다. 닿는 곳마다 내 마음을 훈훈하게 해 주었다. 작은 배려가 이어져 내가 '고객'으로서 대우를 제대로 받은 것 같다. 승무원이 안내하는 우선석에 앉아, 머리를 끄덕이며 만화식으로 편집된 '매너와 안전북'을 다 읽었다. 조용한 찻간이라 차창에 부딪치는 빗소리를 들으며, 바깥 풍경을 감상하는 마음의 여유를 누렸다. 요코하마역에서 본 한글 역명에 반가움을 느꼈다. 신주머니·비 오는 날의 서비스, 그리고 둥근 종이컵 등 뜻밖의 세심한 작은 배려에 가슴이 따뜻하였다.

이런 소소한 배려가 일상화된 나라에 사는 딸애와 외손녀가 다행인 것 같아, 한결 마음이 놓인다. 또한, '작은 배려'가 남을 얼마나 흐뭇하게 해 주는지 스스로 체득한 날이다.

# 몽돌

석양 놀을 찾아간다. 서해西海 명승지, 덕적도 자갈마당.

지난여름 단체로 이 섬에 들렀으나 일정 관계로 소문난 자갈마당의 석양을 보지 못했다. 젊은 시절 변산 해변에서 본 놀의 잔영이 가슴에 남아 있어선지, 낙조에 물든 바다가 보고 싶었다.

자갈마당, 듣던 대로 확 틘 바다가 곱다. 황금빛 물결이다. 마치 고기비늘이 파닥거리듯 반짝인다. 그 물결이 출렁거리며 간단없이 내 앞으로 다가온다. 기암괴석이 병풍처럼 에워싼 '선들 바위' 앞 해변엔 동글동글한 몽돌과 크고 작은 자갈이 질펀히 깔렸다.

그 많은 돌을 잘박잘박 적셔주고 다시 뒤돌아가는 물결. 밀물 때는 물거품에 잠기고 썰물 때는 얼굴을 드러내는 몽돌. 그런 돌이 많아 '자갈마당'이라고 부른다. 그 많은 돌 중에 주먹만 한 돌 하나가 유난히 빛난다. 매끈하고 윤이 난다.

어디서 어떤 경로를 거쳐 여기까지 굴러왔는지는 잘 모르지만, 수십 년, 아니 수백 년 동안 끊임없이 파도에 출렁이며, 휩쓸리며 뒹굴었을 것이다. 칼날 같은 바위에 부딪혀 제 살이 깎이고, 거친 암석에 긁혀 왔으니 얼마나 아팠을까. 그런 아픔이 있었기에 저렇게 둥글고 눈이 부실 정도로 빛이 날 것이다.

제 의지로, 바람으로 둥글게 깎인 건 아니지만, 석양에 빛나는 저 돌에 내 얼굴이 비친다. 모난 내 성깔이 거기에 겹친다. 딱딱한 콘크리트 도시에 살아서 그럴까. 느긋하지도, 너그럽지도 않다. 언제나 대범하지 못한 거친 성격이다. 일상의 작은 일에도 모난 말을 한다. 현관에 신발이 바로 놓여 있지 않아도, 세면장에 수건이 반듯하게 걸려 있지 않아도 짜증을 부린다. 너그러운 마음이나 더러 못 본 척하는 아량이 없는 나.

집 안에서만이 아니다. 마치 거리의 지도교사라도 된 양, 스마트폰 화면을 긁으며, 내 앞으로 다가서는 사람들에게 "우측통행을 합시다." 지하철 에스컬레이터에서 아래위 계단에 마주서서, 애정을 표현하는 젊은이에게 주의 표지판(반드시 손잡이를 잡고 이용하세요)을 가리키며 "손잡이를 잡고 갑시다."라고 말한다. 이처럼 사소한 남의 일에도 그냥 지나치지 못하고 거친 말을 한다. 그 때문인지 몽돌이 예사롭게 보이지 않는다. 물결에 밀리는, 모래 따라 '차르를' 구르는 저 몽돌같이 물결(세파)에 흔들리며 돌에 깎이며 살아야 할 텐데.

참으로 모를 일이다. 얼마나 격랑의 세파에 밀려다녔는가. 짧지 않은 긴 세월 동안 거친 풍파에 부딪히고, 흔들리며 살아왔는데, 어쩐 일로 저 몽돌처럼 다듬어지지 않았을까. 집채만 한 파도보다 높은 장벽과 거친 돌길을 걸어왔는데⋯⋯.

일제강점기에 태어나, 삼십 리 거친 자갈길을 걸어서 학교에 다녔다. 6·25전쟁 때는 중학교 모자를 쓴 채 짐꾼으로 동원돼 이 고지 저 고지로 실탄과 밥통을 저 나르며 가파른 돌산을 밟았다. 민주화 과정에선 '민중 물결'이 일 때마다 머리에 흰 수건을 두르고 딱딱한 차도를 뛰어다니며 데모하였다. 산업화 과정에선 외국에 우리나라 상품을 수출하고자 낯선 길을 뛰어다니며 구매자를 찾지 않았는가. 지구의 최서단最西端 세네갈, 풍토병에 걸리지 않고자 날마다 키니네를 먹으면서, 모래 펄펄 날리는 뜨거운 사막 길을 달리지 않았는가. 결코, 저 몽돌이 굴러온 과정에 못지않은 거친 길을 걸어왔다.

그런데도 이 모난 성깔이 깎이지 않았다. 문질러지지 않은 채 끈질긴 고집으로, 바위처럼 굳었다. 저 '선들 바위'처럼 단단해졌다. 얼마나 더 굴러야 몽돌같이 둥글둥글해질까?

석양 놀을 뒤로하며 '몽돌, 몽돌'을 되뇐다.

# 산책, 하루를 여는

여명이 아침을 열듯 산책이 나의 하루를 연다.

몇 년간 쭉 샛강을 걷다가 오랜만에 한강공원을 찾는다. 이른 새벽 간소복 차림으로 63빌딩 옆길 따라 공원에 들어선다. 물안개가 나직이 피어오르는 한강, 그리로 시선이 간다. 시원한 강바람이 숨을 거푸거푸 들이쉬게 한다. 새벽 공기가 신선해서다.

양팔을 크게 흔들며 마포대교 쪽으로 걷는다. 유람선 선착장을 지나니 조경 나무가 줄지어 서 있다. 느릅나무·이팝나무·느티나무·단풍나무 등의 잎이 푸르고 싱싱하다. 나뭇가지가 강바람에 흔들린다. 잎살을 살짝 드러내는가 싶더니 다시 제자리로 돌아간다. 싱그러운 나뭇잎은 팍팍한 도시 생활로 조여진 긴장의 끈을 다소 느슨하게 해 준다.

흔들리는 나뭇가지를 바라보며 그들의 숨결을, 기氣를 받아 마신다. 햇볕을 그리는 나무이기에 위로만 자라, 해·달·별빛을 먼저 받으며 사는 지혜를 가졌다. 어느 한적한 산자락에서 이곳으로 옮겨온 나무는 주어진 환경이 제 터전인 양 하루하루 온힘을 기울여 살아간다.

하지만, 무리하지 않는다. 순리대로 산다. 봄이면 잎과 꽃을 피우고, 여름이면 왕성히 성장하여 열매를 달고, 가을엔 결실을 본다. 추위가 다가오면 서둘러 제 피가 흐르는 잎마저 미련 없이 다 떨어뜨린다. 혹한에 벗은 몸으로 내년을 준비하는 냉철하고 예리한 결단력을 가진 나무다. 나는 어떤가? 인생의 늦가을을 사는 지금도 꽃을 피우려 하고, 겨울이 다가오고 있는데도 무엇을 더 얻으려고 욕심을 부린다. '덧없는 욕망, 언제 철들지!'

햇살이 내린다. 한강대교 저 너머로부터 햇살이 뻗는다. 강물 위에 금수를 펼친 듯 자글자글 반짝이는 물결. 두 손을 모으고 해를 쳐다보며 아침 인사를 한다. '오늘도 건강한 하루를 열어 주십시오.'

햇살은 어디, 누구를 가리지 않는다. 골고루 비춰 준다. 세상에 나뭇잎만치 햇빛을 반기는 생명이 또 있을까? 느릅나무·느티나무 등의 잎들이 나풀나풀 춤을 춘다. 녹색 식물은 햇빛 에너지를 받아 광합성* 을 하기 때문이다. 그런데 요즘 나는 덥다고 불볕을 불평하곤 했으니.

조경 나무 곁으로 길쭉한 꽃밭이 보인다. 여의나루역에서 한강 둔치 쪽 화단이다. 콜레우스·토레니아·천인국天人菊·과꽃·분꽃 등의 여러 가지 여름 꽃이 아침 이슬을 머금고, 밝은 얼굴로 나를 부르듯 향기를 뿜는다. 코를 실룩거리며 한강에 연한 벤치에 앉는다. 나도 이 계절에 저 분꽃 같은 꽃을 피울 수 있을까?

강변에 즐비하던 매점은 한강 르네상스 사업의 시행으로 어디론가 사라졌다. 그 자리에 잔디를 심어 푸르름을 더했다. 둔치 가운데로 낸 수로水路로는 뿜어 올린 한강물이 좔좔 흐른다. 그 수로 주위엔 수많은 꽃이 제 모습을 뽐낸다. 침침하던 한강물도 언제부턴가 물고기가 보일 정도로 맑은 물로 정화됐다. 강가엔 팔뚝만한 잉어들이 알 낳을 곳을 찾아다닌다.

강물이 유유히 흐른다. 한시도 멈추지 않고 출렁인다. 출렁이며 스스로 정화淨化한다. 어느 한 쪽으로 치우치지 않고 평평한 상태가 되고자 하는 물. 평평해야 물결이 잔잔해진다는, 평화가 온다는 진리를 진즉 터득한 강물이다. 높은 데에서 낮은 데로 흘러 수평을 유지하는 저 끊임없는 일렁임이 내게 묻는 듯하다. '당신의 물결은, 정서는·삶의 흐름은 수평을 유지하고 있는가?

그 물음의 의미를 곱씹으며 마포대교 밑에 선다. 휘휘~ 시원한 강바람이 내 치부까지 스며든다. 몇 마리의 비둘기와 참새가 쪼르르 다가와 나를 쳐다보며 부지런히 먹이를 쫀다. 누군가 뿌려 놓은 좁쌀이다. "일찍 일어난 새가 먹이를 줍는다."라고 하더니 저 새들이 그렇다. 나도 이른 시간에 여기에 나와 '내 아침'을 줍는다. 맑은 공기·시원한 바람·출렁이는 강물이 내 가슴에 흐른다. 하루를 여는 산책의 즐거움이다.

저만치 밤섬이 물에 떠 있다. 두 마리의 학이 숲 위를 선회하고, 섬 주위엔 청둥오리 떼가 물살을 가르고 있다. 마치 낙원처럼 보인다. 한 폭의 그림 같은 푸른 동산이다. 저 숲 속에 사는 동물을 상상한다. 벌과 나비가 꿀을 따고, 방아깨비가 풀잎을 갉아 먹고, 방게가 모래

속 벌레를 잡아 물고, ……. 이런 밤섬이 있어, 휘돌아 흐르는 강물이 외롭지 않을 것이다.

씽씽〜 달린다. 사이클 타는 젊은이들이 쉼 없이 페달을 밟는다. 돌아가는 바퀴 따라 앞으로 나아간다. 나 또한 그렇게 나아간다. 오늘을 열며 내 삶을 굴러가게 하는 체인, 그것은 아마도 아침 산책일 것이다.

오늘은 한강공원을 걸으면서 그곳에 서식하는 여러 생명을 만났다. 나와 무관하지 않은 듯하였다. 요즘 불볕더위가 짜증스러워 불평하곤 했는데 식물은 햇볕을 반긴다. 광합성 작용을 하여 나무가 건강하게 자랄 수 있도록 하기 위해서다. 건강한 나무가 제 기능을 다한다. 이산화탄소를 잘 흡수하고, 산소를 우리에게 제공할 뿐 아니라 시원한 그늘을 드리운다. 대기大氣 기온이든, 만나는 동식물이든 내 잣대로만 잴 일이 아니다.

녹색 식물이 철 따라 순리대로 살아가는 모습이나, 강물이 수평을 유지하고자 끊임없이 출렁이며 스스로 정화하는 그 부지런함이나, 일찍 일어난 새가 먹이를 줍는 평범한 교훈 등이 나를 자극한다.

아마도 오늘은 어제보다 조금 나은 하루가 열릴 것 같다.

*광합성光合成: 녹색 식물이 빛에너지를 이용하여, 흡수된 이산화탄소와 수분을 유기물과 산소로 변환시키는 작용.

# 수호초

힘은 믿음에서도 온다. 겨울이 가면 봄이 온다는 그 믿음의 힘으로, 눈 속에서도 밝은 얼굴로 사는 식물이 있다.

국회도서관 가는 길. 한동안 읽지 못한 여러 신문을 일독하고자, 여의도공원을 지나 산업은행 본점 옆 회화공원(회화나무로 조성한 공원)에 들어서는데, 시선이 멎는다. 눈 속에 물기를 머금고 있는 진한 녹색 잎이 싱싱하다. 영하의 추위에도 반질반질한 밝은 얼굴로 활력이 넘친다. '얼굴은 마음을 닮는다.'라고 하더니 이 풀이 그런가.

같은 상록초常綠草인 맥문동은 이와 다르다. 회화나무 그늘에서 추위에 지친 듯 긴 잎들을 축 늘어뜨린 채 시들시들한데, 이 풀은 달걀 모양의 잎을 눈 속에서 꼿꼿이 세우고 있다. 혹한에도 생기를 잃지 않고 잎 떨어뜨린 나무들이 움츠린 이 공원에서 하얀 눈꽃[雪花]으로 피었다. 강해 보인다. 자신감이 넘치는 힘이 있어 보인다.

그들끼리 서로 어깨를 나란히 하여 같은 키로 상생하는 풀. 지난날 더러 본 것 같은 식물이지만, 그 풀의 이름이 떠오르지 않는다. 팻말을 찾아 설명문을 읽는다.

수호초秀好草
상록성 다년초로 4~5월에 흰 꽃이 핀다. 원줄기는 옆으로 뻗으며, 주로 나무 그늘 밑 음지에서 잘 자란다.

음지, 그 말에 마음이 간다. 유유상종類類相從이라더니 그런가. 양지에서 살아오지 않아서인가. 볕들지 않은 나무 그늘에 사는 수호초가 어떤 식물일까? 기다란 공원 의자에 앉아 노트북을 연다. 상록초를 찾아 그중에 수호초를 클릭하니 설명문이 뜬다.

회양목과에 속하는 늘 푸른 여러해살이풀. 나무 그늘에서 잘 자란다. 줄기가 옆으로 뻗으며 꽃이 곧추서고, 잎은 녹색이다. 높이 30cm 내외로 자란다. 잎은 윗부분에 모여 달리고 달걀을 거꾸로 세운 듯한 모양이다. 꽃은 4~5월에 피고 흰색이며 수상꽃차례로 달린다. 암꽃은 꽃이삭 밑부분에 약간 달리고 수꽃은 윗부분에 많이 달린다. 꽃잎은 없으며 열매는 핵과다. 관상용이나 노지露地 조경용으로 쓰인다. 한국·일본·사할린 섬·중국에 분포한다. 꽃향기가 빼어난 풀이다.

하늘 덮은 회화나무 가지 아래 포복하듯 낮은 자세로 살면서도 늘 푸른 제 색깔을 잃지 않은 수호초. 햇볕 가린 키 큰 나무 그늘에 사는 것을 후회하거나, 불우하게 생각하지 않은 듯 밝은 얼굴이다. 정체성을 가진 건강한 풀이다. 그저 주어진 자리에서 묵묵히 살아간다. 그나마 흙이 있어 뿌리 내릴 수 있는 것을 다행으로 여기면서.

문득 생각한다. 내 주위에도 수호초 같은 사람들이 살고 있음을. 온종일 햇볕 들지 않는 지하실 같은 음지에서 추위를 견디며, 굳건히 살아가는 강한 사람들이 있다는 것을. 그날이 그날이듯 어렵게 살아가면서도 제 역할을 다하는 사람이 한둘이 아닐 것이다. 햇살이 내리는 바깥세상을 그리면서도 어려운 처지를 벗어나지 못한 채, 제 몫을 다하는 그들에게 하루빨리 봄이 왔으면 싶다.

따뜻한 봄은 모든 생명이 기다린다. 수호초도 예외가 아닐 것이다. 저들끼리 같은 어깨높이로 서로 기대며 의지해 견디는 힘도 '봄이 온다.'라는 믿음에서일 것이다. 다른 식물과 달리 그늘에서 광합성 하는 강한 힘도 그런 신념에서 비롯된 것이 아닐까.

질기고 강한 생명력과 내음성耐陰性을 가졌다. 혹한에도 꿋꿋이 견디는 내한성耐寒性이 높은 수호초. 그 풀의 꽃말이 말해 주듯 진정 '동장군冬將軍'이다. 시기해서 그럴까. 본받고 싶어서일까. 그런 수호초를 보고 있으니 내게도 힘이 솟는다.

눈 속에서 밝은 얼굴을 내민 그 풀을 만난 게 우연이 아닐 성싶다. 두툼한 옷을 겹겹이 껴입고도 추워서 꺼칠한 얼굴, 웅크린 내 행색行色이 그 풀에 겹친다. 눈 속에서도 의연한 모습으로 꿋꿋이 고개 든 수호초 앞에, 내 모습이 부끄럽다.

때문인지 고개를 든다. 움츠린 가슴을 펴면서 도서관을 향해 다시 걷는다. 수호초를 떠올리면서, 음지에 사는 사람들을 그리면서, 머지 않아 봄이 온다는 '믿음의 힘'으로, 내디디는 걸음이 가볍다.

# 손가방 메아리

휴대품을 잊고 다니기 일쑤이다. 나이 들면 다 건망증이 있다고 하지만, 간혹 한두 번 그러는 게 아니다. 날이 갈수록 그 빈도가 잦다. 대처할 방안이 없을까? 궁리 끝에 떠오른 것이 '두 손가방 활용'이다.

바깥일을 마치고 집에 돌아오면 우선 손가방 정리를 한다. 들고 온 가방에 든 물건을 기다리는 책상 밑 예비 손가방(A)으로 옮긴다. 그리고 호주머니에 든 휴대품도 다 꺼내 A 손가방에 넣는다. 안경·열쇠·도장·수첩·통장·메모장·필기구 등등. 그런 다음 내일 일정을 소화하는 데 추가로 필요한 것들도 그와 같이한다. 그렇게 손가방 챙기는 게 하루 일의 마무리 절차가 됐다.

그 이튿날 외출할 때는 갈아입는 옷의 주머니에 넣을 것만 A 가방에서 꺼내 옮긴다. 그런 다음 어제 들었던 손가방(B)에 "안녕" 하며 A 손가방을 들고 나간다. 이처럼 손가방이 교대로 나의 귀중한 보석함이 된다. 손에서 떼지 않고 들고 다니다가 필요할 때 안에 든 물건을 꺼내 쓴다. 내겐 가장 소중한 휴대품 1호이다.

이처럼 손가방을 챙긴 다음부터는 외출하다가 '아차!' 하고 집으로 되돌아오는 경우가 거의 없다. '진즉 그렇게 할걸' 하고 후회한다. 그러나 그 방안이 하루아침에 생긴 게 아니다. 수많은 '잊고 다니기'의 반복 과정에서 얻은, 내 건망증의 대처 방안 중 하나이다.

이 두 손가방의 사연을 나만이 알고 있는 비결인 양 여러 사람에게 자랑삼아 말한다. 모임에 나가면 나는 이 '손가방' 얘기를 꺼낸다. 손가방을 들어 보이며 그동안의 활용 효과를 설명한다. 귀 기울이던 사람은 모두가 "그것 참 좋은 아이디어이다." 이구동성으로 잊고 다니는 물건이 한둘이 아니라며 손가방을 사겠단다. 어떤 종류의 손가방이 좋은지 내게 묻기까지 한다. 동병상련의 공감인 듯하다.

이처럼 두 손가방을 갖게 된 지도 어언 1년이 되었다. 하루는 검은색 가방, 그 다음 날은 다색茶色 가방에 어울리는 옷과 넥타이 차림으로 나다니니 남들이 "잘 어울리는 패션입니다."라며 칭찬도 해 준다. 이래저래 두 손가방은 나의 자랑거리가 되었다.

해마다 수명이 늘어남에 따라 노령 인구가 많아져 간다. 그에 비례하여 건망증 증상이 나타나는 사람이 늘어가기 때문일까. 내 손가방 이야기를 들은 사람들이 메신저가 되어 '손가방 메아리'를 불러일으킨다. 한 사람, 두 사람씩 손가방 동호인이 늘어가고 있다.

추측건대 S 산악회·K 동우회 회원을 비롯하여 얼추 60~70명이 나와 같은 목적으로 손가방을 들고 다닌다. 동호인끼리 길에서 만나면 손가방을 번쩍 들어 비시시 웃는다. 그러면서 덕분에 잊고 다니는 물건이 없다며 "고맙습니다."라는 인사를 한다. 흐뭇한 마음이다. 별

것 아닌, 작은 천(직물) 손가방이 나를 즐겁게 한다.

이런 즐거움이 어디 건망증용 손가방에만 있을까?

# 무모한 농부

'모르면 용감하다'란 말이 가슴에 와 닿는다, 퇴직 후 집에서 쉬고 있으니 마음이 갑갑하다. 서둘러 남 줬던 시흥 밭(1,200평)을 돌려받아 나무를 심기로 마음먹는다.

어떤 나무를 심을까? 서울 양재동 묘목장苗木場을 돌면서 조경인들의 말을 듣는다. 이구동성으로 주목朱木을 추천하면서 설명한다. "늘 푸른작은키나무로 수형이 아름다워 여느 정원에서나 빠지지 않은 고급 수종입니다. 나무껍질과 속살이 유난히 붉어 주목이라 불립니다. 생장이 느리지만 나무 재질이 치밀하면서 단단하여 재목 중에서 으뜸으로 여깁니다. 또한, 나무 중에서 가장 장수하고, 목재로서의 수명도 길어 '살아 천 년, 죽어 천 년'이라고 불리는 나무입니다."

됐다 싶다. 우선 사계절 푸른 잎을 볼 수 있고, 수형이 아름다워 마음에 든다. 2년 자란 묘목 810주를 사다가 쇠똥거름 뿌린 밭에 심은 후, 물 주고 가지 치며 정성 들여 가꾼다. 그런 지 4년째 되던 한여름,

땡볕에 땀을 줄줄 흘리며 나무 곁의 잡풀을 뽑고 있으니, 건너편 밭에서 채소밭을 매던 마을 농부가 일러준다. "해마다 그 고생을 하며 풀을 뽑을 게 아닙니다. 우리 밭처럼 비닐을 까십시오."라고 권한다. 더위에 땀 흘리고 있어선지 선뜻 혹한다. "예, 그렇게 해 보겠습니다."

그 이튿날 일꾼들을 불러 두꺼운 검정 비닐(폴리에틸렌 필름 0.2mm 두께)을 사다가 땅이 보이지 않도록 흙을 덮는다. 비용이야 들었지만, 밭고랑이 말끔하다.

그 다음 해, 2012년의 겨울은 매우 추웠다. 예년과 달리 영하 10도를 오르내리는 강추위가 몰려와, 12월에 접어드니 바늘처럼 뾰족한 나뭇잎이 노란색을 띤다. 아마도 20년 만의 혹한 때문일 것이라고 지레짐작하면서 그냥 두고만 본다. 봄이 오면 다시 생기가 돌 것이라고 믿으면서. 해가 바뀌 3월 중순 어느 날, 밭에 들르니 내 키만큼 자란 주목 50여 그루의 잎이 노랗게 변했다. 마치 나를 원망하는 듯한 모양새다.

안타깝다. 그 병의 원인을 모르니, 치유할 방법을 알 수 없다. 급한 마음에 묘목을 샀던 대림조경, 나무병원, 시청 산림과 등 여기저기 문의하다가 국립수목원에 전화를 건다. 주목류 담당관 K 박사에게 나무의 증상을 얘기한다. 그랬더니 담당관이 "응애(mite) 때문인지 수분이 부족한 상태인지 잘 알 수 없습니다. 나무 주위와 잎의 상태를 알 수 있는 사진을 찍어 보내주십시오."라고 한다. 부랴부랴 사진 다섯 장을 찍어 이메일로 보내니 바로 회답 전화가 온다. 진단 결과다.

"빠른 시일 내 비닐을 걷어내야 합니다."

"그래요?"

"네, 주목은 원줄기가 옆으로 기어가며, 흙에 닿는 가지에서 잔뿌리가 나기 때문에 비닐을 깔면 안 됩니다. 뿌리에 공기가 들어가지 않을 뿐 아니라 바깥의 냉기로 땅속이 얼어 새로 난 여린 잔뿌리가 활동할 수 없습니다."

"아차 싶다. 애써 키우는 나무에 내가 병에 걸리게 하다니!"

그 다음 날 일꾼을 불러 천이백 평 밭에 깔았던 비닐을 모두 걷어치운다. '이런 낭패가 있나!' 비닐값과 깔 때 걷을 때의 인건비를 합하여 300여만 원의 돈을 쓰고, 나무는 나무대로 시들고 있다.

조경 전문인도 아닌 내가 채소밭 농부의 말만 듣고 서둘러 행동으로 옮긴 게 잘못이었다. 풀 뽑기가 귀찮고 어렵다고 비닐을 깐 게 경솔한 행동이었다. 무모한 농부였다. 이 나이에 이런 분별없는 행동을 한 자신을 스스로 꾸짖어 본다. '모르면 물어 가라'고 했다. 무엇이든 급하게 서두는 이 조바심의 만성병이 언제 치유될는지….

잘 알지도 못하면서 비닐을 깔았고, 아픈 징후를 보인 지 3개월이 지나도록 꽁꽁 언 잔뿌리가 제 기능을 하지 못했으니 주목이 말라가고 있다. 어쩌면 생명을 잃을지도 모르는 지경에 이르렀다. 설마 죽기야 하겠나? 라는 안일한 생각, 그건 나의 고쳐지지 않는 지병이 아닌가.

이제 생각하니 시작할 때부터 너무 서둘렀다. 주목에 대해 아는 것 없으면서 치밀한 검토도 하지 않고, 나무 키우는 것을 '소일거리'로 생각했다. 악착같이 다잡는 '생업'이 아니었다. 그게 문제였다. 생명을 들여다 키우면서 공부도 하지 않고 이상 징후에 대해 늦장을 부렸다. 잎이 마를 땐 나무가 아프다는 징조다. 바로 의사를 찾아 진단을 받아야 했다. 막연히 날이 따뜻해지면 저절로 낫겠지라는 안일한 생각에 젖은 '무모한 농부'였다.

스스로 하고자 하는 일은 행동하기 전에 전후좌우를 잘 헤아려 봐야 한다는 것을 또 한 번 깨닫는다. 진부한 말이지만 '알아야 면장免墻'*을 한다.

*면장免墻: 논어論語에서 유래하는 말로 알아야 담을 마주하고 있는 것 같은 답답한 상태에서 벗어난다는 뜻.

# 역발상逆發想

　조간신문을 펴니 '물감 칠하지 않는 화가의 작품전(2012 6.15～
8.12)'이란 기사에 눈길이 간다. 통념을 벗어난 작법이다. 이런 역발상
이 글쓰기에도 원용할 수 있지 않을까 싶어 관심이 간다.

　개최 장소를 메모하여 전철을 탄다. 과천대공원역에서 내려 셔틀버
스를 타고 청계산 자락, 국립현대미술관 현관에 내린다. 하종현* 화가
의 전시실에 들어서니 울긋불긋한 색감의 그림이 아니다. 흙벽이나
삼베 같은 데에 그려진 묵직한 어두운색이다. 진한 먹물 냄새가 풍겨
오는 듯하다.

　회화의 고정관념을 깼다. 캔버스 앞에서 그린 그림이 아니다. 뒷면
에서 물감을 칠하고 이를 앞으로 밀어내는 특이한 방식으로 작품화하
였다. 굵은 마포麻布 뒷면에서 힘을 줘 누르면, 거칠고 성긴 틈새로
물감이 앞면에 배어 나온다. 이러한 그의 작품에 대해 미술 평론가들
은 "진흙과 지푸라기가 섞인 시골집 흙벽, 한약재를 짤 때 삼베에 배

어 나오는 진액 같다."라고 비유했다.

화가는 1962년 창작활동을 시작할 때부터 어두운색의 물감을 두껍게 화폭에 입혔다. 불에 그슬린 고목 껍질이나 전쟁의 상흔傷痕을 연상케 하는 새로운 시도로 신선한 바람을 불러일으켰다.

그 후 1974년부터 '물감을 뒷면에서 밀어내는 방식'으로 작법을 바꿔 독창적인 방식으로 그린 작품을 '접합接合'이라 하였다. '물감과 마포의 만남'이란 뜻이다. 한국 추상 미술의 새 장章을 열었다. 1960년대 초기작부터 최근작까지 하종현 화업畵業 50여 년을 조망하는 85점의 전시다.

2009년까지 '접합' 연작에 몰두했던 작가는 2010년부터 원색의 향연이 펼쳐지는 대형화면의 '이후 접합' 시리즈를 선보였다. 그는 "과거를 되풀이하지 않으려는 실험성이 내 작품의 특징이며, 나는 '내 언어'를 창조하려 해 왔다."라고 말한다. 공유하고 싶은 특징이다.

역발상, 새로운 '상상의 샘'으로 요즘 각 분야의 화두다. 하종현 화가처럼 고정관념을 깬 색다른 발상으로 성공한 사례가 한둘이 아니다. 미국의 사우스웨스트항공은 고객이 으레 짐작하는 기내식 서비스를 없애고 가격 혁신으로 보답했다. 스튜어디스 수를 줄이고 기내식을 없애는 대신, 항공요금을 파격적으로 내린 역발상이었다. 고객의 호평을 받아 큰 성공을 거뒀다. 2001년 미국의 9·11사태 때 모든 항공사가 적자에 허덕이고 있었다. 사우스웨스트만이 유일하게 흑자를 낸 항공사로 지금도 많은 마케팅 전문가의 입에 오르내린다. 기존의 상식과 통념을 뒤집은 역발상 마케팅은 소비자에게 강한 인상을 남겼다.

이런 발상의 전환은 우리 농업에서도 일고 있다. 한 농기업農企業에서 채소를 먹지 않고 장식용으로 만들어 국내 유명 호텔에 공급하고 있었다. 우연히 고급 호텔의 음식에 장식으로 사용하는 용꽃을 보고 먹지도 못하는 것을 왜 내놓은 것인지 생각하게 되었다. 색다른 농기업의 출발점이었다. 새싹 채소를 작게 만들어 장식용으로 보면서, 먹기도 하는 즐거움까지 얻을 수 있다는 아이디어를 바탕으로 연구에 착수했다. 지금은 자신만의 대표 브랜드를 가진, 한 기업의 최고경영자로 성공했다.

일본의 '96 대 4'의 역발상. 1991년 일본 최북단 아오모리青森 현에 엄청난 태풍이 몰려왔다. 수확기에 접어들었던 사과 대부분이 나무에서 떨어지고 말았다. 통상적으로 예상 수확량의 10%가량이 떨어지던 게 1991년은 무려 96%가 떨어졌다. 모두 한숨을 쉬고 있을 때 아오모리의 청년 지도자 미우라 요이치三浦洋一가 아이디어를 냈다.

"떨어진 96%의 사과를 보지 말고 남은 4%의 사과를 보자." 미우라는 남은 4%의 사과에 '떨어지지 않는 사과'란 이름을 사과 상자에 붙였다. '강한 태풍에도 떨어지지 않는 사과'란 큼지막한 문구와 사과나무 그림, 그리고 사과에도 '합격'이란 글을 새겨 넣었다. '떨어지지 않는다＝합격'이란 연상을 일으킨 이 사과는 수험생과 학부모에게 폭발적으로 팔렸다. 가격은 순식간에 일반 사과의 30배로 치솟았다. 위기에서 나온 역발상 하나가 아오모리를 살렸다. 한 사람의 역발상이 자신뿐만 아니라 여러 사람을 구했다.

포화상태에 이른 우리의 식품업계에서도 고정관념을 깨고, 새로운 식품이 줄을 잇는다. C 사는 '두부 모양은 네모'란 틀을 캐고 '동그란 모양의 두부'를 내놓고, 우리가 즐겨 먹는 라면은 '빨간 국물'에 담긴 얼큰한 이미지를 연상시키지만, P 사의 꼬꼬면 국물은 하얗다. 닭 육수로 우려낸 맑은 국물이면서도 청양고추로 담백하고 칼칼한 맛을 살려 하얀 국물은 느끼하다는 지금까지의 통념을 깼다.

발상 전환으로 빨간색 고춧가루 대신 청양 풋고추를 사용한 것이 성공의 요인이었다. 꼬꼬면이 몰고 온 하얀 국물 돌풍에 O 사는 기스면을, S 사는 나가사키 짬뽕을 출시해 하얀 국물 바람을 확산시켰다.

위의 예시는 역발상으로 성공한 사례의 일부이다. 여러 분야별로 고정관념을 깨고 역발상으로 새로운 경지를 만드는 경향이 두드러지고 있다. 이러한 얘기를 들을 때마다 '나도 그런 발상을 해 봤으면' 하고 바랐지만, 한 번도 실현하지 못한 아쉬움으로 남았다. 그래선지 조간신문 기사에 시선이 갔다.


하종현 화가의 통념을 깬 색다른 방법으로 그린 작품 앞에서, 나는 그런 착상과 방법으로 글을 쓸 수 없을까. 그동안 느끼기만 했던 '역발상'을 다시 한 번 발심發心하게 한다. 고루하고 침체한 내 사고思考에 대한 변화가 있어야 할 때이다. 이를테면 남들이 전면만 보고 하찮다고 지나치는, 그 이면裏面의 가치나 쓸모를 상상해 보는 것이다. 그렇게 함으로써 흐르는 세월 따라 마모되고, 무뎌진 상상의 한계를 넓혀

갈 수 있을 것이다.

'접합'이란 작품을 만드는 방법으로 글쓰기를 한다는 건 무리가 있겠지만, 우선 주제나 소재의 착상 단계에서라도 종래의 발상에서 벗어나, 대상의 이미지[心象]를 뒤집어 생각하거나, 거꾸로 바라보는 안목을 가져야겠다. 그러다 보면 좀 창의적이고, 색다른 나만의 글을 쓸 수 있지 않을까 싶다.

역발상, 그렇다. 거꾸로 바라보고 뒤집어 생각하는 그 역발상이야말로 실은 본질의 핵을 가장 바르게 진단하는, 가장 본래의 방법으로 찾는 수단일 수 있을 테니까.


*하종현(77세): 홍익대 회화과 졸업, 서울시립미술관장, 홍익대 미대 학장·명예교수

# 이미지

　이미지 시대다. 너나없이 제 이미지를 나타내고자 노력한다. 비단 인기를 중요시하는 정치인이나 연예인만이 아니다. 일반인도 신경 쓰는 자기만의 像으로 떠올랐다.

　이미지가 보편화한 것은 인터넷이나 영상 문화의 발전에 힘입었다. 자신의 이미지를 나타낼 기회가 늘어난 데다, 개방화·세계화 등의 영향으로 대외 활동의 기회가 빈번해진 것도 그 원인이다. 면접이나 이성 간의 만남뿐만 아니라 비즈니스의 성패에까지 영향을 미치게 됐다.

　이미지메이킹Image making의 선두주자였던 미국이 1960년대에 싹을 틔웠다. 제37대 대통령 선거, 티브이 토론회에서 케네디가 유권자에게 좋은 이미지를 심는 데 성공하여 대통령이 될 수 있었다. 우리나라에선 1980년대부터 기업이 먼저 회사를 이미지화하기 시작했다. 유한킴벌리는 '우리 강산 푸르게 푸르게'라는 나무 심기 캠페인을 벌여, 기업을 홍보한 데서 비롯됐다. '나라 사랑·환경 사랑'이란 이미지로 회사의 가치를 높였다.

이어서 정치인이 이미지메이킹의 중요 고객이 됐다. 1987년 대선 때 군 출신으로 다소 딱딱해 보이는 노태우 후보가 어린이를 안고 포스트에 등장, 부드러운 이미지를 나타냈다. 그 후 그는 대통령이 되고 나서도 '보통 사람'을 정치 구호로 내걸고 이미지 연출을 위해 직접 서류 가방을 들고 다녔다. 전형적인 이미지메이킹의 예다.

그 이후 개인의 개성 홍보에 응용하는 영역으로 확산해 갔다. '속전 속결速戰速決' 하는 시대 변화에 맞물린 효과다. 이미지메이킹 전문회 사가 우후죽순처럼 생겨나 연예·정치·기업인은 물론 일반 개인도 이미지를 자기 브랜드화하는 경향에 이르렀다.

고인이 됐지만, 앙드레김 같은 이가 대표적인 사람이다. 흰옷만 입고 특유의 느린 말투를 구사하시던 생전의 모습이 그의 이미지일 것이다. 현역 연예인으로 검은 안경을 낀 털털한 조영남, 양촌리 이장里長 최불암, 그리고 늘 청바지 차림의 수필가 윤재천 등이 그들의 개성 있는 뚜렷한 이미지로 우리 머릿속에 자리 잡고 있다. 또한, 티셔츠에 청바지, 운동화 차림은 미국 실리콘밸리 정보기술 종사자의 문화요, 이미지다.

이러한 요즘의 이미지 만들기는 단순한 옷차림이나 화장술에 그치는 게 아니다. 대화할 때 복장, 몸가짐과 매너, 화술話術 등을 전문회사가 지도하기에 이르렀다. 직종과 나이에 어울리는 복장·화장법·머리 스타일·액세서리 등 모든 '외적인 이미지'를 창출해 준다. 이러한 외모의 이미지에 못지않게 '내적 이미지', 즉 인성의 숙련과 감정의 절제에서 우러나는 개성미美가 제 이미지의 진가를 나타낸다. 마치 마음 가짐이 고와야 표정이 밝아질 수 있듯이.

첫인상이 중요함을 전문업체들은 말한다. '인생을 바꾸는 게 첫인상'이라고. 면접에 67.7%, 맞선에 85%가 첫인상에 의해 좌우된다는 통계 수치를 예로 든다. 그처럼 첫인상이 중요하기에 처음 만날 때 상대방에게 좋은 인상을 심으려고 한다. 옷차림·머리 스타일·신발·액세서리 등 차림새에 신경 쓴다. 밝은 표정, 단정한 자세와 태도를 보이며 나누는 대화도 낮은 목소리로 부드럽게 말한다.

나는 어떤가? 음성이 차분하지 못할 뿐 아니라 표정도 그리 밝지 않다. 차림새도 특징이 없고, 남다른 지성이나 개성미가 없다. 직장 다닐 때만 해도 주위 사람들에게 잘 보이려고 아침마다 거울 앞에 서서 얼굴을 매만지고 옷차림과 넥타이 등에 신경을 썼다. 좀 색다르게 보이려고 정성을 기울였다. 남과 대화할 참신한 화제話題 한두 가지씩을 메모하여서 다녔다.

그러했는데 퇴직 후 달라졌다. 마치 한 세계를 다 산 사람처럼 시간 관념 없이 느슨해졌다. 평가받을 일이 없어선지 남을 의식하지 않은 채 옷차림이나 겉모습에 신경 쓰지 않는다. 그뿐만이 아니라 내적인 '지식 쌓기'에도 등한시한다. 스스로 생각해 봐도 무덤덤한, 특징이라고는 없는 무색무미無色無味한 존재. 이미지라고 내세울 만한 게 없는 자신이 아닌가!

한데 요즘 주위 사람들은 다르다. 젊은이는 물론 나이 든 남성들도 상대방에게 좋은 인상을 심으려고 꾸준히 공부하며 화장한다. 그냥 스킨로션이나 크림을 바르는 정도를 넘어 메이크업makeup 수준으로 얼굴을 다듬는 이가 늘어나고 있다.

화장만이 아니다. 전문점에 나가 피부 관리도 받고, 성형도 한다. 그런 측면에선 남녀 구분 없는 세상이다. 경쟁사회에서 남보다 돋보이려면 몸 관리도 잘해야 하겠지만 자기 능력이나 장점을 꾸준히 이미지화해 가야 한다.

또한, 제 나름의 개성을 중요시하는 요즘이다. 여러 사람과 어울러 살아가는 글로벌 사회에선 이름보다도 독특한 인상이나 마음에 각인된 상대의 이미지가 먼저 떠오르기 마련이다. 경쟁하는 사회에서 상대에 자기를 알리고, 이미지로 인식시킨다는 것은 보람된 삶으로 가는 지름길일 것이다.

친숙하다고 이미지가 좋은 건 아니다. 어떤 분야에 특출하거나, 또는 감명 깊게 느낀 게 있어 가슴속에 깊숙이 새겨진 영상映像이 좋은 이미지이다. 그런 이미지가 오래오래 연상聯想된다. '방랑 시인' 하면 김삿갓, '사랑 소설' 하면 이광수, '동백 아가씨' 하면 이미자, '말춤' 하면 싸이가 떠오르듯이. 연상되는 하나의 이미지가 있어야 할 것 같다. 예의 사람들만큼 유명한 브랜드는 아닐지라도.

생각해 보면 소신 없는 삶, 남의 기준에 자신을 맞춘다. 흐르는 물결 따라 쉽고 편안한 일상의 사이클에 편승한다. 그 대열에서 머뭇거리거나 벗어나면 뒤처진다는 초조감으로 앞사람 쫓아가기 바쁘다. 밀려드는 세파에 휩쓸리는 나날. 그처럼 시류時流에 흔들리며 살다 보니 개성 없는, 이미지 하나 가지지 못한 자신이 아닌가.

이미지가 아쉽다.

특징 없는, 그날이 그날 같은 일상에서 벗어나고 싶다. 더 늦기 전, 나만의 작은 이미지 하나라도 심어, 내적 외적 '물 주기'를 해 가야겠다. 희끗희끗한 머리를 이고 거울 앞에서 이런저런 표정 짓는 내 모습을 상상만 해도 생기가 돈다. 빛깔 없는 석양이라 이미지가 아쉬운 요즘이다.

# 오빠, 꽃구경 오십시오

꽃철이다.

전국 곳곳에서 꽃 소식을 전한다. 제주 유채 꽃잔치(서귀포시). 비슬산 참꽃 문화제(대구, 달성), 유달산 꽃축제(전남, 목포), 에버랜드 튤립 꽃축제(경기, 용인) 등의 꽃을 주제로 한 행사가 이어진다. 올해는 어디론가 꽃구경을 가려고 마음먹고 있는데, 고향 큰 여동생에게서 꽃구경 오라는 전화가 왔다.

"오빠, 저가 고운 꽃을 피웠어요."

"무슨 꽃인데?"

"꽃 같은 새집을 지었습니다."

"그래! 구경 가야겠군. 서울 동생들과 날 잡아 알려 주마."

5월 1일, 서울 동생들(남 1명, 여 3명)과 한 차를 탔다. 아직도 팔팔한 막내 여동생이 오늘의 기사다. 중부고속도로 화단에 철쭉이 한창이다. 그 꽃길을 지나 도시를 벗어나니 산하가 곱다.

들에는 꽃을 캔다. 쑥을 뜯고 달래와 민들레를 캐는 아낙네의 모습이 여기저기 보인다. 산은 녹색 경연장이다, 나무들이 앞다퉈 청록색 잎을 뽑아 올린다. 봄바람에 제 뒷모습까지 팔랑거리는 나뭇잎. 마치 바다 물결처럼 출렁인다. 그 산자락에도 진달래·철쭉·생강나무 꽃이 제 모습을 드러냈다.

충주·장호원 안내 표지가 보이더니 분홍 꽃이 펼쳐진다. 마을엔 살구꽃, 경사진 산비탈엔 복숭아꽃이 피었다. 저 꽃 좀 봐라! 하며 손짓을 하니 동생들이 흥이 났다.

나의 살던 고향은 꽃피는 산골
복숭아꽃 살구꽃 아기 진달래
......

연거푸 <고향의 봄>을 합창하니 기사가 속도를 줄인다. 차 안 분위기를 바꾸려는 듯, "커피 한잔하십시다."라며 문경휴게소에 들어간다. 차 문 열고 밖으로 나오니 봄바람이 살랑인다. 높은 하늘에 뭉게구름이 흐르고, 화단에 핀 영산홍과 튤립 등 갖가지 꽃에서 꽃향기가 바람에 실려 온다.

커피 잔을 들고 휴게소 바깥 의자에 둘러앉는다. 기다렸다는 듯이 음악이 흐른다. 하이샵hi-shop에서다. 이미자의 <한 많은 문경새재> 노래가 이 지역을 말해 준다. 그 곡을 듣고 있던 기사가 불쑥 제안한다.

"이 좋은 날, 사진 한 장 찍어요." 하니 주르륵 화단 앞에 열을 선다.

기념사진을 찍은 다음 차는 다시 달린다. 문경새재 터널을 벗어나니 경북이다. '사이소'란 농산물 홍보 간판이 먼저 눈에 들어온다. '능금 사이소.'라던 그 옛말이 떠오른다. 친근감이 든다. 내 어릴 때는 이곳 사람들이 사과를 능금이라 불렀다.

그 능금 산지답게 밭에는 목화木花 같은 사과 꽃이 송이송이 피었다. 사과만이 아니다. 산 밑 경사진 밭에는 하얀 배꽃이 질세라 자태를 뽐낸다. 그런 과실나무가 영리하다는 생각이 든다. 벌과 나비를 부르고자 거무스름한 줄기에 다닥다닥 꽃송이를 달고 있다. 어떻게 저런 하얀 꽃잎을 피울 수 있을까. 물과 햇볕과 공기만 마시고 저토록 아름다운 꽃을 피울 수 있을까. 맛난 식품, 몸에 좋다는 갖가지 음식을 먹고 사는 나는 어떤 꽃을 피울 수 있을는지?

차창 너머로 시선이 간다. 낙동강이 흐른다. 그 강물의 폭보다 모래밭이 넓었던 옛 모습이 아니다. '4대강 사업'으로 보洑를 막은 때문인지 둑 아래 물이 가득하다. 여유롭게 유유히 흐른다. 저 강둑에도 능수버들이 늘어뜨린 가지에 피침 모양의 꽃을 피운다. 물이 흘러가면서 강변 식물의 뿌리를 적셔주며 꽃 피게 한다.

저만치 금호강琴湖江이 보이더니 영천永川 표지판이 차창에 스친다. 낯익은 산하의 모습이 가슴을 설레게 한다. 이곳에도 산자락마다 사과와 배꽃이 한창이다. 머지않아 꽃피울 포도나무 가지에도 푸른 잎이 돈다.

"하나 둘, 하나 둘 ~" 우렁찬 구령 소리가 들린다. 육군3사관학교 생도들의 행군 소리를 들으며 고경古鏡을 지나, 삼산동三山洞 선산에 들른다. 오랜만에 할아버지 산소에 잔을 올리고, 묘 주위를 살핀다. 한 뼘 정도의 간격으로 민들레가 피었다. 샛노란 저 꽃도 우리가 찾아 오지 않았으면 아무도 봐 줄 이 없었을 것이다.

자주 오지 못한 아쉬움을 뒤로하고, 10여 분 달려 태생지인 청정동 淸亭洞에 닿는다. 도롯가에 차를 세우고 마을을 내려다본다. 마을 지킴 이 당산나무는 옛 모습 그대로 서 있건만 주위는 낯설다. 나무하러 다니던 마을 앞 성산聖山엔 치열했던 6·25전쟁의 상흔이 남았다. 국립 영천호국원이 들어섰다. 순국한 장병의 묘지로 산을 메웠다. 웬 호미 든 아낙네가 걸어온다. 그 여인에게 묻는다.

"이 마을에 사세요?"

"네, 누구신데요."

"여기가 저의 고향입니다. 저 큰 건물은 공장입니까?

"아니에요. 물품 창고입니다. 택호가 어떻게 되십니까?"

"서호댁이라고 불렀습니다."

잘 모르는 듯 고개를 갸웃하면서 마을로 걸어간다. '서호댁'을 모르 는 게 당연하다. 우리 가족이 이곳을 뜬 지가 벌써 40년이나 되었으니, 외지에서 이사 온 아낙네가 알 리가 없을 것이다. 그때 점심 준비가 다 되었으니 빨리 오라고 큰 여동생이 전화를 했다. 안강安康 장에 다 니던 정겨운 시티재, 굽이굽이 돌던 산자락이 철쭉으로 물들었다.

그 산 아래가 고향 이웃 마을인, 여동생이 사는 두류리斗流里다. 저 만치 큰길가에 여동생의 모습이 보인다. 손을 흔들며 다 같이 달려가 서로 얼싸안으며 반긴다. 동생의 안내를 받으며 집에 들어선다. 유네

스코 세계문화유산으로 등재된 옥산서원玉山書院*과 마주한 세심洗心
마을 옆이다.

세심마을, 조선 중기 성리학자 이언적李彦迪 선생이 낙향하여 자옥
산紫玉山 기슭, 자계천紫溪川에 독락당獨樂堂을 지었다. 거기에서 후학을
가르치던 곳이 동생 집 근처다. 자옥산 자락이 집을 에워싼 좋은 환경
이다.

전에 살던 마을이 공업지工業地로 편입돼, 경주시慶州市가 여기에 대
토代土로 주택지를 조성한 것이다. 운 좋게도 심지 뽑기에서 산기슭
자리를 차지하였다. 채소밭이 딸린 200평 땅에 현대식 2층 양옥을 반
듯하게 지었다.

정원에 낯익은 두 그루의 감나무가 보인다. 전에 살던 집 앞에 있던
나무란다. 해마다 그 나무에 달린 감을 내게 보내주었다. 그랬던 그
감나무도, 새 터전으로 옮겨 와 뿌리를 내리고, 가지마다 잎을 피운다.
10여 일 지나면 감꽃이 피어날 것이다. 가을이 오면 열매가 주렁주렁
달릴 것이니, 올해도 저 감나무의 홍시 맛을 볼 수 있을 것 같다.

이층으로 안내하던 동생이 마을의 집들을 가리키며,

"오빠, 이 마을이 다 단층인데 우리 집만 2층이에요."

"그래! 왜?"

"산과 더 가깝게 지내고자 2층을 올렸습니다."

스스로 구상하여 지은 집. 짧지 않은 11개월 동안 정성을 다 쏟았기
에 반듯한 이층집을 지을 수 있었을 것이다. 제 몸을 의지하여 살아갈
집으로서 손색이 없어 보인다. 여동생에겐 여느 호화 별장보다 귀한

집이고, 그 누구의 꽃보다 고운, 시들지 않을 꽃이다.

"노년에 혼자서 고생이 많았다, 동생 말처럼 '고운 꽃'을 피웠다." 라며 칠 형제(인근 금호에 사는 셋째 여동생까지 합류하여)가 다 같이 술잔을 부딪치며 건배한다. 짝짝짝 손뼉을 치니, 큰 여동생이 눈물을 글썽인다.

그도 그럴 것이 남편도 몇 년 전에 세상을 떴고, 자식이 모두 도시로 나가 사는 일흔넷의 할머니. 여태껏 살던, 숨결이 밴 옛집(여기에서 3킬로미터 정도 떨어진)이 어찌 그립지 않겠는가. 커다란 눈에 그렁그렁 눈물이 괸 황우의 워낭 소리, 그 쇠똥 냄새, 무럭무럭 김이 솟던 두엄 냄새, 그리고 바람이 불면 '쏴~'하며 흔들리던 뒷담 대나무 소리가.

하지만, 전화위복이다. 옛집이 공업지로 편입된 것은 우연이 아닐 것이다. 오랫동안 농사짓고, 자식 키워가며 안동 권씨 집안 맏며느리로서 조상을 모시며 고생이 많았다. 평소에 한복차림으로 살아야 했다. 수많은 역경과 아픔을 견뎌 온 보답인지 모른다. 가축이란 동물은 다 키우며 한시도 쉴 새 없이 그 좁은 농가農家에서 제 할 일을 다한 데 대한 보상일지도 모른다. 이제 반듯한 너른 집에서 지저귀는 산새 소리 들으며, 노년을 편히 쉬었으면…….

오늘 하루 많은 꽃을 봤다. 철쭉·튤립·복숭아·민들레……. 그리고 새 집을 의화화擬花化한 '고운 꽃'까지. 생각해 보면 큰 여동생의 말에 수긍이 간다. 식물에만 꽃이 있는 게 아니다. 고생 고생하다가 인생 황혼기에 편히 쉴 집을 지은 것도 하나의 '꽃피움'이 아니겠는가.

그런 '꽃'을 피울만한 열정과 능력이 있을지는 모르지만, 나도 한번 시도해 보고 싶은 꽃철이다.

*옥산서원玉山書院 : 경북 경주시 안강읍 옥산리 자옥산 자락에 있는 서원. 조선 중기의 성리학자 이언적(李彦迪, 1491~1553) 선생을 제향하는 곳으로, 선조 5년(1572)에 경주 부윤府尹 이제민李齊民과 선생의 제자가 세워, 이듬해에 사액賜額 받은 서원으로 2010년 유네스코가 지정한 세계문화유산으로 등재되었다. 사적 제154호.

# 3부
## 묵은 갈대

# 어머니 품 같은 산, 산 …

　산이 좋아 산에 간다. 주말마다 찾는 산. 답답한 도심을 벗어나 산자락에 닿으면 언제나 어머니 품 같다.

　물·숲·새 등이 반겨주는 듯하다. 자주 가는 도봉산에 들어설 때면 졸졸 흐르는 물소리, 나무와 넝쿨들이 뒤엉켜 서로 의지하며 살아가는 숲, 그 속에서 찍찍대는 벌레 소리, 짹짹거리는 새소리, 그리고 산사에서 들려오는 풍경 소리를 들으면, 갑갑한 마음이 누그러져 간다. 산에 동화한다. 어쩌다가 온 산을 쩡쩡 울리는 꿩 울음소리라도 들리면 그 자리에 서서, 먼 고향으로 여행하는 향수에 젖는다.

　어릴 적 마을 앞산에서 본 떡갈나무·느티나무·칡넝쿨·산딸기가, '저 여기 와 있습니다.'라는 듯 제 모습을 드러낸다. 그 나무가 품어주는 신선한 공기를 들이마신다. 흙냄새·풀 냄새·꽃향기 등이 한데 어우러진 산이 주는 맑은 선물. 향긋한 그 향기를 조금이라도 더 마시고자 코를 벌름거리는 자신을 의식한다.

　그런 산의 풍치에 젖다 보면 부딪으며 쌓여 온 일상의 잡념이 사라진다. 마음이 편안하고 정갈해진다. 천년을 꿈쩍 않는 바위를 만나면 그 앞에 선다. 듬직한 무게감과 흔들리지 않은 굳은 신념에 등이라도 기대고 싶은 바위. 그와 같은 바위들을 제 몸에 품고 사는 산이다. 따지고 보면 이 산의 속살은 바위다. 흔들리지 않으려면 그 정도의 속살은 가져야 할 것 같다. 나도 하나의 작은 바위였으면…….

묵직한 산, 어머니 같은 존재다. 때 되면 일깨운다. 여기저기 들어선 나무와 풀들에, 철이 되었으니 제 할 일을 하라고 나의 반면교사이기도 하다. 들어설 때마다 제때에 잎과 꽃을 피우라고 본보기가 되어주는 산, 어찌 좋아하지 않을 수 있을까.

예부터 많은 문인이 산을 찬양하는 시가詩歌를 지어 읊었다. 정철鄭澈은 성산별곡星山別曲, 이황李滉은 도산십이곡陶山十二曲, 이이李珥는 고산구곡가高山九曲歌, 윤선도尹善道는 산중신곡山中新曲 등 수많은 작품으로 산을 노래하며 정서를 함양하였다. 화가들은 또 얼마나 많은 그림을 그려 스스로 심취心醉했는가. 또한, 스님들도 산에 산다. 심신을 맑게 하는 데 산만큼 좋은 데가 없어서일 것이다.

산은 마음만을 씻어주는 게 아니다. 건강까지 챙겨준다. 바위를 타거나 돌길을 걸으면 발 신경을 자극하여 몸에 피가 잘 돌게 하는 치유治癒의 산이다.

사시사철 옷을 갈아입으며 주어진 환경에 적응한다. 더위와 추위에 나처럼 언짢아하지 않는다. 뭇 사람이 밟고 밟아도 불평하지 않는 산. 그러면서 동식물에 살아갈 터전을 주고, 인간에게 무상 출입하게 하는 너그러운 산이다.

많은 것을 주면서 자랑하지 않는 산. 무엇 하나 주는 것 없이 받기만 하는 나는 항상 미안한 마음이다. 그래서일까. 산을 오르면서 더러 눈에 띄는 쓰레기를 주워 담는 게 고작 산에 대한 나의 답례이다. 무딘 필력으로나마 산을 예찬하고 있는 것도 마음의 빚을 줄여보고자 하는 작은 성의가 아닌가 싶다.

살아가는 인생길이 그러하듯 어느 산이나 깔딱 고개가 있다. 땀을 뻘뻘 흘리며 가파른 고개에 올라서면 정상에 닿는다. '아ㅡ 정상!' 하는 탄성이 절로 나온다. 목적지에 오른 승리감이라고 할까. 굽이굽이 휘어진 산길을 걷고, 비탈진 고개를 넘고 넘은 성취감 같은 그 쾌감이다. 어려움을 견뎌내지 않으면, 난관을 극복하지 않으면 바라는 목적지에 올라설 수 없다는 것을 넌지시 말해주는 정상. 긴 호흡으로 신선한 바람을 들이마시며 끝없이 펼쳐진 산야를 굽어본다.

정상에 오르면 언제나 시선이 가는 그리움의 정점頂點, 아득한 저 하늘 아래로 고향을 본다. 어디에서보다 더 잘 보이는 것 같은 영천永川의 산야. 그래서 해호海浩 스님이 여기에 망월사望月寺를 짓고 월성[月城·경주에 있는 궁성(宮城)]을 향해 신라 왕실의 융성을 빌었을까?

태어나 자란 영천으로 꿈결처럼 다가간다. 무학산·삼성산이 눈에 어른거리고, 마을 앞 너른 들판을 서성거리던 아버지의 모습, 내게 주려고 부엌에서 고구마 굽던 어머니의 붉은 얼굴이 떠오른다. 돌담 위에 앞다퉈 피던 호박꽃이 선하니 보이는 듯하다.

그때 "할아버님, 이리 오셔서 막걸리 한잔하시지요."라는 풍성한 인심. 산에서만이 들을 수 있는 넉넉한 마음에서 우러난 따뜻한 인사다. 이웃과 나눠 먹는 우리의 품성을 산이 일깨워주는 풍경이다. 그런 자연의 품을 닮아가는 등산객들이 여기저기 자리를 펴고 점심을 먹는 정겨운 정상. 시원한 막걸리 한 잔 얻어 마시고 가져온 김밥을 먹는 그 맛이 다디달다.

바람이 분다. 싱그러운 나무와 풀들이 바람 따라 흔들리며 맑은 공기를 품어준다. 물소리·새소리 들으며 하산하는 길. 도심에서 찌든 마음을 말끔히 씻어준 산. 피를 맑게 하고, 팔다리 근육까지 단단하게 해준 산. 잊고 지내는 고향을 다시 상기시켜준 고마운 산. 지금 사는 우리 집 다음으로 가장 많이 찾는 내 마음의 집이다. 늘 마음 놓이는 푸근한 어머니의 품이다.

'산, 거기에 머무는 마음'은 언제나 즐겁다.

# 쑥과 어머니

　하나를 보면 열을 안다고 한다. 떡 본 김에 산소 찾는因利乘便 격인 나는 예의 그 하나일 것이다.

　고추 모종 심으러 농장 가는 길, 들에 쑥 향이 그윽하다. 방죽·논둑·밭둑에 쑥 뜯는 아낙네들의 모습에서 봄을 느끼며 농막 창문을 연다. 봄은 우리 농장에도! 울긋불긋 등산복 차림의 여인들이 밭고랑에서 쑥을 뜯는다. 밭 주인이 바라보고 있어도 아랑곳하지 않는다. 마치 쑥은 땅 임자와 상관없이 누구나 자유롭게 뜯을 수 있다는 낌새다. 전국 어느 곳에서나 흔하게 자생하는 풀이라서 그럴까.

　어떤 풀이기에? 국화과의 여러해살이풀로 번식력이 강하다. 퇴비 한 줌 준 일 없는 논두렁·밭두렁에서도, 쥐불로 타 버린 방죽에서도 틈새만 있으면 비집고 싹을 틔우는 끈질긴 생명력을 가졌다. 잎도 앞뒤가 다르다. 앞면은 녹색이지만 뒷면은 젖빛 솜털이 있으며 향기가 짙다. 달걀 모양의 잎은 어긋나며, 7~10월에 분홍색 꽃이 핀다. 어린

잎은 식용한다. 국을 끓이거나 쑥떡·쑥버무리·쑥 튀김 등을 만들어 먹는다.

쓰임새가 많아서일까. 우리에게 쑥만큼 친숙한 식물도 드물다. 우리나라 개국 신화에도 나오는 풀이다. "곰이 쑥 한 다발과 마늘 이십 개를 먹고 웅녀熊女가 되어 환웅桓雄과 결혼해 아이를 낳으니, 이 사람이 바로 단군이다."라는 신화다. 이처럼 우리 조상과 함께해 온 봄의 대표 식물이다.

조상 전래의 오랜 역사 때문인지 그 종류도 다양하다. 물쑥·제비쑥·참쑥·인진쑥·산쑥 등 40여 가지의 쑥은 들과 산에 향기를 뿜는다. 쑥은 봄이면 어디서나, 남의 밭에 들어가서도 뜯을 수 있다. 아마 그게 자연이 베푸는 넉넉한 마음일 것이다.

그래선지 봄이면 어머니가 쑥 음식을 자주 만들어 주셨다. 비탈진 밭에 나가 쑥을 뜯어다 우물물에 씻은 다음, 손수 담근 된장을 풀어 넣고 끓인, 그 쑥국의 향을 지금도 잊을 수 없다. 국의 김 따라 은은하게 퍼지는 쑥 향을 맡으면 어머니의 심향心香인듯 향긋했다.

쑥국만이 아니다. 이맘때면 쑥떡을 자주 빚어 주셨다. 어리고 연한 쑥을 깨끗이 다듬어 씻은 다음, 데쳐내어 물기를 꼭 짠 후에 잘게 썰어 반죽을 만드셨다. 그 반죽을 찜통에 깔고 찐 베 보자기를 들어낼 때면 어머니는 나를 부르셨다.

"큰 아야, 쑥떡이 몸에 좋은기라. 마이(많이) 묵어(먹어)라."라고 하시던 어머니의 그 목소리가 지금도 내 귀에 쟁쟁하다. 어머니는 봄이면 바쁘게 들로 산으로 나가, 어린 쑥과 갓 돋은 봄나물을 뜯어다 국

·나물·떡을 만들어 내게 먹이려고 애를 썼다. 그저 파란 싹을 많이 먹고 그 '푸른 잎'처럼 건강하기만을 바라셨다.

그런 어머니에게 무엇 하나 해 드린 게 없다. 의당 모셔야 할 장남의 역할을 하지 못했다. 직장이 뭐 그리 중요한 것인지, 30여 년간 외국에 체재하면서 그리기만 하였다. 들에 나가 같이 쑥도 뜯고, 가마솥 떡 찔 때 불도 때어주고 했으면 얼마나 좋았을까. 드리워진 불효의 그늘이 걷히지 않는다.

어머니는 선견지명이 있으셨다. 요즘에 쑥이 참살이(웰빙) 식품으로 떠올랐으니. 제게 쑥을 많이 먹이려고 하셨던 그 지성스러운 마음도 이제 알 것 같다. 봄이 되면 신문에 쑥의 특집기사와 광고가 빠지지 않는다. 갖가지 우수한 효능 때문이다.

철분·칼륨·무기질이 있어 해독과 살균작용을 한다. 노화를 방지하는 비타민(A와 C)이 풍부하다. 탁한 피를 걸러주고, 맑은 피를 솟게 한다. 혈액순환을 도와 신경을 안정시켜 준다. 이 밖에 고혈압·경련·신경통·암 예방 등에도 효과가 있으며, 간 기능을 활성화한다. 다 자란 잎은 배앓이나 토사 따위에 약으로 쓴다.

쑥이 의초醫草란 말도 그래서 생겼을 것이다. 음식 재료라기보다 약이다. 어머니는 내게 보약을 먹게 해 주셨다. 그런 '보약의 떡'을 오랜만에 다시 맛본다. 저 멀리 충남 당진 벌에서 뜯은 어린 쑥으로 빚은 쑥떡이다.

안양역 출구에서 그 떡을 본다. 여느 때처럼 농장에 가려고 전철에서 내려 에스컬레이터를 탄다. 지층地層에 닿자 웬 할머니가 앉아 계신다. 겹겹의 삼베로 덮은 쑥떡 바구니 앞에서, 할머니가 잘라 주는 떡을 시식해 본다. 생전 어머니가 빚어 주셨던 그 쑥떡 맛이다. '해나루쌀'로 유명한, 오염되지 않은 당진 벌에서 뜬 애순으로, 손수 떡을 빚어 여기까지 가져오셨단다. 찰기 있는 향긋한 '푸른 맛'이다.

길고 둥근 가래떡과 네모난 절편 떡 사천 원어치를 산다. 가위로 쓱싹 잘라 비닐봉지에 넣어주시는 네 가닥의 떡을 받아들고 버스에 오른다. 농장에 닿자마자 커피를 뽑아 아직도 다스한 쑥떡을 먹는다. 쫄깃쫄깃한 떡을 씹으니 어머니가 떠오른다. 불현듯 이 떡을 산소에 가져가고 싶다. 남은 떡 세 가닥과 소주 한 병을 사 들고 어머니 산소로 향한다.

가파른 광주廣州공원묘원, 그 언덕을 오르면서 길가에 돋은 어린 쑥 한 움큼을 뜬다. 뜬 쑥과 가져간 떡을 상석床石에 차린다. "오랫동안 찾아뵙지 못했습니다. 올해 첫 쑥떡을 먹다가 어머니 생각이 나서 찾아왔습니다. 이 불효자식의 잔을 받아 주십시오. 여태껏 이렇게 건강한 것도 어머니가 자주 만들어 주셨던 쑥 음식의 덕입니다."

산소 주위를 돌고 돈다. 어느덧 서산 멧부리에 노을이 짙다. 산에서 내려오며 내 마음을 꾸짖는다. '평소에 자주 찾아뵐 것이지. 어째 쑥떡 먹다 산소를 찾는가?' 내 하는 일이 다 그렇다!

# 옹이

나무는 일기를 쓴다. 살아온 삶의 흔적을 남긴다. 나이테를 무늬로 그려 갈 뿐 아니라, 아팠던 자국을 옹이로 남긴다.

고교 동창 모임 날, 팔당 근처 K 학우의 별장에 닿는다. 나무가 우거진 산기슭에 숲 같은 집이다. 벽과 지붕이 등藤과 칡넝쿨로 둘러싸였다. 그 집 앞엔 강물이 흐른다. 물결에 햇살이 빛난다. 마치 물고기 떼가 파닥거리듯 금빛 파문이 곱게 인다. 십여 명의 동창이 K의 안내를 받으며 집안으로 들어선다. 거실에 통나무 의자가 띄엄띄엄 놓여 있다. 안내자가 권하는 의자 앞에서 나는 머뭇거린다. 마치 꽃송이 같은 옹이가 피었다. 의자 표면에 장미꽃처럼 생긴 불그스레한 옹이다. 역경을 견뎌 온 흔적이 마치 장미꽃처럼 보인다.

"이게 무슨 나무입니까?"

"그건 소나무입니다만, 이 거실에는 편백나무·느티나무·밤나무 등 여러 가지 통나무 의자가 있습니다. 각자의 취향대로 앉아 주십시오.”라고 답한다.

그러고 보니 나무의 형태나 크기, 무늬와 옹이가 다 다르다. 부인이 건네주는 차를 마시며 각자의 근황을 말한다. 그러면서 서로 담소하는 사이사이에 예의 그 옹이에 시선이 간다. 내 양 무릎 사이로 보이는 옹이, 나무가 자라면서 겪어온 온갖 풍상의 흔적이다. 아픔이다. 그 상처는 어떤 과정에서 생겨났을까?

무성하게 뻗는 나뭇가지에 가려 햇빛을 제대로 받지 못해 영양실조로 생긴 흠집일까. 휘몰아친 태풍에 가지가 잘린 자리일까. 아니면, 느닷없는 사냥꾼의 총에 부상을 당했을까. 그도 아니면 벌레들이 나무의 속살을 갉아 먹은 상처일까? 그 무슨 이유에서든 살을 에는 아픔을 견뎌온 옹이다. 아픔이 응결된 멍이다.

아파서 뭉쳤던 피·신경·힘줄이 굳어져 생긴 자국이다. 지름 40센티미터가량의 둥근 의자 앞부분에 보이는 옹이가 붉은 빛깔로 윤이 난다. 티 하나 없는 나무의 누르스름한 표면의 살결보다 옹이 부분이 더 촘촘하고 단단해 보인다. 매끈하고 반질반질하다. 아플 때 신경이 집중됐던 자리다. 고난을 견뎌온 상흔傷痕이다. 역사다. 문득 이생진 시인의 ‘벌레 먹은 나뭇잎’이 떠오른다.


나뭇잎이 벌레 먹어서 예쁘다.
귀족의 손처럼 상처 하나없이
매끈한 것은
어쩐지 베풀 줄 모르는

손 같아서 밉다.

……

'벌레 먹어서 예쁘다.'라는 논리는 '옹이 져서 예쁘다.'란 말과 같은 뜻일 것이다. 딱따구리나 벌레들에게 제 살을 갉아 먹혀 옹이진 나무도 있기 때문이다. 상처 없이 살아온 것보다 상처받은 삶이 산전수전을 다 겪은, 더 단단한 삶이 아닐까. 거친 세파에 옹이 지지 않는 여정이 어디 있을까?

내 삶도 그럴 것이다. 나무가 겪은 눈보라·폭우·태풍·혹한·불볕더위·무서리를 나 또한 겪었을 것이다. 대기의 변화만이 아니다. 달리듯 숨 가쁘게 뛰어다닌 발의 아픔, 앓고 있는 통풍痛風도 하나의 옹이일 것이다. 때때로 아리고 쓰릴 때면 '하필 이 발병이 나에게'라며 투덜거리곤 했다. 잘 모르긴 해도 발을 너무 혹사해서 생긴 병이 아닐까 싶다.

하긴, 많이 뛰어다녔다. 누구나 궁핍했던 일제강점기에 농촌에서 태어났다. 초등학교(그때는 국민학교) 때 이십 리 산길을 걸어서 다녔으며, 중학교 3년간을 사십 리 자갈길을 달리며 통학하지 않았는가. 더 공부하고자 부산·서울로 전전하였으며, 직장 근무 때도 이 나라 저 나라로 쫓아다녔다. 그랬으니 발엔들 요산尿酸이 쌓이지 않을 수 있었을까. 엄지발가락 뼈마디에 볼록이 뭉친 요산 덩어리도 하나의 옹이임이 틀림없다.

그것만이 아니다. 때때로 아픈 무릎의 퇴행성관절염도 연골이 닳아서 생긴 하나의 옹이일 것이다. 쇠붙이인들 어찌 닳지 않았을까. 70여 년을 기름 한 번 칠하지 아니하고, 그냥 사용만 해 왔으니 뼈엔들 염증이 생기지 않았겠는가. 또 있다. 내 가슴 속 깊숙이 박힌 옹이들. 삶의 굽이굽이마다 모질고 거센 세파에 맺힌 스트레스와 가슴앓이도 아팠던 내 삶의 흔적, 옹이일 것이다.

오늘 내가 앉은 의자의 옹이가 나무가 살아온 흔적이듯이, 나의 옹이도 거친 세상을 달려온 흔적이다. 참고 견뎌온 상처의 기록이다. 비록 미미한 생生이지만, 오늘의 내가 있는 것도 옹이 덕택이다. 내 몸의 옹이에 감사하고 싶다.

예의 그 통나무 의자, 내 양 무릎 사이로 보이는 그 옹이에 조용히 손끝을 대어본다. 따스하고 매끄럽다.

# 팔미도 등대

세월이 흐르면 은인의 흔적도 기억에서 멀어지기 마련인가. 62년 전, 6·25전쟁으로 실의에 찼던 우리에게 광명을 가져다준 '인천상륙작전'의 현장, 팔미도를 이제 찾는다.

그동안 두 번이나 다녀왔다는 K 시인과 같이 유람선을 탄다. 배가 연안부두를 뜨자 십여 마리의 갈매기가 배 꽁무니를 따라오며 훨훨 난다. 마치 '잘 다녀오십시오.'라고 전송해 주는 듯하다. 커피잔을 비우고 사진 한 장 찍으니 '뚜〜' 하며 뱃머리가 팔미도에 닿는다. 50분밖에 걸리지 않는 짧은 거리다.

인천항에서 13.5km 남쪽 해상에 있는, 해발 58m 높이의 작은 섬이다. 모래톱으로 연결된 두 섬이 마치 여덟 팔八자처럼 생겼다고 하여 팔미도八尾島라 부른다. 인천 사람들에겐 팔미귀선八尾歸船, 즉 낙조에 팔미도를 돌아드는 범선의 자취가 아름다워, 인천 팔경의 하나로 꼽혔던 해상 경승지였다.

그런 명승지를 군사 작전 지역으로 묶어 일반인의 출입이 자유롭지 않았다. '은둔의 땅'이 된 지 106년 만에 개방되었다. 인천세계도시축전(2009 8.7.~10.25.) 개최와 '인천 방문의 해'를 계기로 2009년 1월 1일 감격의 해맞이 행사를 팔미도에서 할 수 있게 되었다. 그때 1,000여 명의 시민이 참가했던 행사엔 동참하지 못하고, 뒤늦게 찾아온 팔미도다.

시원한 바닷바람을 마시며 산책로 따라 등대로 향한다. 주위에 소나무· 소사나무· 서어나무 숲을 비롯한 칡· 담쟁이덩굴· 뱀딸기· 구절초 등이 군락을 이뤘다. 30여 분 걸어 등대 앞에 서니 사방이 확 튄 바다다. 자월도· 영종도가 저만치 보이고, 송도 신도시 고층 빌딩의 모습도 한눈에 들어온다.

K 시인의 안내에 따라 등대 시설을 관람한다. 홍보관에서 등대의 변천 과정을 살펴보니 팔미도 등대의 발자취가 우리나라 등대의 역사다. 조선 침탈 야욕을 불태우던 일제는 인천 길목에 있는 팔미도의 지리적 중요성을 인식하고 있었다. 1883년 양국 간 체결된 '통상장정通商章程'*에 따라 1901년 등대 건설을 독촉했다. 마지못해 그 이듬해 5월부터 착공하여 1903년 6월에 이 등대를 완공했다. 일본의 강압에 의한 시대적 산물이었지만, 우리나라 최초의 등대였다. 또한, 우리나라 콘크리트 구조물의 첫 작품이기도 하였다.

높이 7.9m, 지름 2m에 불과한 시설이었지만, 지난 100여 년 동안 바닷길을 밝혀, 인천항으로 오가는 배의 길잡이가 되었다. 육지로 들어오는 길목이란 입지 때문에 우리 근대사의 갖은 영욕을 고스란히 간직한 섬이다.

1904년 2월 9일 팔미도 앞바다에서 일본과 러시아 함대가 치열한 교전을 벌였다. 당시 러시아의 '바리야크함'과 '코레츠함' 2척이 자폭 침몰해 러시아 병사 770명이 숨졌다. 이에 따라 러시아대사관은 해마다 이곳 해상에서 위령제를 지내고 있다.

또한, 6·25전쟁 당시 인천상륙작전의 기점이었다. 1950년 9월 14일 밤 '켈로부대*'의 최규봉 부대장은 무전기를 통해 유엔사령부 맥아더 장군의 암호 명령을 받았다. '9월 15일 0시 팔미도 등대에 불을 밝혀라.' 최 부대장을 포함해 미군 3명과 한국군 3명의 특공대는 적진 한가운데 있었던 팔미도에 잠입하였다. 적 2개 분대를 섬멸하고 섬을 탈환한 후, 15일 오전 1시 50분에 등댓불을 켰다. 그게 신호탄이요, 바닷길을 여는 불빛이었다. 대기하던 261척의 함대가 인천으로 진격하였다. 6·25전쟁의 흐름을 바꾼 성공적인 상륙 작전이었다.

이런 '허리 자르기' 작전의 성공으로 나도 햇빛을 볼 수 있었다. 치열했던, 밀고 당기기 영천永川 전투 때, 나는 고향 마을 앞산 굴 안에서 피난하고 있었다. 2주간의 어두운 땅속 생활에서 밖으로 나올 수 있었으니, 그때 밝은 햇빛의 고마움을 새삼 느꼈다. 팔미도의 등대가 내게 아니, 우리 가족에, 우리 민족에 광명을 줬다. 그때 상륙 작전을 지휘했던 맥아더 장군, 등댓불을 켰던 최규봉 부대장, 그리고 불을 밝혀준 등대는 우리의 은인이었다.

이처럼 팔미도의 등대는 절체절명의 위기에 놓였던 우리나라 '구원의 등불'이었다. 등대 조명 하나가 얼마나 중요한지 말해 준다. 문득 독도가 떠오른다. 최근 한일 양국 간 분쟁의 씨앗이 된 독도, 동해의 길목을 밝히는 독도의 등대를 굳건히 지켜야 함을 새삼 일깨워 주는 팔미도의 등대다.

서해, 인천 진입의 요지에 자리한 입지의 중요성 때문인지 팔미도 등대는 쉬지 않고 발전해 왔다. 초기 점등 때는 90촉광짜리 석유 등불이었다. 가시거리가 10km 정도였다. 1954년 9월부터 자가발전 시설을 갖춰 백열등으로 바뀌었다. 1967년 수은등, 1981년 할로겐 등燈으로 촉광을 높여 왔으며, 1992년에는 태양광 발전發電 장치를 설치하였다. 2002년부터 LED* 전구가 10초에 한 번씩 깜빡거리며 50km 바깥까지도 볼 수 있게 되었다. 2003년에는 등댓불과 더불어 위성항법보정시스템(DGPS)*을 갖춰 인천항을 드나드는 모든 선박의 안전 운항을 밝혀주는 조명등照明燈이었다.

항로를 밝히는 등불이 어찌 바다 등대만일까. 세상을 살아가는 '인생 항로'에도 등대가 있을 것이다. 오늘 걷는 이 길도 하나의 항로일진대, 때로는 짙은 안갯속 길을 헤매기도 하고, 파도처럼 밀려오는 세파世波에 출렁이기도 한다. 더러는 캄캄한 밤길을 달릴 때도 있을 것이다. 그런 험한 항로를 밝혀줄 '내 마음의 등대'엔 어떤 불이 켜져 있을까. 혹여 가시거리 10km 정도의 석유 등불이 아닐는지?

최신 시설을 갖춘 팔미도 등대에 내 등불을 견줘 본다.

*통상장정通商章程: 1883년 6월과 7월에 걸쳐 체결된 '조일통상장정朝日通商章程'
제31관에 "조선 정부는 종래 각 항을 수리하고 등대 초표礁標를 설치한다."라는
내용을 명시하고 조선 정부에 이의 설치를 촉구했다.

*켈로(KLO·Korean Liaison Office): 미 극동군사령부 주한 연락처였으며, 6·25전
쟁 후 대북 첩보부대로 바뀌었음.

*LED(Light-Emitting Diode): 발광 다이오드

*위성항법보정시스템(DGPS·Differential Global Positioning System): 정밀 위성
측위 시스템. 인공위성을 이용하여 비행기, 선박, 자동차 따위의 위치를 확인할
수 있도록 고안된 장치.

# 루핀

꽃인지 풀인지 시선을 끈다.

여의도공원 연못 화단에 제 모습을 뽐낸다. 여러 가지 꽃이 활짝
핀 꽃밭에 낯선 식물이 눈에 띈다. 꽃대를 줄기처럼 뽑아 올려 수많은
꽃잎을 잎처럼 달았다.

다가가 설명문을 읽는다. 본명은 루핀Lupine이며, 꽃대의 모양을 따
서 '층층이부채꽃'이라고도 부른다. 콩과의 풀로 한해살이에서 여러
해살이까지 있다. 손가락처럼 갈라진 잎이 줄기 아랫부분에서 난다.
겹잎이다. 먼 나라(미국·아프리카·지중해 연안)에서 온 관상용·사
료용 풀로 꽂이꽃용으로도 이용된다. 햇볕이 잘 드는 건조한 곳을 선
호한다.

이 식물이 흙 속의 무기염류를 고갈시킨다거나 이리처럼 먹어치운
다는 오해가 있지만, 실제는 다르다. 공기 중의 질소를 고정하여 땅을
기름지게 만들므로 다른 식물에 도움 주는 순기능을 한다.

5~6월에 분홍·노랑·흰색 등의 꽃이 밑에서부터 차례로 핀다. 수

국 같은 향긋한 꽃향기를 널리 풍긴다. 화관花冠은 좌우 대칭의 나비 모양이고, 기판旗瓣(꽃부리의 한가운데에 있는 큰 꽃잎)이 넓다. 수술은 합쳐져 통처럼 되고, 암술대가 꼬부라지며 끝에 털이 있다. 꼬투리는 열매 사이가 잘록하게 들어가고 곁에 십자형 무늬가 있다.

꽃대로 '물 올리기'를 잘하는 강한 힘을 가졌다. '모성애·탐욕'의 꽃말이 말해 주듯, 영명英名인 'Lupine'이란 말의 뜻(이리와 비슷한 야만적인, 굶주린 듯한, 약탈적인)이 암시하듯 생명력과 번식력이 유별나게 강하여 주변의 식물과 경합하면 쉽게 이기는 속성을 가졌다. 나는 어떤 속성을 가졌을까. 루핀만큼 강한 생명력일까?

문득 큰애 얼굴이 떠오른다. 중1 때 내 근무지(해외무역관) 따라 동반가족으로 미국에 내렸다. 낯선 먼 나라, 피부색과 생활풍습마저 확연히 다른 이국에서 학업을 마치고, 그곳에 취직해 산다. 어느덧 세 가족과 더불어 토양이 다른 실리콘밸리, '산호세San Jose'에 뿌리를 내렸다. 마치 우리나라에 뿌리 뻗은 루핀처럼 '주위의 토양을 비옥하게' 해 주며, '강하게' 살아가야 할 텐데…….

루핀의 강함은 그의 많은 꽃잎이 대변해 준다. 30~40센티미터의 훤칠한 꽃대에 다닥다닥 꽃잎을 달았다. 자손을 늘리려는 강한 욕구가 엿보인다. 누구에게도 지지 않을 만큼 제 줄기의, 덩치의 몇 배가 되는 직립直立의 꽃대를 뽑아 올려, 빈틈없이 꽃을 단 저 강한 집념. 주위에 꽃피운 우리 토종의 민들레·깽깽이풀·할미꽃·제비꽃을 압도하듯 우뚝 솟은, 저 거침없는 승부욕.

남의 나라, 낯선 땅에서 낯가림도 하지 않은 채, 꽃대를 높이 곧추세웠다. 긴 꽃대에 꽃잎으로 에워싼, 강한 생명력과 번식력이 다른 식물보다 월등하다. 그 용기가 돋보인다.

적어도 저 정도의 생명력을 가져야 낯선 나라, 거친 토양에서 뿌리를 내리고, 제 후손을 늘려갈 수 있을 것이다. 그래선지, 시선이 간다. 아득한 산호세 하늘 아래로.

# 물때

오늘 '바다 살리기' 행사장에서 '물때' 놓친 상황을 보니, 문득 지난 날 내 심중에 매듭진 추억 하나가 떠오른다.

2012년 7월 14일 한국수필문학가협회 주최, (사)바다살리기운동본부가 후원하는 제22회 수필문학 하계세미나 행사(오전에 '바다 살리기' 행사, 오후에 '해양문학 세미나')에 동참하게 되었다.

서울 강남 현대백화점 옥외 주차장에서 문인 70여 명이 두 대의 버스에 나눠 타고 태안반도로 향한다. 주최 측 강석호 회장이 마이크를 잡는다. "오늘 바다도 살리고 해양문학도 공부하는 뜻깊은 행사에 많은 문인이 참가해 주셔서 감사합니다. 모처럼의 바다 나들이에 즐거운 하루가 되시기 바랍니다."

그 인사말에 이어 '바다 살리기' 영상이 운전석 위 티브이에 뜬다. "우리가 버리는, 한글이 인쇄된 빈 과자 봉지나 소주병 등이 일본 해안까지 간다."라는 강한 메시지가 담긴 내용이다. 그 영상이 끝나자

버스가 충남 태안군 모항에 닿는다. 어선 10여 척이 부두에 정박한 20여 호의 한적한 어촌이다. 서해의 바닷바람 따라 '끼익 끼익' 거리며 날아드는 갈매기가 우리를 반겨주는 듯하다.

차에서 내린 일행은 바다 살리기 현지 지부에서 준비한 바다 색깔 재킷을 덧옷으로 입고, 면장갑 낀 손으로 집게를 잡는다. 기다렸다는 듯 후원 측 조정제 총재(전 해양수산부 장관·수필가)가 "오늘 바다 살리기 행사에 동참해 주셔서 대단히 감사합니다. 예정보다 조금 늦게 도착한 때문인지 모항의 물때가 맞지 않습니다. 쓰레기 주울 곳을 이곳에서 만리포 해수욕장으로 바꾸고자 합니다. 쓰레기가 많은 이 모항 해변엔 지금 밀물이 들어오고 있어, 안전상 부득이 장소를 변경하게 된 것을 양해하여 주시기 바랍니다." '물때'를 놓쳤다.

70여 명의 인원이 다시 버스에 올라 산 너머 만리포 해수욕장으로 이동한다. 오전 시간인데도 수영하는 사람과 모래사장에서 일광욕 Suntan하며 바닷바람을 쐬는 이가 삼삼오오 모여 있다. 우리 일행은 두 팀으로 나눠 해수욕장 남북 해변으로 흩어져 쓰레기를 줍는다. 모항에 많다는 폐廢밧줄이나 그물 같은 것은 별로 없고 빈 과자·라면 봉지·담배꽁초 등 자잘한 쓰레기를 주우며, 확성기에서 흐르는 박경원의 '만리포 사랑'을 함께 흥얼거린다.

  똑딱선 기적소리 젊은 꿈을 싣고서
  갈매기 노래하는 만리포라 내 사랑
  그립고 안타까워 울던 밤아 안녕히

희망의 꽃구름도 둥실둥실 춤춘다

......

모두가 흥이 나서 만리포 해수욕장으로 옮겨온 게 다행인 듯한 표
정이다. 콧노래를 부르며 바삐 손을 놀린다. 모래를 뒤지며 비닐봉지
·유리 조각·담배꽁초 등을 주어 수거 용기(농업용 폴리에치렌 포대)
에 넣는다. 이때다.

주최 측 O 부회장이 말한다. 오늘 쓰레기를 손수 줍는 일도 중요하
지만, 이 마을 사람이나 수영 온 이에게 서울 문인들이 여기까지 찾아
와 쓰레기를 줍는다는 사실을 보여줌으로써, 스스로 쓰레기 투기를
자제하게 하는 게 더 중요합니다. 그 말에 모두가 공감하는 듯 해수욕
장 주변을 샅샅이 찾아다니며 쓰레기 줍기 '시범 조교'가 된다.

1시간 반 동안 쓰레기를 주우면서 나는 '물때' 놓쳤던 지난날의 안
타까운 추억에 젖는다. 아직도 뇌리에서 떠나지 않은 난처했던 바다
낚시 이야기.

평소 존경하는 섬유제품 수출업체 H 회장이 현지 수입상과 상담하
고자 내가 근무하던 뉴올리언스 무역관을 찾아왔다. 이틀간의 상담을
마치고 주말을 같이 보내게 되었다. 호텔 식당에서 아침밥을 함께하
면서 일요일인 오늘의 일정을 얘기한다.

H 회장이 대뜸 "미시시피 강 유람선을 타고 바람이나 쐬는 게 어떻
겠습니까?"라고 내게 묻는다. 그의 희망대로 유람선을 타고, 선상에
서 맥주를 마시며, 옛날에 봤던 〈미시시피 도박사〉 영화나 다시 감상

하면 좋았을 것을, 자랑삼아 바다낚시 얘기를 꺼낸다. 미시시피 강어구 엠파이어Empire 해변에 가면 팔뚝만 한 송어·농어 등을 낚을 수 있다고 하였더니 H 회장이 "굿 아이디어Good idea입니다."라며 반긴다.

부랴부랴 낚시도구를 챙겨 전에 두어 번 가 봤던 엠파이어 해변에 닿으니 점심시간이 됐다. 바닷가 식당에서 샌드위치로 간단히 점심을 먹고, 여느 때처럼 바다로 쭉 뻗은 바윗돌 둑에서 낚시를 던진다. 한 시간 반이나 기다렸으나 예의 큰 고기는 입질하지 않고, 가끔 게나 바다 뱀장어밖에 낚을 수 없었다. 하도 이상하여 옆 낚시꾼에게 물었더니 썰물 시간대라서 큰 고기가 물지 않는다고 한다. '물때'를 놓쳤다.

그러고 보니 전에 여기에 올 때는 아침 이른 시간에 출발, 10시 전후에 도착하여 밀물을 타고 오는 큰 고기를 낚았다. 괜히 낚시 이야기를 꺼내 모처럼의 귀한 시간을 허송했다. '물때'를 미리 알아보지 않아 일정을 망쳤다는 생각에 H 회장에게 미안했다. 뒤늦게 후회한들 무슨 소용이 있는가!' 그는 다른 바이어와 상담 일정이 잡혀 있어, 오늘 저녁에 시카고로 떠나니 물때를 몰랐던 안타까움만 가슴에 남는다.


오늘 모처럼 바다 살리기 행사에 참가하여 지난날, '물때' 놓쳤던 추억을 다시 떠올렸다. 팔이 부르르 떨리는 엠파이어 바다낚시의 쾌감을 맛보지 못하고, H 회장을 떠나보내며 섭섭했던 마음. 그 누가 '추억은 아름답다.'라고 했던가. 오늘 떠오른 추억은 아직도 잊히지 않은, 어찌할 바를 몰랐던 난처한 일이었는데.

앞으로 내게 어떤 '물때'가 또 다가올지는 모르지만, 말과 행동에 앞서 돌다리를 두들겨 보고 걷는 그런 과정을 게을리하지 않아야겠다.

그러나 살다 보면 썰물이 되어 놓쳤던 때도 뜸직이 기다리면 되돌아오는 밀물을 만나 또 다른 때가 될 수도 있을 테니까. 밀물과 썰물, 그게 바다를 닮은 우리네 인생 유전流轉일 테니까.

# 벚꽃의 절제미

벚꽃이 한창이다.

만개 소식을 들었는지 도쿄 사는 딸애가 메시지를 보냈다. "아빠, 시흥 밭에 벚꽃이 한창이지요. 사진 한 장 찍어서 이메일로 보내주십시오."

며칠 전부터 피기 시작했으니 오늘(4.20)쯤 만개했을 것이다. 그런 기대로, 650여 그루의 벚나무를 키우는 시흥 밭에 들른다. 차에서 내리니 꽃비가 내린다. 아니 꽃잎이 눈[雪]처럼 휘날린다. 밭고랑에 카펫을 깔아놓은 듯 연분홍 일색이다. 하지만 아직도 화사한 벚꽃 사진을 찍으며 지난해(2012년)를 연상한다.

재난이 잦았다. 많은 비와 태풍이 몰아쳤다. 영하 16~17도를 오르내리는 혹한의 아픔을 견뎌온 벚나무다. 그런 고난을 딛고 일 년에 한 번 피는 꽃인데 어찌 여러 날 피어 있고 싶지 않겠는가. 연중 가장 고운 연분홍 얼굴을 여러 사람에게 자랑하고 싶지 않을까. 찾아오는 많은 사람의 카메라 플래시를 받고 싶지 않을까. 벌과 나비의 간지러운 사랑을 느끼고 싶지 않을까?

하지만 자리 내어주길 머뭇거리지 않는다. 피어나기를 기다리는 잎사귀에 제자리를 내어주려고, 여기저기에서 앞다퉈 피어나는 살구꽃, 복사꽃, 민들레 등에 사람들의 시선을 그리로 돌려주려고, 절정의 꽃자리를 선뜻 내어놓는다. 이만한 배려가 또 어디 있을까. 싱싱한 청춘기를 스스로 멈춰, 시들지 않은 꽃잎을 미련 없이 떨어뜨린다. 그런 자제를 아무나 할 수 있는 게 아니다. 내게 없는 '절제미節制美'가 아닌가. 짧게 피어 더 아름다운, 아쉬운 여운을 남긴다.

마치 지난날 본의 아니게 남의 입에 오르내리던 불명예를 불식하려는 듯하다. 이를테면 향기 없는 꽃이라느니, 매화가 '군자의 꽃'인데 반하여 벚꽃은 꽃구름처럼 한꺼번에 활짝 핀다고 하여 '서민의 꽃'이라느니, '겉과 속이 다른 사람을 비유하여 사꾸라(벚꽃의 일본 이름)'라는 말로 비아냥거렸다. 그뿐만이 아니다. 더러는 너무 흐드러지게 피었다가 일시에 떨어지는 특성 때문에 지조 없는 여인인 양, 변심을 상징하는 꽃으로도 여겼다.

그런 이미지를 말끔히 씻고 전화위복이 됐다. 언제부턴지 그러한 비아냥거림보다 봄을 상징하는 꽃으로 발돋움했다. 수많은 봄꽃 중에서 가장 대중적이며, 꽃이 화사하여 전국 각지에서 축제를 열어준다. '꽃 축제' 하면 '벚꽃'이다. 가장 많은 축제를 연다.

벚꽃맞이 상춘객이 많아서다. 4월 중순에 접어들면 제주도와 진해를 시작으로 5일 정도 간격을 두고 북상하는 벚꽃 소식. 하동, 경주, 군산, 섬진강을 거쳐 서울까지 꽃불을 놓는다. 서울에서 절정을 이룬다. 여의도·남산·송파구의 석촌호수·동대문구의 장한평·광진구의 어린이 대공원·워커힐·금천구의 벚꽃 십 리 길 등으로 축제가 이어진다. 국회의사당 뒤편 파천교 일대 이십오 리 길에도 수만 명의 꽃구경 인파가 몰려온다.

이처럼 벚꽃이 봄의 대표 꽃자리를 차지하게 된 건 여느 꽃처럼 한 송이 두 송이 번갈아 피지 않고 사나흘 동안 한꺼번에 구름 떼처럼 피어나기 때문이다. 봄을 기다리는 사람들의 마음을 한껏 부풀어 오르게 하다가 가장 절정기에 화르르 지는, 그 결단, 그 하얀 아름다움일 것이다. 짧은 기간 얼굴을 활짝 보이고 미련 없이 떠나는 벚꽃이야말로 '절제의 아름다움'을 진즉 터득한 꽃이다.

해마다 벚꽃 찾는 이가 늘어가고 있다. 그래서 벚나무를 키우는지, 아니면 그 '절제미'가 부러워서인지? 후자에 방점을 찍고 싶다. '절제미'가 벚꽃에만 있는 게 아닐 것이다. 우리네 인생살이에서도 적기에, 절정에 맺고 끊는 '절제의 아름다움'이 있을 것이다. 벚꽃에 그 비결을 배워가면서, 딸을 돌보듯 벚나무를 잘 키워야겠다. 물주고, 풀 뽑고, 가지 쳐주면서, 전국 곳곳으로 시집보낼 그날을 기대하면서.

# 사철나무, 강인하고 든든한

남의 울타리가 된다는 것은 보람된 일이다. 초병哨兵이 국경을 지켜주듯이 내 밭을 지켜주는 나무가 있다.

사철나무다. 시흥 농장(1,100평)에 조경용 벚나무 700여 그루를 심은 지 5년이 됐다. 두 면面이 농로農路에 접한 밭 주위에 공장이 들어서더니 좁은 도로에 큰 차들이 지나다닌다. 차바퀴에 흙이 밀려나면서 밭이 점차 도로에 편입돼, 궁리 끝에 사철나무(400그루)를 사다가 밭 주위에 촘촘히 심는다. 경계수境界樹다.

전문 조경사의 조언을 받아 고른 나무다. 늘 푸르고 추위와 공해에 강하다는 게 선정 이유다. 사시사철 잎이 푸르기에 사철나무라고 부른다. 줄기가 위로 곧게 자라는 작은 키(3∼5m) 나무다. 그런 특성 때문에 산[生]울타리로 많이 심는다. 나무껍질은 흑갈색으로 얇게 갈라진다. 잎은 마주나는 타원형으로 가죽질이다.

지난봄에 심은 그 나무에 정성을 들인다. 때때로 뿌리에 흙을 돋우고, 땅이 건조하다 싶으면 물을 주고, 웃자란 가지를 잘라 주곤 한다. 그런 보살핌의 덕일까, 한 나무도 죽지 않고 뿌리내려 주었다. 줄기의 마디마다 두 개씩 서로 마주 붙어 나는 잎들이 정겹게 보인다.

한여름이 되니 기다렸다는 듯이 잎겨드랑이에 자잘한 황록색 꽃을 피운다. 다른 꽃들과 달리 울긋불긋 요염하지 않고, 푸른 잎들 사이에 쌓여 보일 듯 말듯 부끄럽게 피는 게 마음에 든다. 가을에 접어드니 굵은 콩알만 한 열매를 달아 빨갛게 익는 게 여간 탐스럽지 않다.

어느덧 가을이 가고 겨울이 온다. 어제는 많은 눈이 내렸다. 1.5m쯤 자란 나무에 눈꽃이 피었다. 뿌옇게 묻었던 먼지가 눈에 씻겨 잎들이 반질반질하다. 찬 눈 속에서도 생기를 잃지 않은 강인한 나무다.

예부터 절개와 지조를 굽히지 않는 사람을 소나무나 대나무에 비유하였지만, 사철나무 또한 이런 등속의 나무로 격상시켜 주고 싶다. 하늘로 반듯하게 자라고 사시사철 변함없는 꿋꿋한 모습이기 때문이다. 밤낮 깨어 있듯 푸른 얼굴로, 밭의 울타리로 경계 근무하는 그 나무가 든든하다. 잘 지켜줬기에 밭이 더는 도로로 침식되지 않으니 고맙기만 하다.

그런 사철나무에 대한 대우가 허술함을 느낀다. 번듯한 정원이나 양지바른 아늑한 곳에 심지 못하고, 많은 차가 배기가스를 품어대는 도로가 경계수로 심었으니, 미안할 따름이다. 어쩌면 내가 중학교를 졸업하자마자 따뜻한 부모 곁을 떠나 거친 바람 부는 도시로 전전하면서 살아온 내 처지와 다르지 않다. 한적한 비닐하우스에서 전문인의 보살핌을 받으며 살던 나무를 차들이 질주하는 이곳으로 뽑아 왔으니.

그래서일까. 농장에 들를 때마다 그 나무에 마음이 간다. 차들이 다니면서 떨어뜨린 쓰레기를 줍고, 갈증을 느끼는지, 또는 영양 부족으로 잎의 색깔이 변하지 않는지 살피며, 그에 따른 필요한 조처를 한다.

척박한 땅, 먼지 펄펄 나는 도로변에 살아가지만, 여름철 뜨거운 뙤약볕에도, 사정없이 흔들어 대는 폭풍우에도, 살을 에는 눈 속에서도 한결같이 푸른 잎을 달고 보초 서듯 내 밭을, 벚나무를 지켜주는 사철나무가 강인하고 든든하다.

하여 오늘도 농장에 들러 사철나무 앞을 서성이며 생각한다. '내 울타리는 무엇일까. 아니 나는 누구의 늘 푸른 울타리일까?'를.

# 묵은 갈대

갈대 하면 바람에 흔들리는 모습이 떠오른다. 그 몸짓을 상상하면 가슴이 따뜻해진다. 살아서만이 아닌, 죽어서도 흔들리며 후손을 보듬는 정성이 지극해서다.

한동안 뜸했던 여의도 샛강공원을 찾는다. 한강 물이 흘러내리는 수로水路 따라 걷는다. 6월의 햇살을 받으며 생태연못 주위에 닿는다. 군락을 이루던 누런 갈대밭이 초록 옷을 갈아입었다.

지난 4월에 여기를 들렀을 때만 해도 묵은 갈대가 촘촘히 서 있었는데 불과 두 달 사이에 새 갈대가 내 키만큼 자랐다. 습지라서 빨리 자랐을까. 몰라보게 성장한 새 갈대만 보이고 묵은 갈대는 눈에 띄지 않는다. 다 어디로 갔을까. 풀 속을 들여다본다. 새 갈대 사이사이에 허리를 꺾고 쓰러져 있다. 위로만 커가는 제 분신을 쳐다보며, 제 할 일을 다한 듯 흐뭇해하는 것 같다.

후손을 알뜰히 챙기는 갈대. 그것의 생장 과정이 그렇다. 봄여름

동안 속성으로 자라서 꽃 이삭을 달고 씨방 끝에 많은 관모冠毛를 만들어 종자가 제 살 곳으로 날아가게 한다는 그 과정이 갈대의 전생前生이라면, 후생後生은 묵은 갈대다. 그 묵은 갈대가 후손을 위해 겪는 아픔이 가슴을 아리게 한다.

일반적인 한해살이풀과 달리 가을이 되어도 잎을 떨어뜨리지 않는다. 나서 자란 제 뿌리의 끈을 놓치지 않는다. 그 자리에서 겨울을 지낸다. 누렇게 마른 몸으로 꼿꼿이 선 채 해를 넘긴다. 제 허리까지 쌓인 눈 속에서 추위를 견딘다. 북풍 휘몰아치는 차디찬 겨울에 물 한 방울도 끌어 올리지 못하는 속이 빈 몸으로 설한풍을 이겨낸다. 강하다. 할 일이 남아 있어 잠들지 못하는 묵은 갈대다.

빛바랜 마른 몸으로 바람에 흔들렸다가 다시 제자리로 반듯이 선다. 센 바람이 불 때면 전신을 기울였다가 똑바로 선다. 한두 번 그러는 게 아니다. 수천 번 수만 번, 이루 헤아릴 수 없을 만큼 흔들리곤 바로 서기를 반복하는 몸짓. 그런 아픔을 겪는 묵은 갈대가 왜 울음이 없겠는가. 신경림 시인은 '갈대는 속으로 운다.'라고 말한다.

언제부턴가 갈대는 속으로
조용히 울고 있었다.

그런 어느 밤이었을 것이다. 갈대는
그의 온몸이 흔들리고 있는 것을 알았다.

바람도 달빛도 아닌 것,
갈대는 저를 흔드는 것이 제 조용한 울음인 것을
까맣게 몰랐다.


......


　일년생 풀들이 다 잠든 긴 겨울 동안 제 몸을 움츠리지 않고, 곧은
자세로 추위를 견뎌낸다. 다가올 봄에 싹 틔울 뿌리의 바람막이가 된
다. 후세가 제대로 싹을 틔우는지 지켜보는 파수꾼이다. 여름이 다가
오면 쑥쑥 자라는 아기 갈대의 지지대가 된다. 어린 갈대가 다 자랄
때까지 몸을 기댈 수 있도록 기둥처럼 서 있는, 묵은 갈대의 절절한
어미 사랑. 흔들리며 사는 까닭을 이제 알 것 같다.
　살아서나 죽어서나 바람 따라 흔들리지만, 꺾이거나 쓰러지지 않는
다. 그런 강한 의지와 힘은 아기 갈대에 대한 무한한 사랑에서 비롯될
것이다. 부성父性·모성애母性愛일 것이다. 나는 후손을 그렇게 사랑했
는가. 그토록 보듬었는가?
　묵은 갈대의 깊은 뜻을 헤아리지 못한 우리네 인간, 아니 나 자신이
갈대를 비하해 오지 않았는가. 속이 빈 가벼운 갈대 같다느니, 줏대가
없다느니, 나약하다느니, 쉽게 마음이 변하는 사람 같다느니. 묵은 갈
대의 내면을 알지 못하고 바람에 흔들리는 그 외형만 보고 빗대어
온 것이다.
　갈대의 전후생前後生을 통틀어 생각해 보면 어찌 줏대가 없고, 나약

하며, 쉽게 변하는 갈대라고 말할 수 있겠는가. 바람에 맞서지 아니하고, 흔들렸다가 다시 제자리로 바로 서는 슬기로운 그 지혜, 그 버팀의 힘은 후손을 보듬는 마음에서 우러난 진한 사랑일 것이다.

갖은 역경을 겪은 묵은 갈대의 마지막 가는 길도 예사롭지 않다. 어느 날엔가 아기 갈대가 제(묵은 갈대) 키만큼 자라면, '이제 됐다.'라는 듯 슬그머니 제 몸을 눕힌다. 선 자리를 후세에 내어주고 누운 채로 새 갈대의 거름이 된다. 거룩한 한살이의 마무리요, 뜨거운 내리사랑이다. 자식에 대한 부모의 마음이 다 그렇다고 하지만, 묵은 갈대의 내리사랑에 미칠 수 있을까. 부끄러운 자신이다.

그래선지 나는 때때로 그 묵은 갈대의 흔들리는 몸짓을 떠올린다.

**4부**
나이나 적은가

# 낮은 산을 오르며

오늘도 낮은 산을 오른다. 안개가 스쳐 가는 아득한 높은 산을 그리며.

쭉 높은 산을 오르다가 낮은 산을 찾은 지 몇 년이 됐다. 직장 다닐 때, 담력과 끈기를 기르고, 건강을 챙기고자 높은 산을 찾아다녔다. 동료와 어울려 주말마다 기록 경신이라도 하듯 500m 이상의 높은 산이 주 행선지였다. 수락산(640m) · 북한산(836m) · 설악산(1,708m) · 지리산(1,915m) 등을 번갈아가며 오르곤 하였다.

숨 가쁘게 산봉우리를 넘고 넘어 정상에 오르면 마치 적진을 정복이라도 한 듯 통쾌감을 느꼈다. 시야에 펼쳐지는 끝없는 지평을 굽어보는 상쾌한 기분, 온 세상이 내 눈 아래 있는 듯한 환상에 젖곤 했다. 그 맛에 높고 가파른 산을 힘들게 타곤 했다.

그처럼 몸을 혹사한 탓인지 산행에 제동이 걸렸다. 30여 년 즐겨 찾던 높은 산 등산을 중단하게 됐다. 나이를 의식하지 않고 담력과 건강만 챙기려던 무리한 산행에 대한 일침이지 싶다.

7년 전, 지하철 계단을 오르는데 여느 날과 달리 가슴이 답답함을 느꼈다. 병원을 찾아 심전도·초음파 등 정밀 검사를 받았다. 그 결과가 산행의 행선지를 바꿔 놓았다. 의사의 처방은 이러했다. "심장 확장증입니다. 당분간 가파른 길을 걷지 마시고, 3개월마다 생활 심전도 검사를 받으며, 약을 장기 복용해야 합니다."

몇 주간 산행을 중단하고 집에 있으니 몸이 근질근질하다. 푸른 산의 풍경이 언뜻언뜻 떠오른다. '이제 산행을 접어야 하나! 아니다. 낮은 산이라도 걸으면서 건강을 회복하여 다시 높은 산을 타야지.'라며 등산 채비를 한다. 여의도역으로 향하며 서울 주변의 낮은 산을 떠올린다.

전철이 닿는 곳마다 낮은 산이 있다. 남산(262m)·아차산(287m)·대모산(293m)·우면산(293m)·관악산에 연한 삼성산(481m) 등 높이 오백 미터 미만의 낮은 산이다. 오늘은 오랜만에 삼성산을 찾는다. 산책하듯 천천히 걸으며 멀리 보이는 관악산·북한산·도봉산 정상이 눈에 밟힌다. 지난날 주말마다 땀을 뻘뻘 흘리며 오르던 저 높은 산이 그립다.

언젠가 다시 오를 수 있으리란 생각을 하면서 스스로 자위한다. '친구 중에도 목발에 의지해 걷거나, 병원에 입원 중인 환자가 한둘이 아닌데.'라며 느긋이 걷는다. 천천히 걸으니 시선 가는 데가 많다. 높은 산을 오를 때는 단체 관광하듯 앞사람 따라 걷느라 주위를 자세히 관찰할 겨를이 없었다. 산 중턱에 휴식하며 산악회 총무가 산에 대한 개괄적인 설명을 해주곤 했지만, 산속에서 살아가는 작은 생명에까지 관심을 두지 못했다.

그랬는데 완만하게 경사진 얕은 산길을 타박타박 걸으며 좌우를 살피니 거기에 또 다른 생태가 있다. 높은 산을 오를 때 지나쳤던 것들이 눈에 들어온다. 계곡 따라 흐르는 물소리를 들으며, 거기에 사는 수생식물, 햇볕에 반짝이는 몽돌, 그 돌 밑을 드나드는 작은 물고기 등이 보인다.

그뿐만이 아니다. 가까이 다가가야 은방울꽃·안개꽃·애기풀 꽃 등이 오롯이 모습을 드러낸다. 꽃이 피는 것은 자연의 섭리이긴 하지만, 식물은 열매를 맺고자 부단히 노력한다. 차디찬 겨울을 나며 숱한 인고와 생존 경쟁을 겪으며, 그늘진 음지에서 피워낸 고운 꽃을 보며 내 자신을 돌아본다. 낮은 산을 오르면서 받는 자극이다.

그 꽃에 찾아온 나비와 벌은 꿀만 따 먹는 게 아니다. 이 꽃 저 꽃 날아다니며 수꽃술의 화분을 암꽃술로 옮겨, 꽃의 대를 잇게 한다. 외진 산자락에 사는 작은 생명을 보듬는 벌과 나비, 그들을 안고 있는 산골짝의 품은 아늑하고 포근하다.

또 낮은 산모퉁이를 돌면 후르르 날아다니며 짹짹대는 딱새 소리가 들린다. 그들이 사는 숲엔 칡과 등 덩굴이 서로 뒤엉켜 있다. 거미가 숲과 숲 사이에 다리를 놓고, 거기에 매달려 쉼 없이 엉기성기 줄을 친다. 열심히 살아가는 미물을 보면서 나를 의식한다.

그 숲 속, 햇살이 비치는 나뭇잎 사이에 산새 한 쌍이 고개를 들었다 내렸다 하며 조잘댄다. 무슨 얘기인지 알 수 없지만, 이 숲 속까지 찾아온 나를 반겨 주는 듯한 인사말로 들린다.

높은 산을 오를 땐 느끼지 못했던 숲의 속살, 거기에 사는 작은 생명들을 들여다볼 수 있다. 그들의 삶에 나를 견줘보는 사색의 시간을 가진다. 그러고 보니 낮은 산은 낮은 산대로 산행의 묘미가 있으며 깨우침도 있다.

산은 이래저래 매력이 있다. 높은 산은 담력과 끈기를 길러주고, 낮은 산은 내 삶을 성찰케 한다. 언젠가 높은 산을 다시 탈 수 있을 것이란 희망으로, 오늘도 낮은 산을 오른다.

# 굴레, 내가 나를 얽매는

우마牛馬에만 굴레가 필요한 게 아니다. 내가 나를 얽매는, 틀 안의 굴레도 필요함을 느낀다.

40여 년 다니던 직장의 틀에서 벗어났다. 아침이면 으레 일찍 출근하여 정해진 업무를 각본에 따라 수행하고, 저물녘이면 집으로 돌아오는 다람쥐 쳇바퀴 도는 생활이었다. 그처럼 매인 굴레를 한 번도 벗어나지 못하고 젊음을 보냈다. 자신을 조직의 틀 안에 매어 놓고 살았다.

그랬던 틀 안의 굴레도 세월 앞엔 어쩔 수 없었다. 쇠털처럼 많기만 할 것 같던 나날도 어느덧 정년에 이르렀다. 직장의 틀에서 벗어나니 굴레가 풀린 듯 자유로웠다. 긴장할 일도 골몰히 생각할 과제도 없고, 남의 눈치를 살필 필요도 없었다. 늦잠도 자고, 느긋이 아침 산책도 하고, 어디든지 가고 싶은 데를 찾아다닐 수 있었다. 고향도 다녀오고, 친구들도 만나고, 가끔 영화도 봤다. 주말이면 산악회 따라 이 산 저

산을 찾아다녔다.

그러나 그것도 1~2개월이었다. 3개월쯤 지나니 시들해진다. 특별히 하는 일 없이, 고삐 풀린 말인 양 여기저기 빈둥거리는 생활에 회의를 느낀다. 목적과 방향 없이 이리저리 휘둘리는 생활에 염증이 생긴다. 앞으로 살날이 창창한데 흔들리지 않는 '틀' 하나를 찾아야겠다는 생각이 든다. 매인 데가 없으니 할 일도, 하고 싶은 일도 생각나지 않는다.

아침에 일어나면 오늘은 어디를 갈까? 막막하다. 갈 데를 저울질한다. 갔던 데를 다시 가는 것도 싫증이 난다. 며칠 전에 만났던 친구를 또 만나는 것도 그리 반가운 일이 아니다. 그렇다고 집에서 세 끼를 먹기엔 아내에게 미안하다. 그토록 바라던 자유 시간도 어느덧 한계를 느낀다. 어떤 굴레 안에 있어야 할 것 같다. 그와 같은 틀을 며칠간 곰곰이 생각하다가 무릎을 친다.

농사일! 해도 해도 끝이 없다는 그 일. 오랫동안 남 줬던 밭(시흥시 금이동 소재 천여 평의 농지)을 돌려받기로 한다. 올봄부터 내가 농사를 지을 것이라고 그 마을에 사는 경작자에게 미리 알린다. 아내는 펄펄 뛴다. "왜 사서 고생을 하시려는지요?"라며 극구 만류하지만, 스스로 자신의 행동반경을 틀 안에 동여매야 허튼 길을 서성거리지 않을 것이다. 갈 데가 있어야 곁눈을 팔지 않을 것 같아서다.

그렇게 하여 지난 3월부터 농장으로 출근하였다. 트랙터를 불러 밭의 흙을 뒤집고, 열다섯 트럭의 쇠똥 거름을 사서 뿌린 다음, 배수가 잘되게 깊숙이 골을 탔다. 조경사의 조언을 받아가면서 왕벚나무와 주목 1,300여 그루의 묘목을 심었다. 밭 한쪽엔 상추·쑥갓·부추·오이 등도 심어 가꾸면서 땀을 흘린다. 내가 엮은 나름의 새 틀이다.

땀이 약이듯 몸에 생기가 돈다. 흙 밟고 땀 흘린 다음 마시는 커피와 물맛이 새 맛이다. 비록 일하고 매달 받는 '돈의 맛'은 없지만, 밥맛이 꿀맛이다. 누우면 잠도 잘 자니 정신이 맑다.

그뿐만이 아니다. 너른 들판이 내 뜰이다. 거기에서 자연을 맛본다. 맑은 공기와 풀 냄새를 들이마신다. 기계를 통하지 않는 자연의 원음原音을 공짜로 듣는다. 바람에 흔들리는 나뭇잎 소리, 밭도랑에 흐르는 도랑물 소리, 뒷산에서 조잘대는 산새 소리, 숲에서 찍찍대는 풀벌레 소리를. 그런 틀 안에서 풀 뽑고, 가지 치는 하루하루가 즐겁다. 할 일이 없었던 내가 할 일이 너무 많다. 보이는 게 다 일이다.

봄이 가고 여름이 되니 밭의 푸성귀도 한창이다. 농약을 치지 않은 싱싱한 채소를 뜯어다 먹기도 하고, 이웃에 나눠주니 다 고마워한다. 건네준 채소보다 더 값진 참외와 수박 등을 답례로 가져다준다. 서로 간에 수제비·빈대떡 같은 토속적인 별식도 오가고, 급기야 가족이 상호 방문하는 계기가 되곤 한다. '농장이란 굴레'가 닫혔던 이웃의 문을 열어준다.

참 잘한 일이다. '농장 굴레'를 쓴 게 다행이 아닌가. 서투른 농사꾼이지만, '농장의 틀'이 활기찬 생활을 할 수 있게 해 준다. 지금까지 그냥 놀고 있었다면 하루하루가 얼마나 답답할까. 활동할 수 있는 날까지 자유 시간을 갖는 것보다 어디엔가 매이는 굴레가 필요함을 새삼 깨닫는다. 어찌 보면 삶은 틀 안에 갇히는, 자신을 얽어매는 과정이 아닐까. 직장을 갖는 것도, 결혼을 하는 것도, 자식을 낳아 가정을 이루는 것도 그럴지 모른다.

'농장이란 굴레', 그건 행동의 제약일 수도 있지만, 시계추처럼 나를 움직이게 한다. 잠을 깨면 불어오는 바람 소리가 환청幻聽으로 들린다. 마치 나무와 채소가, 어서 와서 '물주기'와 '잡초 뽑기'를 해 달라는 소리로 들린다. 맑은 공기와 너른 들판도 나를 기다리는 듯하다. 이처럼 나를 부르는 농장, 그게 나의 굴레다. 내가 나를 얽매는.

아침마다 갈 데가 있고 할 일이 있어 마음 든든한 요즘이다.

# 벽癖 하나 있었으면

  세상에 쉬운 일은 없다. 대충해서 이룰 수 있는 일은 어디에도 없다. 혹 운이 좋아 작은 성취를 이룬다 해도 결코 오래가지 못한다. 평소에 들어오던 이런 말이 가슴에 와 닿는다. 한양대 정민 교수의 <벽에 들린 사람들>을 읽으면서다. 신분의 질곡 속에서도 신념을 잃지 않고 주인 되는 삶을 살았던, 벽 들린 선인들이 부럽다.

  그중, 꽃에 미친 김 군君 이야기.

  조선 말 실학자 박제가朴齊家(1750~1805, 시·그림·글씨에 뛰어남)의 <백화보서百花譜序>에 나오는 얘기다. 김 군은 계절에 따라 피고 지는 꽃술의 모양, 잎사귀의 모습을 그림으로 그렸다. 아침에 눈만 뜨면 꽃 아래 자리를 깔고 드러누워 온종일 꽃만 쳐다봤다.

  아침 이슬 머금은 꽃망울이 내리쬐는 햇볕을 받아 어떻게 제 몸을 열고, 저물녘 다시 오므렸다가 어느 시기에 시들어 떨어지는지, 그 과정을 쉴 새 없이 관찰하며 그림을 그렸다. 꽃잎과 잎사귀의 빛깔까지 채색했다. 그리는 것만으로 부족하여 글로 쓰기도 하였다. 손님이 찾아와도 혹시 꽃 피는 모습을 놓치게 될까 봐 말도 시키지 말라는 표정으로 꽃만 바라봤다.

그의 이런 행동을 본 사람들은 '저 사람 완전히 돌았군! 미친 게 틀림없어' 하며 혀를 차거나, '젊은 사람이 어쩌다가 실성을 했누' 하며 안됐다는 표정을 짓기 일쑤였다. 하지만 그런가? "홀로 걸어가는 정신을 갖추고 전문의 기예技藝를 익히는 건  벽이 있는 자만이 능히 할 수 있다."라고 박제가는 말했다. 미치지 않고는 될 수 없는 일이다.

인쇄기가 없던 시절이니 그의 꽃 그림책은 오로지 한 부밖에 만들 수 없었다. 유득공柳得恭(조선 후기의 실학자)의 문집에도 김 군의 꽃 그림책에 관한 이야기가 실려 있지만, 거기에서도 그의 이름이 김 군으로만 남아 있을 뿐 제 이름조차 남기지 않았다.

정민 교수가 유재건劉在建(1793-1880)의 <이향견문록里鄕見聞錄>을 읽다가 그의 이름이 김덕형金德亨임을 뒤늦게 확인하였다. 그의 신분은 규장각奎章閣의 서리胥吏였다. 그가 그린 단 한 권뿐인 <백화보>는 병사甁史, 즉 꽃병의 역사에 그 공훈이 기록될 만하고, 향국香國, 곧 향기의 나라에서 제사 올릴 만하다.

홀로 걷는 것은 남들이 손가락질하든 말든, 출세에 보탬이 되든 말든 저 혼자 뚜벅뚜벅 걸어가는 정신이다. 이리 재고 저리 재고, 이것저것 따지기만 해서는 어느 한 분야의 특출한 전문가가 될 수 없다. 그것을 가능케 하는 힘이 바로 벽이다. 그런 벽이 내게 있는가?

다음은 표구의 마니아 방효량方孝良 이야기.

장황벽裝潢癖, 즉 표구벽表具癖에 들린 18세기 조선의 지식인이었다. 오래된 그림은 썩어 문드러진 것이 많아 손을 대기만 하면 바스러지곤 하였다. 종이가 손상되고 비단이 문드러진 것을 새로 복원하는 마니아였다.

당시 정조正祖의 사위로 그림을 좋아하며, 그것의 수집벽蒐集癖이 있었던 홍현주洪顯周(1793~1865)는 옛 그림으로 마음에 차는 것을 보면, 비록 화폭이 온전치 않고 장정裝幀이 망가졌더라고 이를 사들였다. 이러한 그림을 모두 방효량의 손을 빌려 낡은 것을 새롭게 하였다. 한가한 날엔 두 사람이 책상을 마주하고 복원한 그림을 함께 감상하였다. 그림 앞에 멍하니 앉아 있곤 하였다.

표구벽 방효량은 미천한 신분이 아니었다. 왕실의 정원을 관리하는 장원서掌苑署(궁중의 정원·화초 등을 관리하던 관아)에서 별제別提(정6품)를 지낸 인물이었다. 섬세한 안목과 고도의 기술을 요하는 표구를 하면서 그 생활을 즐겼다. 아무리 낡은 옛 그림도 그의 손을 한 번 거치고 나면 아연啞然 새로운 생명을 얻었다. 그는 표구 작업에 몰두하는 그 시간을 즐겼다. 그리고 표구를 마치고 나서 새롭게 태어난 작품 앞에서 온종일 이리 보고 저리 보는 것을 가장 큰 기쁨으로 여겼다.

이러한 그의 작업은 영리를 목적으로 하거나 대가를 염두에 둔 것이 아니었다. 오직 옛 그림을 복원하여 새로운 생명을 불어넣는 그 자체가 기뻐, 그는 그 일에 몰두했다. 그리고 거기에는 그림을 목숨처럼 아껴 소장하는 '벽' 있는 홍현주가 함께 있었다. 두 사람 다 그림의 마니아였다. 그 정도는 돼야, 제 '벽' 하나 가졌다고 할 수 있을 것이다.

끝으로 벼루를 깎았던 정철조 이야기.

조선의 다빈치로 알려진 조각가 정철조鄭喆祚(1730~1781)는 벼루를 잘 깎기로 이름났다. 그래선지 그의 호는 석치石癡(돌에 미친 바보)다. 그는 당당히 문과에 급제하고 정언正言[사간원司諫院에 속한 정6품의 관직]의 벼슬까지 지낸 인물로, 당대에 그가 깎은 벼루를 최고로 쳤다. 예술에 안목이 있는 사람치고 그의 벼루 한 점 소장하지 못하면 아주 부끄럽게 여겼다. 그는 좋은 돌을 보기만 하면 즉석에서 차고 있던 칼을 꺼내 순식간에 벼루를 깎았다. 이규상李奎象(1727~1799)의 <병세재언록幷世才彦錄>에선 그의 벼루 만드는 솜씨를 이렇게 묘사했다.

죽석竹石 산수를 잘 그렸고, 벼루를 새기는 데 벽이 있었다. 벼루를 새기는 사람은 으레 칼과 송곳을 갖추고, 새김질이라고 불렀다. 그런데 그는 단지 차고 다니는 칼만 가지고 벼루를 새기는데, 마치 밀랍을 깎아내는 듯하였다. 돌의 품질을 따지지 않고, 돌만 보면 팠는데, 잠깐만에 완성하였다. 책상 가득히 벼루를 쌓아두었다가 달라고 하면 두말없이 주었다.

정철조는 벼루와 더불어 살았다. 돌을 깎아 벼루를 만드는 일 그 자체가 좋아서 한 것이지, 그것으로 생계의 수단을 삼지 않았다. 또 돌의 재질을 가리지 않고, 보이면 보이는 대로 파서 그것으로 작품을 만들었다.

그는 그림에도 탁월한 재능을 지녔고, 기중기起重機·도르래·수차水車 같은 기계를 직접 설계하고 제작하기까지 하였으며, 지도 제작자로 서도 명성이 난 다재다능한 사람이었다. 사간원에서 제 할 일 다해 가면서 남다른 여기餘技의 삶을 즐겼던, '벽' 있는 정철조가 우러러보인다.

이렇듯 꽃에 미친 김덕형이나, 표구하는 일을 즐기던 방효량, 벼루에 빠진 정철조말고도 18, 19세기에 어느 한 분야에 미쳐 독보의 경지에 올라선 이가 여럿 등장하였다.

칼 수집벽이 있어 칼마다 구슬과 자개를 박아 방에 죽 걸어놓고, 날마다 번갈아 차지만 1년이 지나도록 다 찰 수 없었다는 영조英祖 때 악사 김억金檍, 매화에 벽 들린 김석손金祏孫은 뜰에 매화 수십 그루를 심어 놓고, 신분의 높고 낮음을 가리지 않으며, 매화시梅花詩를 받아와 비단으로 꾸미고 옥으로 축軸을 달았다. 매화시광梅花詩狂이었다. 제 좋아하는 일에 그토록 몰두하였다. 그들의 굳은 성벽性癖이 내 가슴에 물결을 일으킨다.

그리고 또 한 사람, 글씨로 전국에 이름났던 최흥효崔興孝(조선 초기 문인·서예가)가 과거를 보러 갔다. 답안지를 썼는데 그중 한 글자가 왕희지王羲之의 글씨와 똑같게 써졌다. 그 글씨에 스스로 취하여 답안지를 제출하지 않고, 그 자리에서 종일 뚫어지게 바라보다가 품에 안고 돌아왔다.

이는 예술에 득실을 잊고, 영욕을 잊고, 사생을 잊었던 것으로 얻고 잃음을 마음에 두지 않았다고 말할 만하다. 부럽지 않은가.

그렇다. 나는 예의 그런 경지에 이르거나, 그토록 미쳐 본 일이 없다. 글을 쓴 지 10여 년, 인생을 산 지 70여 년이 지났건만 아직도 '벽'이라 할 만한 게 없다. '벽' 하나 없이 무언가에 미칠 줄도 모르는 나날을 그저 어영부영 살고 있다. 예로부터 '미치지 않고서는 어느 정점에 다다를 수 없다不狂不及.'라고 하였는데 조무래기로 살고 있으니 부끄러운 일이다.

벽인癖人으로 살았던 예의 선인들이 존경스럽다. 그들처럼 제 좋아하는 일에 미칠 수 있을지는 모르지만, 지금부터라도 나도 '벽 하나 있었으면' 싶다.

# 융합의 물결

'융합의 물결'이 인다. 과학뿐만 아니라 산업·문화 등 여러 분야에서 융합하여 새 가치를 찾는다. 시너지 효과까지 낸다. 은근히 관심이 간다.

오늘 아침 신문에도 '융합'이란 기사가 실렸다. 정부의 두 부처가 업무협약을 체결했다는 소식이다. 문화체육관광부와 지식경제부는 지난 7월 12일 대학로에 있는 '기술·인문융합창작소'에서 한류韓流와 기업의 동반 발전을 위한 '문화와 기술의 융합' 업무협약을 체결했다.

문화와 산업 기술의 융합에 의한 창조적 기술혁신이 국가경쟁력의 핵심이기 때문이다. 양 부部가 기술개발과 혁신, 융합 인재 양성, 한류와 산업의 동반 진출 등에 적극 협력한다는 내용이다. '융합의 물결'을 선도하는 정부의 의지다.

이처럼 '융합'에 나라가 앞장섰다. '한 우물을 파야 한다.'란 말을 진리처럼 듣고 산 나는 성격이 다른 두 분야가 하나로 융합하여 새로운 가치를 창조한다는 것에 의아해하면서도 마음이 간다. 혹시 '나도 하는 일 중에 융합할 수 있는 게 있지 않을까?' 해서다. 비단 내 하는 일만이 아니지만.

융합, 서로 다른 두 분야에 대한 깊은 이해를 통해 남들이 보지 못하는 연결 고리를 찾아, 새로운 가치를 창출해 가는 것이다. 요즘 많은 사람의 꿈이기도 하다. 지금은 한 분야의 전문 지식만으로는 해결하기 어려운 문제가 너무 많기 때문이다. 빠른 속도로 발전을 거듭하는 정보기술IT이 성장의 열쇠다. 너나없이 탐내는 정보기술이다.

지난 3월 지식경제부는 조선造船과 통신기술이 융합하여 성공한 사례를 밝혔다. 한국전자통신연구원과 현대중공업이 공동 개발한 선박 통신 기술이다. 엔진 등 선박 내 각종 항해장치 상태를 원격에서 실시간 관찰, 유지 보수함으로써 운항 관리 비용을 절감하는 것이다. 예컨대 지금까지는 항해 장치에 문제가 생기면 해운사가 전문가를 헬기로 선박에 보냈는데, 이를 원격에서 조정·관리하게 됐다. '융합의 효과'다.

D 신문은 지난 8월 20일, '융합이 산업의 미래다.'란 기사를 썼다. 대기업과 중소기업이 융합하여 시너지 효과를 내었다고 한다. 온 국민을 잠 못 들게 했던 런던올림픽 기간에 세계인의 시선을 끈 것은 한국 선수들만이 아니었다. 우리나라 중소기업 제품도 런던에서 세계인의 시선을 끌었다. 아큐픽스사는 올림픽 기간 중, 그곳 해로즈Harrods 명품백화점에서 열린, 코트라 KOTRA 주최 한국상품 특별전시회에 3차원 입체안경 '마이버드'를 선보였다. 이는 작은 안경 형태의 모니터로,

안경알 대신 소형 모니터를 통해 마치 100인치 대형 스크린을 보는 듯한 느낌이 드는 장치다. 안경과 소형 모니터 제조 및 입체영상 기술이 복합적으로 접목된 이 제품은 다양한 기술이 한데 어우러진 대표적인 '산업 융합'의 성공 사례다.

중소 의료기기 업체인 에이피메디칼은 대기업인 금호건설과 협력해 새로 짓는 아파트에 소변 검사기를 매립형으로 설치하고 있다. 금호의 건설과 에이피메디칼의 의료기기 제조 기술이 융합한 것이다. 이렇게 설치된 기기가 검사한 결과는 홈네트워크 통신기술을 이용해 건강관리센터에 바로 전송된다. 건설과 소변 검사기, 그리고 통신기술의 융합에 의한 성과다.

또한, 'GPS* 신발'도 융합의 열매를 달았다. 치매 걸린 부모가 행선지를 밝히지 않고 집을 나가면 어디서 찾아야 할까. 미국의 신발 제조업체 에이트렉스Aetrex는 이런 고민을 해결해 줄 새로운 신발 '내비스타'를 내놓았다. 이 신발을 신은 사람의 위치를 10분 또는 30분 간격으로 통신망에 보내준다. 치매 걸린 이의 이동 경로가 컴퓨터나 스마트폰의 지도에 표시돼, 불의의 사고를 막을 수 있게 됐다. 위성과 신발기술, 이를 인터넷으로 연결, 지도로 표시해 주는 정보기술이 융합한 새 산업이다.

이 외에도 융합이 만들어 내는 새로운 시너지 효과는 수없이 많다. 영어학원과 태권도학원을 결합하여 태권도를 지도할 때 영어를 가르친다. 국영·수의 딱딱한 과목이 예체능과 결합돼 새로운 기능을 발휘한다. 프린터와 스캐너가 합쳐졌고, 휴대전화와 디카·MP3가

합쳐졌다.

문화 예술 분야도 예외가 아니다. 요즘 한류 바람을 일으키는 음악도 그렇다. 음악을 단지 귀로만 듣는 것보다 눈으로 보고, 감촉을 느끼면서 들으면, 새로운 감동을 한다. 오감의 융합을 통한 효과다. 이미 있는 것에 다른 것을 융합하여 기존의 개념을 넘어서는 새로운 효과를 창출한다. 전자기술의 덕이다.

예술도 이제 장르의 벽을 넘어 '멀티 아트Art'를 구현한다. 기술과 문학적 감성이 결합한 입체적인 가상현실이 작품화됐다. 영화 '아바타*'가 그러하다. 출판도 융합했다. 그동안 경계가 분명했던 인쇄와 디지털 간에 몸을 섞었다. 책·신문잡지·인터넷 간의 경계가 허물어졌다. 책과 신문잡지도 이제는 디지털 형태로 우리 컴퓨터 안에, 티브이 화면 안에 들어와 있다. 전자책 전용 단말기, 스마트폰을 통해서도 언제든, 어디서든 다양한 출판물을 읽을 수 있게 됐다. 바야흐로 '융합의 시대'다.


이처럼 융합이 대세大勢다. '한류와 산업, 조선과 통신, 안경과 모니터, 의료와 건설, 신발과 인터넷, 문학과 영화, 출판과 디지털' 등에 과학기술이 융합, 새로운 물결을 일으킨다. 밀려오는 그 물결에 나도 돛 하나 달고 싶다. 서툰 글쓰기를 하는, 수필과 시조時調를 연결·융합하면, 창의의 시너지 효과가 나타날까. 순풍에 돛배 가듯 순항할까? '융합'을 되뇐다.

생각해 보면 양陽과 음陰의 만남, 그게 융합이요, 우리네 인생이 아

닌가. 요즘 갈등을 빚는 2030과 6070 간의 세대에도 융합의 물결이
일었으면.


*GPS(Global Positioning System): 전줖 지구 위치 파악 시스템
*아바타Avatar: 오락 영화이나 문학성을 인정받은 작품이다. 탁월한 기술력과 아이
  디어를 바탕으로 판타지와 공상과학을 취했으나, 허무맹랑하지 않은 자연 보호
  의 강한 메시지를 준다. 더해진 첨단기술이 그 효과를 높였다.

# 야야, 마이 묵어라

"소식小食해야 건강합니다!"

밤늦게 속이 좀 출출하여 조심스럽게 라면을 끓인다. 물 끓는 소리에 잠을 깼는지 아내가 놀라 주방으로 나오면서 하는 말이다.

요즘 자주 듣는 '소식' 얘기다. 통풍痛風을 앓아 오랫동안 즐기던 술을 끊었다. 그랬더니 밥맛이 나서 전보다 밥을 많이 먹는다. 그 때문인지 체중이 늘어 가니 걱정이 되는가 보다. 끼니때면 밥상머리에서 밥을 적게 먹도록 '소식' 얘기를 꺼낸다. 특히 저녁상에 김치찌개라도 부글거리면, 밥을 더 먹기 마련이다. 다 먹은 빈 밥그릇을 들어 보이며 "밥, 조금만 더……."라고 청하면 아내는 으레 서두의 말을 되풀이하기 일쑤다.

건강을 지켜주려는 아내의 노력은 끈질기다. 내 밥그릇도 공기空器로 바뀠다. 손가락 다섯 개를 반쯤 오그린 크기만 한 작은 그릇이다. 밥알이 눌어붙지 않게 살살 푼 밥이 그릇 둘레 선을 넘지 않게 담아 준다. 그러고도 "밥을 조금 더 먹고 싶을 때 숟가락을 놓는 게 건강에 가장 좋다고 합니다."라는 말을 빠뜨리지 않는다. 그런 아내의 덕으로 이 정도의 건강이나마 유지하고 있지 않나 싶다.

그토록 '소식'하기를 바라는데 느닷없이 이 밤중에 라면을 끓이고 있으니 놀랄 만한 일이긴 하다. 그러나 지금 끓이는 라면은 '소식'이라기보다 실제로 배가 고파 밤참을 먹으려는 것이다. 송년회에서 저녁밥을 허술하게 먹었더니 그런가. 아니면 제때에 잠을 자지 않아서 그럴까? 늦어도 밤 열 시면 잠자리에 들었는데 오늘은 이슥토록 책을 읽는다.

지난주 도쿄 딸애 집에 들렀을 때 몇 권의 신간을 샀다. 그중 '메이분 도로보[名文 도적]'란 책 내용이 재미가 있었다. 평소 같으면 깊은 잠을 잘 시간에 책갈피를 넘기고 또 넘기다 보니 자정이 지났다. 절로 웃음을 자아내는 구절이 나올 때마다 '낄낄거리다.' 보니 소화가 잘된 때문인지도 모르겠다.

여하튼 허기를 느끼니 라면 생각이 난 것이다. 끼니때 한꺼번에 밥을 많이 먹는 것도 아닌, 밤참인데 어떨까 싶어 용기를 낸 것이다. 그런데 공교롭게도 아내가 잠을 깨어 또 소식 얘기를 이 밤중에 듣게 된 것이다. 내 건강을 위해 밥을 적게 먹도록 하는 그 마음이야 모를 리 없지만, 때론 흔한 밥 때문에 입씨름하여 서운함을 토로하곤 했다. 그랬는데 오늘 밤은 라면 때문에 면목이 없어, 아내의 소식 얘기를 듣고만 있다.

"라면 국물은 먹지 마시고 건더기만 드세요."라며 다 끓은 라면을 식탁에 올려준다. 들이마시듯 후루룩 먹는다. 늦은 밤에 밤참을 먹으니 옛 추억이 떠오른다. 잊고 지냈던, 더는 맛볼 수 없는 어머니의 그 '밤참'.

어린 시절, 초등학교 5학년 때이지 싶다. 한겨울 어느 주말 밤, 이웃에 사는 영수 집에 들렀다. 그 집에 모인 마을 친구들과 '종이접기' 놀이를 하다가 그만 시간이 많이 흘렀다.

"영수 어매요, 혹시 우리 아 여기 안 왔닝기요?"라는 어머니의 말이 들린다. 깜짝 놀라서 하던 놀이를 멈추고,

"저 여기 있어요."라며 문을 연다.

"지금 몇 신지 아나, 너무 늦었다. 퍼뜩 일어나."라고 하신다. 끌어가듯 내 손목을 잡고 우리 집 안방으로 데려가더니

"아랫목 이불 속에 발 넣고 쪼매 있끄라 보자."라며 방 뒷문으로 나가신다.

한참 이불 속에 엎드려 있는데 상床을 차려 오신다. 둥근 소반에 팥죽과 살얼음이 뜬 물김치 한 사발이 올라 있다. 출출한 김에 통무를 버석버석 씹는다. 어느새 어머니는 쌀 단지에서 주먹만 한 홍시를 접시에 담아 오시며, "야야, 마이 묵어라('많이 먹어라'란 경상도 방언)." 라고 하신다. 60여 년 전의 '밤참' 얘기다.

이제 어머니가 손수 차려 주시던 '밤참'도 옛말이 되어 간다. 집집이 식구들의 영양을 고려한 식단을 차리기에, 밤늦게 또 음식을 먹는 것은 살을 찌게 하여 성인병의 원인이 된다는 것이다. 또한, 문밖에 나가면 24시간 편의점에서 피자·김밥·어묵 등 다양한 즉석 음식을 사 먹을 수 있어, 구태여 밤참 차릴 필요가 없게 되었다. 세계적인

연쇄점의 음식이라 할지라도, 어머니가 차려주시던 그 '정성스런 밤참'에야 견줄 수 있을까.

끼니때마다 그저 많이 먹기를 바라시던 어머니는 더 먹을 수 있게 해주지 못해 애를 썼다. 먹을거리가 궁하던 그 시절, 어머니는 뒤뜰 땔나무 밑에 땅을 파고 그 속에 넣어둔, 무·밤·물김치 등을 꺼내다가 밤참을 차려주곤 하셨다. 밖에서 놀고 올 때나, 밤늦게 공부할 때면 으레 소반 상을 들고 오셨다. 그저 배불리 먹고, 건강하기만을 바라시던 어머니.

그리하시던 어머니가 저승에서 이런 '소식' 얘기를 들으시면 깜짝 놀라 일어나실지 모를 일이다.

아내의 소식 얘기를 두어 번 들으며 라면을 다 먹었다. 책상에 돌아와 앉으니 휑하니 바람이 분다. '어머니 산소에도 칼바람이 불겠지. 차디찬 이 긴긴 밤을 어떻게 견디시는지?' 창가에 다가서니 어머니가 밤참을 주면서 하시던 그 말씀이 다시 들린다. "야야, 마이 묵어라."

# 귀뚜라미 울음소리

　경쾌한 음악을 들으면 즐겁고, 우는 곡哭소리를 들으면 슬픈 게 우리네 정서다. 이슥한 가을밤의 귀뚜라미* 소리는 애절한 열망熱望의 소리로 들린다.

　귀뚜르르르 뚜르르〜, 귀뚜르르르 뚜르르〜.

　아파트 화단에서 들려오는 소리, 저 울음이 내 학창 시절의 추억을 불러온다. 고향 영천永川의 농촌마을에서다. 마당에 수북이 쌓은 볏단 속이나 집 처마 끝에서 밤늦도록 울어대던 귀뚜라미 소리. 무엇인가를 간절히 바라는 울음소리였다. '끊임없는 저 열망처럼 나도 열심히 살아가야지.'라며 마음을 가다듬곤 했다.

　그로부터 어느덧 반세기도 더 지난 이제, 그 귀뚜라미의 울음소리를 서울에서 다시 듣는다. 그 울음이 내게 묻는 듯하다. '당신은 일찍부터 고향을 떠나와 무엇을 찾았습니까. 그동안 바라는 것을 얻고자 얼마나 울었습니까?'라는. 그렇다. 귀뚜라미 소리만큼 간절히 울어 본

적이 없는 것 같다. 그처럼 열망해 보지도 못했다. 그랬으니 무엇 하나 제대로 이룬 게 없지 않은가?

새삼 귀뚜라미의 울음소리에 귀를 기울인다. 주위에 제 존재감을 알리는, 제 영역을 지키고자 하는 경보의 울음인지, 아니면 제 짝을 찾으려는 수컷의 노래인지는 잘 모르지만, 스스로 구하고자 하는 것을 얻으려고 밤낮으로 울고 있지 않은가. 부단한 귀뚜라미의 열망이 내 가슴에 파문을 일으킨다.

귀뚜르르르 뚜르르ᄀ.귀뚜르르르 뚜르르ᄀ.

작은 날개를 비비는 소리. 수컷의 오른쪽 날개 안쪽에는 까칠까칠한 줄이 있고, 왼쪽 날개 바깥쪽에는 그 줄을 비비는 발톱이 있다. 그래서 양쪽 날개를 비비면 줄과 발톱이 부딪쳐, 마치 바이올린을 켜는 것과 같은 소리를 낸다. 고운 소리다. 정숙자 시인은 '귀뚜라미에게'란 시로 그 울음소리를 예찬했다.

울도록
숙명지워졌을지라도
귀뚜라미야
너처럼만 고웁게 울 수 있다면.

작디작은 날개를 비비는데 우리 귀에 크게 들리는 것은, 그 소리를 증폭시키는 발음기發音器가 있어서다. 날개에 붙은 그 발음기가 스피커 역할까지 하니, 귀뚜라미의 작은 몸은 정밀하고 교묘하다. 그 울음소리의 진동수는 약 4,500 헤르츠Hz로, 하룻밤에 보통 4만 번쯤 소리를 낸다고 한다.

바라는 열망의 울음이지만, 경쾌한 멜로디로 심금에 와 닿는다. 그래선지 귀뚜라미는 한국인만이 아닌, 전 세계인에게 친숙한 곤충이다. 문학 작품과 음악에도 많이 등장하는 귀뚜라미다. 이탈리아에 유명한 동화 <피노키오*>가 있으며, 미국의 뉴베리상* 수상작인 <뉴욕에 간 귀뚜라미 체스터*>에도 귀뚜라미를 등장시켰다. 프랑스의 조스껭 데 프레Josquin Desprez(1440〜1521)는 <귀뚜라미 음악>의 음반을 내었다.

또한, 귀뚜라미 울음소리가 고운 화음和音이어서 감상하거나, 각종 매체에서 널리 사용된다. 그 때문에 귀뚜라미를 사육하기도 한다. 일본에서는 '링〜 링〜 링〜' 하며 낭랑한 소리를 내는 방울귀뚜라미 [Meloimorpha japonica]를 키운다. 중국에서도 예부터 '귀뜰 귀뜰' 하고 우는 극동귀뚜라미[Velarifictorus micado]를 사육하고 있다.

이처럼 귀뚜라미는 울음소리 하나로 제 할 일을 다한다. 말하지 못하니 울 수밖에 없는 운명이지만, 고운 소리로 자기의 영역을 지킨다. 제 감정을 남에게 알리고, 때론 암컷을 불러 교미하여 대를 잇는다. 그뿐만이 아니다. 낙엽 뒹구는 조락凋落의 가을에, 그리움과 기다림으로 설레는 내 심성까지 다독여 준다. 영리한 곤충이요, 가을의 울적한 마음을 같이 울어주는 귀뚜라미다.

내 삶을 뒤돌아본다. 느슨한 걸음이었다. 다부진 마음으로 끊임없이 열망하지 못했다. 나는 언제 저 귀뚜라미만큼 간절히 울어 봤는가.

성취하고자 하는 일에 밤낮없이 열망해 봤는가. 하루 저녁에 4만 번은 고사하고, 단 백 번이라도 울어 본 적이 있는가? 자책 때문인지 귀뚜라미 울음소리에 밤이 깊어 간다.

귀뚜르르르 뚜르르﹁, 귀뚜르르르 뚜르르﹁.

*귀뚜라미: 귀뚜라밋과의 곤충. 몸은 진한 갈색에 복잡한 얼룩점이 있다. 8~10월에 나타나 풀밭이나 뜰 안에 살면서 수컷이 가을을 알리듯이 운다. 우리나라에 45종 이상이 살고 있으며, 한국을 비롯한 전 세계에 널리 분포한다.
*뉴베리상(Newbery award): 해마다 미국 아동문학 발전에 가장 크게 이바지한 작가에게 주는 아동문학상
*피노키오Pinocchio: 이탈리아의 작가 콜로디가 지은 동화. 나무를 깎아 만든 인형 피노키오가 모험을 통하여 착한 사람으로 변하기까지의 과정을 그린 교훈적인 이야기.
*뉴욕에 간 귀뚜라미 체스터: 미국의 작가 조지 셀던 톱프슨이 1960년에 발표한 동화이다. 뉴베리상 수상작으로 한국어 번역판도 나와 있다.

# 그리운 보리밥

남한산성 등산을 마치고 내려오는 길. 마천동 골목에 들어서니 밥내가 발길을 끈다.

할머니 보리밥집, 허름한 그 식당에 등산객이 붐빈다. 한참 서 있다가 순서가 되어 자리에 앉으니 종업원이 숭늉과 차림표를 가져온다. 딱 두 가지, 보리밥과 비빔밥뿐이다. 보리밥을 주문하고 기다리니 보글보글 끓는 된장뚝배기와 대여섯 가지 반찬, 그리고 고봉으로 담은 보리밥이 나온다. 풍기는 밥내가 먼먼 추억을 불러온다.

초등학교 2~3학년 때이지 싶다. 학교에서 집에 돌아오면 어머니는 "클 때는 많이 먹어야 한다."라며 보리밥을 지어주셨다. 그때의 보리밥, 잊을 수 없는, 아니 잊히지 않는 어머니의 정성 담긴 밥이었다.

그 시절 농촌은 가난했다. 우리 집만 어려운 게 아니었다. 어느 집이나 보리밥을 먹었다. 생일·제삿날 등 특별한 날이 아니면 쌀밥을 먹지 못했다. 그만큼 쌀이 귀하다 보니 끼니때마다 보리밥이었다. 어머니는 내게 미안해하듯 "언제 네가 쌀밥을 마음대로 먹을 수 있을까?"라고 푸념하셨다.

지난가을에 거둔 식량이 봄이 되면 쌀 단지가 깊어져 갔다. 남녘에선 꽃바람이 불어오지만, 어머니는 반가워하지 않은 것 같았다. 4, 5월에 이르면 양식이 떨어져 감에 따라 보리 수확을 애타게 기다려야만 했다. 이 시기가 보릿고개라고 일컫는 춘궁기春窮期였다. 어머니는 나의 주린 배를 안쓰러워하셨다. "한창 먹을 때인데……."라고 하시며 밭으로 나가시곤 하였다.

미처 다 익지 않은 풋보리를 베어다가 물렁물렁한 낱알을 말려서 빻은 보리쌀을 무쇠솥에 넣어 물을 맞추셨다. 끝물을 부을 때는 마치 물을 뿌리듯 하시며 손을 넣어 보리쌀을 평평하게 고른 다음 장작불을 때셨다. 그러면서 솥 안의 밥알을 읽으셨다.

센 장작불로 밥물이 끓어오르면 불을 낮춰 중간 불에서 짓다가 솥뚜껑 사이에서 밥물이 풋풋거리면 약한 불로 줄였다. 물이 거의 없어져 타닥거리는 소리가 들리면 아주 약한 불로 다시 줄여 20~30분간 뜸을 들인 다음 밥을 푸셨다.

나무주걱으로 밥 위를 한 번 걷고 살살 푸셨다. 그릇에 담을 때에도 밥알이 눌러지지 않게 서리서리 담으셨다. 그릇 뚜껑에 밥알이 눌러질까 싶어 밥을 많이 담지 않으셨다. 그렇게 정성 들여 밥상을 차려주셨다.

그날은 감꽃이 한창이었다. 사립 문 옆에 선 감나무에 벌이 윙윙거렸다. 외양간에선 농우의 워낭소리, 담 아래 장미꽃엔 나비들의 나래

짓 소리가 들려오듯 하였다. 그 감나무 아래 평상에 밥상을 차려주셨다. 그 상床의 보리밥, 노르스름한 멸치 몇 마리 든 된장뚝배기, 물김치, 미나리 무침, 그리고 우물에서 갓 떠온 냉수 한 사발의 소박한 밥상이었다. 그날 입에 씹히던 보리 밥알의 맛은 유난히 고소했다. 하얗고 말끔한 쌀밥에 비해 왠지 촌스럽고 매끄럽지 못한 보리밥, 그 거친 밥은 씹을수록 깊은 맛이 있었다. 보리밥과 된장뚝배기가 어울려 내는 어머니의 손맛이었다.

그래선지 반세기도 더 지난 지금까지도 그날 그 밥의 맛이 잊히지 않는다. 오늘 할머니 보리밥집의 상에 오른 오이소박이·조기구이·오징어 해물파전 등의 반찬보다 그때 그 뚝배기의 된장 맛이 그리운 건 어쩐 일일까. 저 세상에 계신 어머니가 그 밥상 위에 어른거리는 건 또 어쩐 일일까?

"큰애 큰애" 하시며 궁한 살림에도 그저 잘 먹으려고 애쓰시던 어머니의 마음, 그 부지런하시던 모습이 떠오른다. 땡볕에 수건을 머리에 두르고 밭에 나가 햇보리를 베어다 빻고, 찌고, 씻고, 무쇠솥에 안쳐 불을 때셨다. 보리쌀이 익고 퍼지는 소리에 귀 기울이며 밥을 짓던 어머니의 그 애틋한 마음. '아들이 배고파선 안 된다'는 것을 스스로 다그치며 밥을 지었을 것이다. 그토록 손이 많이 가는 보리밥을.

밥뿐인가. 된장뚝배기는 또 얼마나 손이 가는 음식인가. 손수 가꾼 콩을 털어 큰 솥에 삶은 다음 찧어서 메주를 만드셨다. 그 메주를 시렁에 걸어, 곰팡이가 필 때까지 말린 후 된장을 담그셨다. 그렇게 만든 된장을 뚝배기에 풀어서 달래와 멸치 넣고 간 맞춰 끓이셨다.

그 구수하고 달착지근했던 된장 맛은 어머니의 정성을 우려낸 맛이었다. 그러기에 70년의 세월이 흐른 지금까지도 된장 곁들인 그때의 '보리밥 생각'이 나는 것일 거다. 보리밥과 된장을 보면 으레 어머니의 얼굴이 떠오른다. 그럴 때면 나는 얼른 쥐구멍에라도 들어가고 싶은 죄인이 된다. 그토록 바라시던 입신立身도 못하고, 내 젊은 시절을 외국에서 보냈으니. 남들처럼 곁에서 돌봐 드리지도 못했다. 무엇 하나 흐뭇하게 해 드린 게 없으니 가슴이 아프다. 내가 이만큼 건강한 것도 어릴 적 보리밥을 많이 먹은 덕이지 싶어 더욱 안타깝다.

어머니도 진즉 알고 계셨을까? 보리엔 비타민, 칼슘, 철분이 많아 빈혈, 고혈압 등의 예방 효과가 크다는 것을. 섬유질이 풍부하여 콜레스테롤을 없애주고 대장암·장염·변비 등의 장 질환에 좋은 효과를 나타낸다는 것을. 또한, 보리밥엔 나물과 된장을 곁들여 먹으니 건강식이요, 참살이 으뜸 음식이란 것을.

할머니 보리밥집에 이렇듯 손님이 많으니, 더더욱 그 시절의 보리밥이 그립다. 어머니가 그립다. 어디선가 그때의 어머니가 내게 다가와 귓속말로 일러주시는 듯하다. "야야, 이제 보리밥은 그만 먹고, 쌀밥을 먹으렴." 밥내 나는 보리밥 한 끼가 꿈결 같다.

# 배롱나무꽃, 늦게 피어 더 아름다운

한강공원을 산책하다가 줄 선 배롱나무* 앞에 선다. 십여 그루의 그 나무가 경쟁하듯 꽃을 피웠다. 꽃철이 지난 푸른 나무 사이에서 화사하게 핀 진분홍 꽃이 돋보인다. 아름답다.

입추가 지난 8월 하순. 대부분의 나무가 꽃을 떨어뜨리고 열매를 익히는 때에 배롱나무는 꽃을 피운다. 늦게 피어 사랑받는 여름 꽃의 대명사다. 서둘지 않고 느긋이 꽃대 아래에서 위로 차례차례 꽃을 피운다. '화무십일홍花無十日紅'이란 말을 무색하게 한다. 백일 동안이나 붉디붉은 고운 꽃을 피운다. 오랫동안 꽃을 피우기에 백일홍百日紅이란 이름을 얻었다.

'이름' 하면 둘째가라면 서운해할 나무다. 그만치 이름이 많다. 중국에선 자미화紫微花, 일본에선 목木배롱나무, 충청도에선 간지럼나무(나무껍질을 긁으면 잎이 움직인다고 하여), 제주도에선 '저금 타는 낭'(간지럼 타는 나무란 현지 방언), 줄기가 비비 꼬인다고 하여 파양

수怕揚樹, 나무껍질이 매끈하여 원숭이도 미끄러진다고 하여 후랑달수猴郎達樹, 꽃이 뜰에 가득히 핀다고 하여 만당화滿堂花 등으로 불린다.

자미화란 이름에서 보듯이 많은 사람이 원산지를 중국의 자미성紫微省으로 알고 있지만, 이 나무의 학명Lagerstroemia indica이나 영문명Indian lilac으로 봐서 인도란 설도 있다. 우리나라에 언제 들어왔는지는 정확한 기록이 없다. 가장 오래된 나무는 부산진구 화지산和池山 기슭, 동래 정씨 시조인 정문도鄭文道 묘소에 있는 배롱나무(천연기념물 제168호, 800년 추정)로 알려졌다.

더운 데를 좋아하는 나무라서 그럴까. 내한성耐寒性이 약해 전에는 우리나라 중부 이남에 심었다. 그래서 남부지역이 배롱나무의 고향이었다. 이름난 군락지는 담양 명옥헌원림鳴玉軒苑林, 고창 선운사, 다산초당과 이어진 강진의 백련사白蓮祉, <삼국유사>에도 나오는 경주 서출지西出池 방죽, 안동 병산서원屛山書院 등이다.

심은 곳도 주로 고즈넉한 산사의 앞마당이나 이름난 정자의 뒤뜰, 잘 가꾸어진 무덤 옆이다. 어릴 적 나는 경주 서출지와 대구 동구에 있는 신숭겸* 유적지의 배롱나무꽃을 보고, '세상에 이렇게 아름다운 꽃이 있나!'라고 감탄하곤 하였다.

아마도 그런 추억이 있어 한강공원의 배롱나무꽃이 더 반가운 것 같다. 중부 이남 지역에서 자라던 나무들이 북쪽으로 올라오고 있다. 사과 재배지가 대구에서 충주를 거쳐 경기·강원도까지 올라오더니, 내 고향 영천永川 가까운 남쪽 지방에서나 볼 수 있었던 배롱나무가 한강까지 북상하였다. 지구 온난화 영향으로 기온이 상승했기 때문이다. 그래선지 요즘 수도권 지역에서도 공원이나 도롯가에 관상수로 많이 심는다. 올해 불볕더위로 너나없이 애를 먹었지만, 배롱나무는 뜨거운 햇볕을 반기며 꽃을 피웠다. 고향의 배롱나무를 여기에서 맞이하는 듯 기쁜 마음이다. 왱왱대는 매미울음도 어릴 적 듣던 그 울음소리다.

추억의 그 배롱나무와 같이 불이 붙은 듯 진분홍 일색이다. 가지마다 잎보다 꽃이 많다. 온 여름을 달구고 가을까지 계속 꽃이 피는 배롱나무. 성급히 며칠 간 피었다가 지고 마는 다른 나무의 꽃보다 의젓해 보인다. 석 달 열흘도 넘게 피는 그 지구력持久力이 마음에 든다. 그런 끈질김이 있었기에 어느덧 추위에 대한 내성耐性도 기르고, 기후 온난화에 따라 북상한 것이다.

뙤약볕에 늦게 꽃을 피워 주위에 있는 다른 나무들을 압도하듯 눈길을 끈다. 마치 젊은 여인의 연지 바른 입술처럼 곱다. 젊고 발랄해 보인다. 그 정열이 하루 이틀이 아니다. 백여 일 동안 뜨거운 불을 활활 태운다. 벚꽃이 만개할 때도 참 아름답다. 하지만 며칠간 후다닥 피었다가 우수수 지고 마는 데 비하여 배롱나무꽃은 길게 핀다. 어찌 부럽지 않을 수 있을까.

인생 늦가을에 사는 나이기에 더욱 그렇다. 제철이 다 지나간 듯 체념하고 사는 내게 저 배롱나무꽃이 일러준다. '꽃 한 송이 피워 보십시오. 늦게 피운 꽃이 더 아름답습니다.'라고. 그 말에 수긍이 간다.

*배롱나무: 5미터 내외의 중키 나무로 껍질은 연한 홍자색이다. 잎은 타원형으로 마주나고 겉면에 윤이 난다. 7~9월에 붉은 꽃을 피우고 열매는 삭과蒴果로 10월에 익는다.

*신숭겸申崇謙: 고려 개국 일등공신이며, 927년 태조를 따라 신라를 돕고자 후백제를 공격할 때, 팔공산 전투에서 위기에 처한 태조를 구하고 그는 전사하였다. 이에 태조가 팔공산 기슭에 지묘사智妙寺를 지어, 그의 명복을 빌게 하였다. 이 유적지에 400살 된 배롱나무 다섯 그루가 장군의 충절을 말해 주듯 해마다 붉은 꽃을 피운다.

# 나이나 적은가
## ─날씨 탓, 남의 탓

긴 여름이 간다. 내 생애에 올해처럼 뜨거운 불볕더위가 있었을까 싶을 만큼 무더웠다. 그래서 날씨 탓을 하곤 했다. 그 더위가 내 탓인 줄도 모르고.

예년과 달리 무덥던 날씨, 지난 8월 초 전국에 폭염暴炎 경보가 내려진 가운데 섭씨 36∽37도를 오르내리는 더위가 기승을 부렸다. 밤 더위를 측정하기 시작한 2000년 이래 가장 긴 열대야(8일간)가 이어졌다. 노상 부채질을 하며 '이놈의 날씨, 언제 선선해지려나?'라며 짜증을 부렸다.

잠을 설치며 선풍기를 켰지만, 그 바람마저 시원치 않았다. 전기료 때문에 아내의 눈치를 봐 가며 에어컨을 틀었다. 누운 채 책을 읽다가 그만 잠이 들었다. 그 이튿날 아침 일어나니 몸이 쑤시고 기침이 난다. 밤새도록 에어컨을 켜 놓고 잤기에 감기에 걸린 것이다. 밥상머리에서 기침하고 있으니, 아내에게 등 떠밀리다시피 하여 병원을 찾는다.

밖에 나오니 내리쬐는 햇볕에 눈이 부시다. 오늘도 이글대는 불볕더위다. 몸은 으쓱으쓱 떨리지만, 이마에선 땀이 줄줄 흐른다. 병원에 들어서니 시원한 낙원에 온 것 같다. 진료를 받은 후 주사를 맞고, 약국으로 향하며 또 투덜댄다. '이놈의 더위….' 하며 짜증을 부린다.

약을 받아 집에 돌아오니, "쉬어야 합니다."라던 의사의 말이 떠오른다. 방에 누워 있으니 답답하기 그지없다. 창밖에 짙푸른 나뭇잎이 너울거리는 대낮에 구들장을 지고 있어 절로 짜증이 난다. 닷새 동안 누워 있으며 여러 번 날씨 탓을 했다.

날씨가 무슨 잘못이 있는가! 이처럼 무더운 이상異常 기온도 지구를 달구는 우리, 아니 내 탓이 아닌가. 지구 온난화의 원인이 온실가스 방출에 있는 것을. 석유와 석탄 같은 화석연료를 사용하고, 날로 숲이 파괴되면서 일어나는 현상인 것을. 날마다 차를 몰고 다니면서 더운 김을 대기에 뿜어대고, 선풍기·에어컨도 틀고 있었으니 그 열기가 다 어디로 가는가. 스스로 지구를 달구며 사는 내가 더위 탓을 하니, 이게 적반하장賊反荷杖이 아닌가.

돌이켜보면 이런 '남의 탓하기'가 날씨만이 아닐 것이다. 통풍痛風을 앓으면서도 '알코올 탓'을 했다. 젊은 시절 스스로 많이 마신 술 때문에 얻은 병인데도 내 탓을 하지 않고 술에 대해 불평을 하곤 했다.

그뿐만이 아니다. 오늘 아침에도 아내 탓을 했다. 중학교 동창 모임에 가려고 전철역으로 향하는데 비가 내린다. '아차 싶다.' 가방에 우산이 없다. 집으로 되돌아가서 현관문을 열며 아내에게 불평한다. "비온다는 일기 예보를 듣고서도 왜 우산을 챙겨주지 않았소?"라고.

습관화됐다. 걸핏하면 '남의 탓'을 한다. 날씨가 더워도, 스스로 마신 과음으로 얻은 통풍이 도져도, 비 오는 날 우산을 챙겨주지 않아도 제 잘못을 뉘우치기는커녕 다른 이에게, 더욱이 말을 해도 알아들을 수 없는 술이나 날씨에까지 탓하기 일쑤이다.

부끄러운 일이다. 괜히 날씨 탓·남의 탓을 하고 산다. 이게 다 내 탓인 것을. 자신의 불행을 남의 탓으로 돌려 위안받으려는 게 아닐는지? 남을 탓하기 전에 자신을 돌아볼 일이다. '나이나 적은가!'

# 5부
## 사랑은 어디에서든 피어난다

# 제자리와 어울림

연주대戀主臺에 오르려고 관악산 입구에 들어선다.

길가 숲 속 전광판에서 문자 메시지가 흐른다. 오늘의 기후·기온·풍향 등의 기상 정보와 '2012 관악 책 잔치 평생학습 마을축제' 행사를 알리는 안내문이 줄줄이 지나간다. 푸른 나무 사이에 원색(적·청·황색) 글자가 눈에 거슬린다.

산의 정서와 어울리지 않는다. 비록 그 내용이 산을 찾는 사람들에게 알리는 공적인 안내문일지라도 흔히 도심 상가에서 보는 싫증 난 전광판 광고문 같아서다. 조용한 숲을 그리며 찾는 사람들에게 도시의 일상을 산에서 다시 보여주는 것 같다. 푸른 숲에 인공의 전광판이 조화되지 않는다. 숲은 사람의 손이 가지 않는 원시림일수록 보기 좋다. 그게 숲 본래의 제자리다.

그런 생각을 하면서 10여 분 걸으니 호수공원 만남의 장소다. 거기에도 벚나무와 단풍나무 사이에 예의 전광판에 문자가 흐른다. "사람은 자연 보호, 자연은 사람 보호, 아름다운 사람은 쉬어간 자리도 아름답습니다. 우리 강산 이제 우리가 지켜야 합니다." 등의 메시지가 시선을 당긴다.

산을 찾는 사람들에게 자연 보호를 캠페인 하는 내용이긴 하나, 전광판 자체가 나무와 다양한 식물이 사는 숲에 어울리지 않는다. 어색하다. 그런 내용을 등산객에게 알리려면 숲 아닌 길가에 종래의 플래카드나 입간판立看板이 맞지 않을까 싶다. 산에 사는 동식물 처지에서 보면, '전광판'은 그 자체가 자연의 질서를 훼손하는 것이며 나무와 어울리지 않는 전기電氣의 흐름이 아닌가. 그래선지 내 곁으로 지나가는 사람도 그 전광판을 보고 혀를 끌끌 찬다.

푸른 숲을 보며 그 속에 사는 동식물의 자연음自然音을 듣고 싶은 내게, 그 전광판은 도심에서 흔히 보는 광고다. 환경 보호하자는 캠페인이다. 도시의 거리를 연상케 하여 눈에 거슬리는 것은 나만의 느낌이 아닐 것이다. 그러기에 전광판의 제자리는 산이 아니다. 산에 어울리지 않는 문명품文明品이다.

제자리는 마땅히 있어야 할 자리다. '만물개유위萬物皆有位'라는 말처럼 이 세상의 모든 존재는 저마다 제자리가 있다. 자연에나 사람에게나 어울리는 장소와 돋보이는 차림이 있다. 어색하지 않고 주위와 조화를 이룬다. 숲은 숲대로, 나무는 나무대로, 바위는 바위대로 긴 세월 동안 산의 모습에 어울려 왔다.

노자의 사자성어처럼 무위자연無爲自然이다. 사람의 힘을 더하지 않은, 그대로의 자연이 이상적인 경지다. 그러므로 산은 숲과 나무와 동물이 사는 자리이지 전광판의 자리가 아니다. 문명의 산물인 전광판의 울긋불긋한 문자 메시지는 산의 정서와 맞지 않는다. 문명과는 거리가 있는 원시림 그대로가 숲 본래의 생태이며, 그들의 자리이다.

이와 마찬가지로 사물도 사람도 각각 제자리에 있어야 제격이다. 농부는 농촌이 제자리이다. 광고는 도시의 상가에 걸려 있어야 제격이다. 그게 질서다. 밥알도 밥그릇에 담겨 있을 때 먹음직스럽게 보인다. 그릇이 밥알의 자리이기 때문일 것이다. 벼도 제자리인 논을 벗어나 잔디밭에 자라면 한갓 잡초에 지나지 않는다. 또한, 실내장식도 그렇다. 여러 가지 물건이 제자리에 놓여, 잘 정돈된 실내는 아름답다.

그처럼 사람도 제자리에서 제구실을 다할 때가 아름답다. 그게 제 가치를 높여주기 때문이다. 하지만, 더러는 앉을 데가 아닌 자리를 차지하여 낭패당하는 것을 우리는 보고 산다. 이를테면 다른 사람의 모범이 되어야 할 공직자가 제자리를 이용, 뇌물을 수수하여 감옥에 가는 것을 우리는 보고 산다. 또한, 제 능력으로 감당할 수 없는 자리에 앉아 일을 그르치는 이도 더러 있다. 맞지 않은 자리에 앉은 것이다.

그래, 나는 어떤가. 제자리에서 제구실을 다하고 있을까. 우리 집 가구주의 자리, 애들 아버지로서의 자리, 문인으로서의 자리, 그리고 서울 시민의 한 사람으로서의 자리. 그런 자리에 제대로 서 있지 못하기에 이렇듯 '제자리'에 관심이 가는 건 아닐는지.

연주대에 오르는 내내 '제자리와 어울림'이란 말이 뇌리에서 떠나지 않는다.

# 두부, 섞사귐을 잘하는

두부를 좋아한다.

좋아하여 자주 먹는다. 단백질 함량이 높고 칼슘이 많아, 영양이 풍부해서가 아니다. 어느 음식보다 소화율(95% 이상)이 우수해서도 아니다. 먹기에 부드럽고 구수한 맛이 있어서만도 아니다. 두부는 바다처럼 너른 마음으로 다른 음식, 즉 남과 잘 어울리는 품성稟性이 있어서다. 나의 모자람이기도 한, 남과의 어울림에 전범典範이 되기 때문이다.

편리한 음식이다. 조리하지 않고 생두부로 그냥 먹을 수 있다. 기름에만 살짝 튀겨서 먹기도 한다. 그러나 일반적으로 독립된 하나의 음식이라기보다는 다른 음식의 부재료로 쓰일 때가 많다. 주로 국이나 찌개에 넣어 먹거나 김치나 돼지고기를 먹을 때 두부를 곁들여 먹는다. 또한, 두부와 채소를 주재료로 하여 만드는 두부 덮밥에 들어가기도 한다. 이처럼 두부가 다양한 음식에 곁들이는 건 다른 음식과 잘 어울리는 속성이 있어서다.

어울려서 맛을 낸다. 상대의 맛을 거슬리지 않으면서 담백한 제맛도 잘 지킨다. 뭇국에 들어간 두부의 맛처럼. 더 나아가 여러 음식이 어울려 서로의 맛을 더해가는 '섞사귐*의 명수'다. 내가 좋아하며 자주 먹는 이유이다. 특히 두부 든 북엇국·대구탕·김치찌개·된장찌개 등을 즐기면서 두부의 속성, '섞사귐의 비법'을 배우려고 한다.

살결도 마음에 든다. 다른 음식과 어울리는 데 상대의 맛과 그 마음을 거슬리지 않으려는 배려인 양 튀지 않는 은은한 흰색이다. 어울림에 철저히 준비된 두부이다. 저 자신의 색깔이 너무 화려하면 다른 음식에, 남에게 거부감을 줄 것이란 마음 씀씀이일 것이다,

맛 또한 부족함이 없다. 구수한 맛, 유별나지 않다. 쓰고 떫고 맵거나 짜지 않다. 혀에 닿는 첫맛이 있는 듯 없는 듯하지만, 씹으면 씹을수록 구수하고 고소한 맛, 입맛을 당기는 맛이다. 상대를 사귈수록, 같이 살아갈수록 살맛을 더해가는 연인처럼, 농익은 연로한 부부의 사랑처럼. 그러하니 좋아하지 않을 수 없는 '섞사귐'의 두부이다.

그 때문에 오늘도 두부를 즐겨 먹는다. 자주 먹으면 두부처럼 남과 '섞사귐'을 잘할 수 있을 것이란 기대로, 그런 바람으로.

*섞사귐: 지위와 환경이 다른 사람들끼리 서로 가깝게 사귐

# 담금질

　농장에 쓸 연장(호미, 낫 등)을 사려고 소문난 대장간을 찾는다. 경기도 시흥시 도일시장 입구에 있는 '수산대장간'.

　'꽝〰꽝〰' 내리치는 쇠망치 소리 따라 들어서니, 대장장이(윤영수, 60세)가 낡고 녹슨 쇳덩이를 화덕에 달궜다가 꺼내 모루 위에 올려놓고 메질한다. 뜨거운 쇠덩이 앞에서 비지땀을 흘리며 쉴새 없이 두드리고 다진다. '치지직〰' 하는 쇠붙이를 찬물에 넣었다 건졌다를 몇 번 반복하면서 쇠의 강도를 조절한 후 날을 세워 새 연장을 만든다.

　벌겋게 달궈진 쓸모없던 고철덩이가 그의 담금질*로 새로운 모양으로 태어난다. "칼과 호미 등을 만드는 과정이 기계화되고 있지만 그 연장이 우리 것에 비하면 어림도 없어요. 호미 하나만 보더라도 쇠망치로 두들겨 만든 것이 훨씬 더 단단하여 날이 오래 서 있고 손에 감기는 느낌이 다릅니다."라고 자신 있게 말한다.

　"기술 발달로 제작 공정이 단순화되고 값싼 중국산이 밀려오고 있지만 대장간을 찾는 사람이 있는 한 이 일을 계속해 갈 겁니다."라며 하나의 제품을 만들어 간다는, 대장장이의 삶에 긍지를 느낀다. "기계로 만드는 연장은 수요가 많은 낫이나 호미 같은 것으로 그 종류가 다양하지 못하지만, 우리 대장간에서 만드는 연장들을 보십시오."라며 자랑하듯 대장간 안에 쌓인 제품을 가리킨다.

옛날 장터에서나 봄직한 칼, 도끼, 지렛대, 집게 등 생활 주변에서 사용하는 각종 도구가 잔뜩 쌓였다. 10여 평밖에 안 되는 재래식 대장간에서 대장장이 혼자서 옛 방식 그대로 담금질을 하고 있다. 이와 같은 대장간은 요즘엔 좀처럼 보기 드문 도심 속의 풍경이다.

풀무를 차려 놓고 쇠를 불에 달궈 물이나 기름에 담가, 식혀가면서 두드린다. 그럴 때마다 불똥이 튀고 쇠에 붙은 녹과 불순물이 떼어져 나온다. 그런 담금질 과정을 바라보고 있으니 불현듯 나도 저런 '담금질'을 해야 할 것이란 생각이 든다. 그동안 떼어내야 할 군더더기·녹·때가 얼마나 눌어붙었을까?

짧지 않은 70여 년, 급변한 시대(개발·민주·세계화·정보화로 진전)를 앞만 보고 달려오면서 덧붙은 군더더기와 정제되지 않은 때, 이를테면 남을 믿기보다 불신하기 일쑤이고, 언제나 남보다 앞서려는 일상의 경쟁의식과 그 초조감, 채워도 허기를 느끼는 끝없는 욕망 등으로 가득 찬 자신이 아닌가.

이러한 녹과 때를 쇠처럼 담금질하여 떼어내면 저 무쇠처럼 정품正品화되어 쓸모 있는 단단한 연장으로— 인간으로 재생되지 않을까 싶다. 그런 생각을 하니 '대장간 유혹(김광규의 시)'의 시구詩句가 떠오른다.

　　풀무질로 이글거리는 불 속에
　　시무쇠처럼 나를 달구고
　　모루 위에서 벼리고
　　숫돌에 갈아
　　시퍼런 무쇠낫으로 바꾸고 싶다


　이 시에서처럼 무뎌지고 녹슨 나도 시퍼런 낫으로 바꾸고 싶다. 그런 마음으로 날이 선 무쇠 낫과 묵직한 호미 한 자루를 산다.

　그 낫으로 밭의 고춧대·옥수숫대를 자르면서, 그 호미로 밭의 잡풀을 뽑아내면서 나의 찌든 때도 함께 자르고 뽑는 담금질을 해 가리라. 땀 뻘뻘 흘리며 쇠 달궈 메질하는 대장장이의 모습을 떠올리면서.


*담금질: 금속재료를 높은 온도로 가열한 다음 급랭시켜 경도를 높여주는 과정으로 뜨임·풀림·불림 등의 작업

# 벚나무 떠나던 날

생명체를 키우다 보면 정이 들기 마련인가. 애완견이 그렇다더니 나무도 그러하다.

오늘은 7년여 키우던 벚나무가 떠나는 날, 시흥 농장 가는 길 내내 마음이 울적하다. 차창에 스치는 물왕저수지 물안개를 지나 농막에 닿는다.

일꾼들이 먼저 와 있다. 조경회사 K 사장이 캐어 갈 벚나무에 빨간 리본을 두르다가 내게 다가오며 인사한다.

"안녕하십니까?"

"일찍 오셨습니다."

"어제 말씀드린 대로 7시부터 작업하려고 합니다."

"예, 그렇게 하시지요."

일꾼 2명씩 한 조가 돼, 3개 조가 밭에 들어간다. 조별로 리본 두른 나무 앞에 가더니 뿌리에서 사방 30센티미터가량 떨어진 주위의 흙을 판다. 깊이 판 그 흙까지 함께 마대로 싼 다음 고무줄로 묶는다. 삽질할 때 잘린 뿌리의 살결을 보니 가슴이 아리다. 그 자리를 피해 농막으로 돌아와 앉는다. 착잡한 마음, 벚나무와 연을 맺었던 지난날이 떠오른다.

7년 전 봄날, 조경용 벚나무를 키우고자 채소밭 1,200평에 열다섯 트럭의 쇠똥거름을 사다가 뿌렸다. 그런 다음 밭고랑을 타고 묘목 750주를 3미터 간격으로 심은 후, 뿌리 주위에 물을 듬뿍 주었다.

여름이 되니 벚나무 주위에 잡풀이 돋는다. 쇠똥거름 냄새를 맡았는지 갖가지 풀이 고개를 든다. 돋는 풀을 뽑고 있으니 동네 농부가 지나가면서 "제초제를 뿌려야 합니다. 풀은 초장에 잡지 않으면 감당할 수 없습니다."라고 일러준다. 그러나 제초제는 어린나무 성장에 지장을 줄 것 같아, 고집스레 나는 풀을 뽑기로 마음먹는다.

20여 고랑의 풀을 며칠간에 걸쳐 다 뽑고, 다시 첫 고랑으로 돌아오면 애초보다 더 많은 풀이 또 솟아 있다. 그 농부의 말처럼 돋아나는 풀을 감당하기 어려울 것 같다. 궁리 끝에 일꾼을 불러 밭에 두꺼운 검정 비닐을 깐다. 풀엔 미안한 일이지만, 비싼 돈 주고 사다 뿌린 쇠똥거름을 그들에게 도적맞지 않으려면, 부득이 그렇게 하지 않을 수 없었다.

그러던 여름도 깊어간다. 벚나무는 가지를 뻗으며 파란 잎을 달았다. 조경사의 조언에 따라 수고樹高 1.2미터 아랫부분에 난 가지의 순을 잘라주는 등 돌볼 일이 많아진다. 밭에 비닐을 깔았지만, 뿌리 주위나 비닐 사이사이에 돋는 잡풀을 수시로 뽑아주곤 한다.

출근하듯 밭에 들를 때마다 각 나무와 대면한다. 마치 사열하듯 나무 앞으로 다가가 주위를 살핀다. 자라는 풀을 뽑고 웃자란 가지를 잘라준다. 때로는 까칠까칠한 잔가시 달린 며느리밑씻개가 나무 줄기를 타고 올라, 연한 가지의 목을 조일 때면 조심스레 그 풀을 걷어낸다.

그렇게 공을 들였더니 벚나무도 화답해 준다. 3년 만에 꽃술을 단다. 이른 봄이면 화사한 꽃을 피운다. 장관이다. 750주의 벚나무가 일제히 연분홍 꽃을 피우니 밭이 온통 꽃동산이 된다. 지나가는 마을 사람들이 탐스럽게 바라보며 가족사진을 찍곤 한다. 뿌듯한 마음으로 '개화開花 축제' 행사를 한다. 마을 어르신들을 초청하여 간단한 의식에 이어 막걸리를 대접하니 모두가 기뻐한다.

그런 봄도 지나가고 여름이 되니 기상 이변이 온다. 심은 지 5년째 되던 해부터 태풍이 자주 불어닥친다. 2010년 '매미'를 비롯한 '곤파스' '볼라벤'으로 이어진 큰 태풍으로 내 키보다 높게 자란 벚나무 20여 그루가 쓰러졌다. 그 중 7그루는 각목으로 지지대를 세워 고정시킨 다음, 전지하고 물을 주는 등 정성을 들여 겨우 생명을 유지할 수 있었다. 그러나 나머지는 뿌리에서 줄기로 이어진 골절 부분이 잘려, 회생시킬 수 없는 상태였다. 시드는 나무를 밭에서 끌어내니 잎 달린 나무의 중량만큼이나 마음이 무겁다.

이제 강한 바람만 불어도 마음이 조마조마하다. 앞으로 다가올 태풍을 대비해 나무에 '지지대를 세울까?'라는 생각을 하지만, 예상 외로 비용이 많이 들어 마음을 고쳐먹는다. 어차피 1~2년 내 제 수명까지 살아갈 터전으로 떠나가야 할 운명이 아닌가. 어느덧 나이도 일곱 살이니 나무로선 출가할 성목成木(키 2.5m × 줄기 지름 6cm)이 됐다. 다 큰 나무를 더 희생시키기 전에 '출가를 시키자.' 전문 조경사 곁에 가서 보호받는 게 양목養木에 경험 없는 나보다 낫다는 생각이다.

햇살 고운 날, 잘 자란 벚나무 사진을 찍는다. 그 사진과 '벚나무 급매'란 광고문을 조경수 판매 인터넷 사이트에 올린다. 광고한 지 이틀 만에 K 사장이 농장으로 찾아왔다. 나무를 둘러보더니 "잘 키웠습니다. 우선 키가 2.5미터 이상의 벚나무 100주를 샀으면 합니다." 옮겨 갈 데가 도로변 가로수가 아닌, 의정부 근방의 공원이란 말에 '참 잘됐다.'라며 주당 5만 원에 100주 판매계약을 체결하였다.

그날이 어제였다. 750주 중 일부이긴 하지만, 가장 잘 자란 나무만 선정돼, 시집을 가게 되니 마치 자식을 출가시키는 마음이다. 청명하던 날씨마저 이별을 아쉬워하는 듯 우중충하다. 일꾼들의 벚나무 캐는 삽질 소리가 나를 안타깝게 한다. 안절부절 한자리에 가만히 있지 못한다. 농막으로 돌아가 커피를 마시다가 다시 밭에 나와 작업 현장을 서성거리길 대여섯 차례. 군데군데 움푹 팬 곳에 누워 있는 벚나무를 대하니 울적한 마음이다. 이별이란 언제나 슬픈가. 앞으로 떠나보내야 할 것이 벚나무뿐이랴. 나무든 사람이든 차면 기울고, 기울면 떠나는 것을.

시간이 더디 가던 하루가 저문다. 해가 서산에 기울 무렵, 나무 캐는 작업이 끝난다. 그때 세 대의 트럭과 대형 크레인이 도착한다. 마치 고층 아파트에 이삿짐을 들어 올리듯, 그 크레인이 긴 손을 뻗어 누운 나무를 번쩍 끌어올려 대기한 트럭에 싣는다. 뿌리 부분이 앞으로 가고 줄기와 잎이 트럭 뒤로 축 늘어진다.

어쩐 일일까. 벚나무가 다 자라 제 살아갈 새 터전으로 옮겨가는데, 나는 왜 가슴이 자꾸만 먹먹할까. 그만큼 그 나무에 정을 줬기 때문일 것이다. 지난 7년간 땅이 건조하면 물주고, 곁에 풀이 나면 뽑아 주고, 엇가지 속 가지를 잘라주곤 했다. 봄이면 화사한 꽃을 피워 여러 사람을 즐겁게 해주던 벚나무라서 많은 정이 들었나 보다.

K 사장이 내 앞으로 다가온다. "나무를 잘 키우겠습니다."라며 인사하더니 기사에게 출발을 알린다. 세 대의 트럭이 부르릉 발동을 걸더니 서서히 떠난다. 트럭 위에서 너울거리는 나뭇가지를 향해 나는 두 손을 흔든다. '잘 가라, 건강하게 살아다오. 이왕이면 가는 그곳에 마음 들어 했으면, 그랬으면.'

세상에 정 붙인 게 오늘 떠나는 벚나무만이 아니다. 또 이런 이별을 몇 번이나 하게 될는지.

# 마이어의 용기

지난 9월, 미국발發 뉴스가 잊히지 않는다. 좀처럼 한 번 읽었던 기사를 다시 보지 않는 내가, 스크랩해 둔 그 기사는 때때로 꺼내 읽고 싶다.

미국의 젊은이, 다코타 마이어Dakota Meyer(예비역 해병 병장)는 용감한 사람이다. 9월 17일, 언론이 보도한 기사를 다듬어 정리해 본다.

버락 오바마 대통령이 마이어에게 직접 전화를 하고 싶다고 의전팀에 지시했다. 미군 최고의 '명예훈장Medal of Honor을 그에게 수여하기로 했다.'란 사실을 알려주고 싶어서였다. 하지만, 마이어는 걸려온 전화를 받지 않았다. 근무시간에 사적인 전화라는 이유에서다.

"업무 시간에 제대로 몰두해 일하지 않으면 봉급 받을 자격이 없어진다."라고 의전팀에 전했다. 결국, 의전팀은 오바마 대통령에게 그대로 보고했고, 오바마는 점심시간까지 기다려서야 마이어에게 훈장 수여 사실을 통보할 수 있었다.

건설 노동자로 일하는 예비역 병장의 '용기'는 여기서 그치지 않았다. 어렵사리 연결된 통화에서 그는 오바마(군 최고 사령관)에게 "대통령과 맥주 한 잔을 마시고 싶습니다."라고 말했다. 이게 어디 쉽게 나올 수 있는 말인가. 당차고 대담하다. 오직 제 할 일을, 제 역할을 다한 사람만이 가질 수 있는 용기일 것이다. 솔직한 그 제안에 흔쾌히 응한 대통령, 둘은 훈장 수여식 하루 전인 9월 14일 백악관 뜰에서 맥주를 마셨다.

그 이튿날 오후 백악관 이스트룸East Room에서 열린 명예훈장 수여식 때 오바마 대통령이 공개한 일화. 제자리를 지킨 건설 노동자의 마이어는 미군의 최연소 명예훈장 수여자인 동시에 생존 해병대원으론 처음 이 훈장을 받게 된 사람이라고 소개했다. 대통령은 훈장을 수여하면서 "다코타, 내 전화를 받아주어서 고마웠네."라고 농을 던

졌고, 수여식에 참석한 250여 명의 하객은 웃음을 터뜨렸다. 하지만 마이어는 꼿꼿하게 차려 자세를 유지했다.

훈장 수여식에서 오바마 대통령은 마이어 병장의 공적을 10분간에 걸쳐 자세히 소개했다. 2년 전인 2009년 9월 8일 새벽, 그가 속한 부대의 미군들과 아프가니스탄 정부군으로 이뤄진 연합 순찰대는 아프간 쿠나르 지역의 간즈갈 계곡을 지나다 탈레반의 기습을 당했다.

그때 스물한 살의 상병이었던 마이어는 부대원 4명의 시신을 수습해야겠다고 상부에 알렸다. 현장 지휘관은 위험하다며 만류했지만, 마이어는 후안 로드리게스 샤베스 하사와 둘이서 험비Humvee(장갑 수송차량)에 올라 총탄이 빗발치는 적진으로 돌진했다.

샤베스 하사가 운전하고 마이어가 선 채로 기관총을 쏘며 험비는 다섯 차례나 적진과 아군 진지를 오갔다. 마침내 마이어와 샤베스는 4명의 동료 시신을 수습하고, 포위당한 부대원과 부상한 아프간 정부군을 구해냈다. 마이어는 네 번째 돌진 과정에서 오른팔에 총상을 입었다.

오바마 대통령은 훈장을 걸어주며 "다코타는 '형제와도 같은 부대원이 죽었기 때문에 실패'라고 내게 말했다." "하지만, 마이어 덕분에 오늘 36명이 살아 있고, 4명의 미군 전사자가 고향에 돌아올 수 있었다."라고 칭송했다.

그 예비역 병장에 그 대통령이란 생각이 든다. 마이어는 아프가니스탄에서도, 건설 현장 일터에서도 제 할 일을 다했다. 그러기에 대통령에게도 제 목소리를 낼 수 있는 용기를 가질 수 있었다. 또한, 그런 용기를 북돋워 주는 대통령이었고, 용감한 사람을 키울 수 있는 토양(생활문화)이 마련된 나라였다. 대통령은 국민의 공복으로서 용감한 사람을 보듬는 정신을 가졌다. 서로의 처지를 이해하고 수용하는 상호 존중의 민주 정신이 세계를 리드하는 미국의 저력이지 싶다.

내가 마이어였다면 그럴 수 있었을까. 마이어와 같은 처지는 아닐지라도 현 위치에서 내 할 일을 다하고 있는가? 어릴 적, 할아버지 생각이 난다. 집 안에서나 집 밖에서나 어른스러웠다. 그만큼 행동이 반듯하고 철저하였다. 복장도, 걸음걸이도, 방에 홀로 앉아 있는 자세까지도 하나 헝클어짐이 없었다. 도의나 정의에 어긋나는 행동을 보면 그 자리에서 꾸짖고 바르게 일깨워주셨다. 스스로 그런 모범적인 행동을 하셨기에 할아버지 말이면 그대로 수긍하였다. 헛기침만 하여도 주위가 조용해지고, 질서가 잡혀갔다. 비단 할아버지만이 아니라 그 당시의 어른은 다 그랬다.

그런 생각을 하니 나는 부끄럽다. 그때의 할아버지 나이요, 어른의 연륜에 있으면서 어른다운 행동을 하지 못하고 산다. 불의不義한 사람을 봐도 그 자리를 피하기 일쑤다. 어제도 그랬다. 길에서 나이 차가 많아 보이는 두 사람이 서로 멱살잡이하고 싸우는 현장을 보고도 그 자리를 피해 갔다. 그뿐만이 아니었다. 여러 사람이 기다리는 버스 정류장에서 침을 뱉으며 담배 피우는 사람을 보고도 못 본 척했다.

그러기에 주위 사람들, 특히 젊은이들로부터 어른 대접을 받지 못할 뿐 아니라, 제 목소리를 내지 못하는 건 아닐까. 스스로 제 할 일을 다하지 못하기에 마이어와 같이 떳떳한 행동을, 그런 용기를 가지지 못하고 사는 것일 거다. 그래선지 읽고 또 읽는다, 예의 그 기사를.

# 독서 삼득

독서할 때 한 가지 버릇이 생겼다. 언제부턴지 글을 읽을 땐 으레 펜을 손에 든다.

신문이나 책을 읽으면서 인상적인, 또는 다듬어진 우리말로 바꿔 쓸 수 있는 낱말이나 구절이 있으면 밑줄을 긋는다. 그런 다음 낱말은 독서 노트에 베껴 적는다. 구절이나 긴 문장은 그 부분을 복사하거나 잘라서 주제별로 스크랩 모음집에 붙인다.

지난 십여 년간 그렇게 하다 보니, '독서 노트'가 열다섯 권이 됐고, '스크랩 모음집'도 삼십여 권에 이르렀다. 책보다 더 귀하게 곁에 두고 때때로 읽으며 활용한다. 글을 쓰다가 '연결 말'이 막히거나, 잘 생각나지 않는 단어나 구절이 있을 때 예의 그 노트와 모음집을 뒤적인다.

또한, 글을 쓰려고 하는데 주제나 서두, 말미 등이 잘 떠오르지 않으면, 나는 스크랩 모음집 페이지를 넘겨 가며 선 그은 데를 다시 읽곤 한다. 그럴 때 '이것이다.'라는 글제[文題]나 서두 등이 떠오르곤 한다. 그뿐만이 아니다. 밑줄을 그으면서 머릿속에 담아둔 아이디어가 어느 순간 되살아나기도 한다. 그럴 때면 내 삶의 망설임에도 이런 모음집 하나 있었으면 싶다.

밑줄 친 낱말이든, 문장이든 그대로 옮겨 쓰는 건 아니다. 그 낱말이나 문장에 내가 좋아하는 색깔을 입히거나, 비슷한 다른 말로 바꿔 신선한 맛을 낸다. 이를테면 '간병인'을 '도우미'로, '해외'를 '국외'로, '멸치 우려낸 다시 맛'을 '멸치의 맛국물' 등으로 가능한 순화되고 친근한 우리말로.

그렇게 활용하다 보니, 독서 노트와 스크랩 모음집은 내 글쓰기의 참고서이다. 좋아하는 말과 글의 사전이다. 돈처럼 가치 있는 재산이다. 그도 그럴 것이 내 노트나 모음집이 한 권 한 권 쌓여가는 게 통장에 적금이 불어나듯 뿌듯하다.

누구나 느낄 것이다. 글을 쓰다가 골똘히 찾던 낱말이 어느 순간 떠오를 때의 그 기쁨을. 나는 내 '독서 노트'나 '스크랩 모음집'에서도 그런 환희를 느끼곤 한다.

그럴 때마다 예의 그 노트와 모음집이 나를 부추기는 듯하다. '신문·잡지나 신간 서적을 더 많이 사서 읽으시오. 일거삼득이니까요.'라고. 밑줄을 그으면서 책을 정독하고, 스크랩하다 보니 자료(돈) 쌓이고, 자료 쌓이니 독서 권장까지 해주지 않는가.

그렇다. '독서 삼득三得'이다. 내 인생살이도 그랬으면 싶다. 욕심이 좀 지나칠지 모르지만, 한 걸음 한 걸음 내디딜 때마다 '삼득'을 의식해야겠다. '밑줄 긋는' 마음으로.

오늘도 읽는 글에 밑줄을 긋는다. 내딛는 내 발자국에도 밑줄 아니, 심선心線(마음의 중심선)을 긋는다. 살아가다 가끔 망설일 때의 도움을 위해.

# 흔들리는 나뭇가지

바람이 분다.

시흥 농장에 들러 창문을 여니 시원한 바람이 분다. 그 바람 따라 밭에 가꾸는 벚나무 가지가 흔들린다. 저 나뭇가지처럼 흔들렸으면. 문득 그런 생각이 든다. 흔들리지 않았기에 마음 상한 아침이다.

대방역에서 1호선 전철을 타고, 시흥 농장으로 가던 찻간에서다. 여느 때와 같이 구로디지털역에 차가 멎자, 환승객이 우르르 밀려온다. 스마트폰 화면을 긁으며 타는 여인이 내 발을 밟는다.

"앞을 보고 걸으세요."

"죄송합니다."

대학생처럼 보이는 그 여인 일행 다섯 명은 모두 스마트폰을 손에 들고 있다. 차 안에 둘러서서 그 휴대전화기의 화면을 서로 보여 가며 떠들썩거린다. 귀에 꽂은 이어폰에서도 간간이 음악 소리가 흐른다. 그들 곁에서 신문을 읽고 있는 나는 신경이 그리로 쏠린다. 신문에 시선은 두고 있지만, 정신은 공중에 떠 있다. 그때, 예의 그 여인이 걸려온 전화를 받는다.

"지금 금천구청역이야. 열 시까지는 거기에 갈 수 있을 거야."라며 어젯밤에 만났던 얘기들로 통화는 계속 이어진다. 참을성 없는 급한 성격은 내 이성理性을 붙들지 못한다. 거친 말투로 "전화 좀 그만 하세요."라고 말한다. 곱지 않은 눈으로 힐끗 나를 쳐다보던 그 여인 일행이 "별사람 다 본다."라며 찻간 안쪽으로 몰려간다.

아침부터 기분이 상한다. 신문을 무릎 위에 펼쳐 놓은 채 마음이 착잡하다. 쫓아가서 따질까. 그냥 참을까? "별사람 다 본다."라던 그 말이, 그 화살이 머리에 꽂혀 있다.

농장 가는 내내 그 화살을 뽑지 못한 채 농막에 도착하여 커피잔을 들고 창문을 연다. 밭에 줄 선 벚나무 가지가 바람에 흔들린다. 마치 내게 암시라도 해 주듯: '좀 흔들리시지, 나처럼 바람이 불면 부는 대로 흔들리면, 마음도 기분도 상하지 않을 것입니다.' 옳거니! 네 말이 맞다. '바람 부는 대로 흔들린다'라는 벚나무의 속뜻을 잠깐 생각해 본다.

'흔들림'의 동력은 바람이다. 바람은 공기의 기압 차이로 일어나는 현상이다. 기압이 높은 곳에서 낮은 곳으로 이동하는 것이 바람이다. 그처럼 '문명의 바람', 즉 첨단기기인 '스마트폰'과 '종이 신문'과의 차이에서 이는 바람이지 싶다. 그 여인은 최첨단 '스마트폰'으로 세상을 보고, 나는 잉크 냄새나는 구태의연한 '신문'으로 세상을 읽는다. 그 '문명의 차이', 그 '시간의 차이'가 '시대 바람', 아니 '새[新] 바람'

이 아닐까?

나무는, 벚나무는 바람이 불면 흔들린다. 바람과 맞서지 않는다. 센 바람이 불면 잎이 뒤집히면서 나뭇가지가 마구 흔들린다. 잔잔한 바람이 불면 산들산들 흔들린다. 바람에 대항하거나, 나처럼 불평하지도 않는다. 흔들렸다가 바람이 자면 언제 그랬느냐는 듯 제자리로 중심을 잡는다. 지혜로운 나무다. 바람을 타면서 흔들리는 그 여세餘勢를 '자기의 것'으로 만든다.

뿌리를 튼튼하게 하고 가지를 유연하게 한다. 넘어지지 않고 꺾이지 않는 힘을 기른다. 그런 힘으로 가지를 뻗고, 꽃피워 튼실한 열매를 단다. 그처럼 '새 바람'도 여기저기에서 세차게 불어야 문명의 발전이 가속돼 갈 것이다. '새 바람'이 '신바람'이 되어 우리나라가 정보기술 IT · Information Technology 강국이 되고 있지 않은가. 세계 어느 나라를 가나 휴대전화, 스마트폰 하면 한국 · 미국제가 아닌가.

나무처럼 나도 바람에 흔들렸으면, 좀 유연해졌으면. 흔들렸다가 제자리로 돌아올 수 있었으면. 그래야 하지 않겠는가. 나무가 살아가는 현명한 지혜를, 순리대로 살아가는 그 가르침을 배울 일이다. 나무처럼 불어오는 그 '새 바람'으로 내 버팀의 힘을, 인내의 힘을 튼튼하게 할 일이다.

'대기의 바람'이 비를 몰아와서 나무가 자라 가듯이 인간사회도 '새 바람'이 몰려와서 문명의 발전이 있을 것이다. 바람이 불어야 나무가 커 가듯이 '새 바람'이 불어야 '새 문명'을 이룰 수 있다.

그러고 보니 '대기의 바람'은 나무를 건강하게 성장시키고, '새 바람'은 문명의 발전을 가져온다. '새 바람'이 '신바람'이 되어 일각이 아쉬워 스마트폰을 긁다가 내 발을 좀 밟고, 그들 서로의 틈을 메우는 소통의 통화음通話音이 귀에 좀 거슬리더라도 꼬치꼬치 따지지 말고, '새 바람'에 흔들리며 살자. 더 나아가 나도 그들의 '신바람'에 호흡을 맞춰 가자. 흔들렸다가 중심을 잡는 그 비결을 저 벗나무에서 배워가면서.

바람이 분다. 벗나무 가지는 여전히 바람 따라 흔들린다. 나도 흔들린다.

# 그 맛, 정성을 다해 튀긴

　도쿄 막내딸 집에서 크리스마스를 보내고, 가족과 더불어 나고야名古屋를 찾는다. 직장 재직 때 여기에 무역관을 신설하고 5년여 근무한 정든 곳이다.

　한 시간 사십 분을 달린 신칸센新幹線 급행열차가 나고야 역에 닿는다. 고향 마을에 들어선 듯 마음이 설렌다. 택시 창 너머로 전에 근무하던 국제센터 빌딩, 손님을 만나고자 자주 들르던 관광호텔, 그리고 낯익은 섬유 상가 거리를 지나, 딸애가 예약한 힐튼호텔에 들어선다. 체크인을 마치니 어느덧 오후 한 시다.
　"뭘 먹을까?"
　"아빠, 전에 얘기하시던 그 집에 가요."
　"가니도락(대게식당)?"
　"아니에요. 덴뿌라(튀김집) 전문점"
　"그래, 너는 내 마음을 잘 읽는구나."
　택시를 타고, 호텔에서 그리 멀지 않은 나고야 중심가, 사가에마치

榮町 빌딩 앞에 내린다. 그 빌딩 지하로 내려가니 저만치 식당가 끝자락에 마츠게츠松月 간판이 보인다. 반갑다. 36년의 세월이 흘렀건만 그 자리에 그대로 있으니.

점심시간이 지났는데도 식당 앞엔 십여 명이 줄을 서 있다. 그 옛날 그때처럼. 아련한 튀김 맛을 떠올리며 20분가량 기다리니 "넷 손님 들어오십시오."라며 유니폼 입은 카운터 점원이 안내한다.

안으로 들어서니 식당 구조가 하나도 바뀐 게 없다. 60제곱미터(약 20평) 남짓한 공간에 'ㄷ'자로 된 '즉석 튀김' 식당이다. 스탠드바 식으로 조리사가 튀긴 음식을 손님 앞에 바로 올려주는 그런 맛집이다. 명성보다 규모는 여전히 작다.

다행히 안면 있는 주방장 앞 스탠드에 앉는다. 얼굴에 주름은 늘었지만, 그 유니폼에 그 자세다. "오랜만입니다."라고 인사하니, 그도 "이랏사이 마세(어서 오십시오)"라며 고개를 숙이며 반기더니, 새우 튀김에 여념이 없다. 긴 대나무 젓가락으로 새우를 튀김옷(전분과 계란물)에 입힌 다음, 끓는 기름에 튀기고, 적당히 익었다 싶을 때 손님 앞에 올려놓기 바쁘다.

주방장과 같이 일한 지 30년이 넘었다는 두 조리사도 스탠드 앞에 서 조리하느라고 손놀림이 바쁘다. 손님이 많다 보니 온종일 제자리에 서서 튀김에 겨를이 없다는 그들이다.

지글지글 튀기는 소리, 물안개처럼 피어오르는 튀김의 향내가 식욕을 돋운다. 여러 가지 튀김을 먹어 보고자 800엔짜리 정식을 주문한다. 기다렸다는 듯이 새우튀김이 먼저 내 앞에 놓인다. 새우가 살아 있듯 그 모양 그대로다. 긴 수염 하나 손상하지 않고 원래의 모양대로 손질하여 잘 튀겼다. "섭씨 160~170도의 고온에서 살짝 튀겨 재료 조직의 파열이 적고, 연화軟化도 덜 되어 비타민이나 영양소의 손실이 적습니다."라고 설명해 준다.

이어서 표고버섯·연근·가지·깻잎 등 모두 일곱 번에 걸쳐 각기 다른 튀김이 나온다. 그 튀김 하나하나가 신선한 재료를 엄선하여 정성을 다해 다듬고, 가장 적당한 온도의 기름에서 튀긴다고 한다. 기름이 일반 식용유(대부분 콩기름, 옥수수유)가 아닌, 산패酸敗하지 않은 카놀라유菜種油*를 쓴다고 한다. 그러기에 맛이 담백하고 부드러운 데다 다른 식용유와 달리 원재료의 맛에 가장 가깝다고 한다.

순서대로 나오는 튀김을 먹으면서 미역 된장국(미소시루)을 곁들인 밥을 먹는다. 밥알 하나하나도 엉키거나 깨진 데 없이 튀김처럼 맛이 있다.

바삭바삭 씹힌다. 표고버섯도 연근도. 기름의 고소한 맛과 튀김옷 속의 부드러움이 입에 살살 녹는다. 옛날의 그 풍미와 그 향이다. 신선한 재료에 물기를 없앤 다음, 속 재료가 보일 정도로 튀김옷을 얇게 입혀, 식재료에 따른 적온適溫의 기름에서 가장 알맞게 튀긴다고 한다.

튀기는 시간, 가열 온도, 산소와의 접촉, 수분 및 각종 첨가제를 고려하여 튀기기에 이 맛이 난단다. 맛있는 튀김을 만들려는 지난 반세기 동안의 경험과 노력의 결과다. 기름 온도를 감각으로 알아내기까지는 그런 시간이 필요하다고 한다. 나는 내 글맛 내기에 얼마만큼의 시간과 정성을 쏟고 있을까?

이 식당의 음식이 '진수珍羞의 튀김'으로 소문이 나 있다. '싸고 맛있는 튀김'으로, 그 '튀김의 비법'으로도 널리 알려졌다. 신선한 재료를 사들여 정성껏 다듬고 튀긴 것을 앉은 자리에서 바로 받아먹을 수 있는 것도 이 집의 특징이다. 긴 세월 동안 오직 튀김 하나로 살아온 주방장의 정성과 오랜 시간의 경험에서 우러난 맛이다.

또한, '내자여귀來者如歸', 즉 한 번 온 손님은 다시 오도록 정성을 다해 모신다는 이 식당의 전통적인 '고객 맞이 정신'이다. 맛으로 서비스로 고객이 만족해야 한다는 마음가짐이다.

튀김을 손님에게 건네줄 때도 시간을 잘 맞춘다. 하나의 튀김을 다 먹고, 그 향이 사라질 때쯤 다음의 튀김으로 이어진다. 가장 먹기 좋을 온도의 튀김으로. 그러기에 그런 향과 맛을 느낄 수 있을 것이다. 같이 온 아내와 막내딸, 그리고 외손녀(큰딸의 장녀)도 다 맛있다며 이런 튀김은 처음 먹어 본다고 만족해한다.

그렇다. 그 맛이 이 식당을 다시 찾게 한 것이다. 36년의 세월이 흘렀건만 잊히지 않았던, 바삭바삭 씹히는 그 튀김 맛. 그 맛과 향은 이 집 주방장과 조리사가 오랜 시간 정성을 다해 튀겨 온 맛이었다.

맛이 어찌 음식에만 있을까? 한 편의 글에도 읽는 맛이 있을 것이다. 그동안 나는 맛있는 글을 쓰고자 얼마만큼의 정성을 쏟았을까. 새우튀김을 씹고 또 씹으며 그 맛을 음미해본다.

*카놀라유: 캐나다에서 육종된 것으로 에루스산erucic酸 함량이 매우 낮은 카놀라 canola에서 추출한 기름.

# 사랑은 어디에서든 피어난다

바깥일을 마치고 아내의 생일 모임 식당으로 가는 길.

여의도역에 내리니 약속한 시간보다 빨리 왔다. 역 안 커피숍에 들러 차를 마시며 생각하니 아내도 어느덧 늙은이다. 문득 전에 본 노부부의 사진 한 장이 눈앞에 떠오른다.

세계적으로 유명한 시사 화보지 라이프LIFE*에 실렸던 사진이다. 그 사진과 함께 게재되었던 취재 뒷얘기가 내 삶을 되돌아보게 한다.

영국에서 있었던 일. 어느 날 사진기자 로고스가 이른 아침에 지하철 간이식당에서 아침 식사를 하는데 연로한 노부부가 서로 부축하면서 종종걸음으로 식당에 들어와 바로 앞자리에 앉는다. 옷차림으로 보아 퍽 가난한 부부임을 한 눈으로 알아볼 수 있다. 비스킷과 커피한 잔을 주문한다. 그런 다음 노부부는 옆의 시선도 의식하지 않고, 서로 손을 붙잡고 얼굴을 쳐다보며 행복해한다.

주문한 음식이 나오자 먼저 할아버지가 비스킷을 먹으니 할머니는 커피를 천천히 마시면서 비스킷을 맛있게 먹는 남편을 바라보며 빙그레 웃으신다. 그 눈동자에는 고요한 평화가 맴돈다. 그때 남편은 먹던 비스킷의 반을 아내 앞으로 밀어 놓더니, 틀니를 뽑아 옆에 있는 냅킨으로 깨끗이 닦아서 아내에게 건네준다. 아내는 그 틀니를 받아 자연스럽게 이에 끼고, 남은 비스킷을 먹는다. 그것을 바라보는 남편은 아내가 남겨둔 커피를 마시면서 비스킷을 먹는 아내의 모습을 사랑스러운 눈으로 바라본다.

그런 정겨운 장면을 지켜본 기자가 직업의식을 느끼고, 가까이 다가가 "제가 사진 한 장 찍어도 되겠습니까?"라고 물어 양해를 얻는다. 노부부가 비스킷과 차를 마시는 그 장면을 사진에 담아 라이프 표지에 실었다. '아름다운 참사랑'이란 제목으로.

로고스 기자가 사진을 실으면서 취재 뒷얘기에 이런 글을 썼다. "사랑은 어디에서든 피어난다. 사랑은 폭력을 완화해주고 불쾌한 것들을 멀리함으로써 불행과 고통을 덜어준다. 이런 자세는 참다운 삶을 살게 하고 고통스러운 환경을 원활히 극복하게 한다."


노부부의 사랑이 묻어나는 얘기다. 이 부부는 서로 하나씩의 틀니를 가질 만큼 넉넉하지 못한 생활이었다. 가난했지만, 서로 신뢰하고 사랑하는 마음 만큼은 그 누구보다 부자였다. 이러한 가난을 불평하지 않고 오히려 서로 사랑을 더해 가는, 표현하는 기회로 만들었다. 비스킷도 한 접시, 커피도 한 잔, 틀니도 한 개, 생각도 하나였다. 자기를 낮추고 상대를 받아들이지 않으면 결코 하나가 될 수 없다. 가난한 부부였지만 그런 따뜻한 사랑을 꽃피웠다.

　오늘 생일을 맞는 아내, 그와 나도 이제 노부부다. 그래서 그 사진이 떠오른 것일까. 잊히지 않는 그 정겨운 모습이 내 눈앞에 어른거릴까. 아니면, 그런 알뜰한 사랑을 하지 못한 아쉬움 때문일까?

　'사랑은 어디에서든 피어난다.'라는 로고스 기자의 말을 곱씹으며 식당으로 걸어간다. 걸으며 생각한다. 틀니가 없으니 초콜릿이라도 권하면서 한마디 할 말을.

---

*라이프(LIFE) : 미국의 시사 화보지. 1936년 뉴욕에서 주간지로 창간되어 보도사진 분야의 선구적 역할을 하였다. 신문사업의 쇠퇴와 광고시장 악화로 2007년 폐간되었다가 웹사이트website로 개편되었다.

# 6부
## 꽃노을 앞에서

# 어머니의 그 동치미

눈 내리는 밤, 시 낭송회에 나갔다가 밤늦게 집에 돌아오니 속이 출출하다. 주방에서 서성이다가 인절미를 손에 들고 식탁에 앉는다. 그 떡을 먹으며 오렌지주스를 마시니 동치미 생각이 난다. 어머니의 그 동치미.

어릴 적 고향에서다. 어머니는 김장하기 전에 동치미를 담그셨다. 며칠간 준비하시던 그 과정을 여러 번 볼 수 있었다. 언제나 추운 날이었다. 크기가 약간 작은 다발 무를 손질하여 굵은 소금을 묻혀 하룻밤 절였다. 그런 다음 찬물에 다시 씻어 물기를 빼고 나서 커다란 항아리에 넣었다. 물은 차갑기로 소문난 약수터에서 떠다가 부엌에 놓아둔 후, 미지근해졌을 때 소금을 녹여 사용했다. 통상 동치미에 들어가는 무·생강·마을·쪽파·무청 외에 삭힌 고추와 고춧잎을 넣고, 천일염 소금물을 붓고 나서 무가 뜨지 않게, 무거운 돌을 얹은 다음 뚜껑을 닫았다.

3~4주 숙성된 동치미가 때때로 밥상에 올라왔다. 다른 집처럼 배나 사과가 들어가지 않았지만, 시원한 맛에 동치미만 있으면 밥 그릇을 다 비우곤 했다. 겨우내 즐겼지만, 아직도 기억에 또렷이 남아 있는, 잊히지 않는 것은 밤참에 곁들인 눈 오던 밤의 그 동치미 맛이었다.

초등학교 5학년 때였다. 첫눈 내리는 겨울밤, 친구들과 어울려 마을 놀이터에서 눈놀이를 하였다. 눈사람을 만들고, 편을 갈라 눈싸움도 하다 보니 시간이 많이 흘렀다. 서둘러 집에 돌아오니 어머니는 나를 기다리고 있었다. 밤 열한 시가 넘도록 잠자리에 들지 아니하시고, 치마저고리 입은 일상의 차림으로 바느질을 하고 계셨다.

"놀다 보니 늦었습니다."라고 미안해하니, 어머니는 일어나시며 내 손을 잡으셨다. "춥제, 아랫목이 뜨뜻하다."라고 하시며 방바닥에 깔린 이불을 제쳐주셨다. 그러더니 "쪼매 기다려"라며 방 뒷문으로 나가셨다. 땔나무 밑 지하실 항아리에서 동치미 한 사발을 들고 오시더니, 아랫목 이불 밑 밥그릇을 꺼내 동치미와 같이 상을 차려주시며, "마이 묵어라."라고 하셨다.

김이 나는 따뜻한 밥에 찬 동치미였다. 어머니가 건져주시는 통무를 버석버석 씹으며 밥 한 그릇을 다 먹었다. 사발에 둥둥 뜬 무청·삭은 고추와 고춧잎을 살얼음 낀 동치미 국물과 같이 먹던 그 맛이 일미였다. 국물이 맑고 시원하며 칼칼한 뒷맛이 별미였다.

그때는 잘 몰랐다. 어머니가 밤늦게까지 기다려 주셨던 그 마음을. 여느 집처럼 문 열어줄 일도 없는, 언제나 열렸던 대문인데 내가 집에 돌아오지 않았기에 잠자리에 들지 않으셨다. 온종일 고된 집안일을 하시고도. 그렇게 나를 기다리고 계셨던 것은 내게 밤참을 먹이고자 한 것이었다는 것을 이제 알 것 같다.

친구들과 대여섯 시간 밖에서 놀았으니 배가 출출할 것으로 생각하셨을, 그 깊은 마음을, 내가 자식을 키워가면서 그 심정을 이해할 수 있게 됐다. 밤늦도록 나를 기다렸다가 차려주셨던 밤참이 한두 번이 아니었다. 때로는 밥과 동치미 외에 조청·유과·홍시 등을 상에 올려주셨다. 잊히지 않는 건 당연하다.

그래선지 지난날의 밤참이 그립다. 동치미가 먹고 싶다. 어머니가 정성껏 담그셨기에 맛이 있었겠지만, 그 시절의 우리 집 분위기도 동치미 맛을 더해줬을 것이다. 뜨뜻했던 온돌방, 시렁에서 풍기는 메주 냄새, 세찬 바람에 문풍지가 부르르 떨리는 소리, 마당에 눈 내리는 소리, 간간이 들리는 농우의 되새김질하는 소리, 거기에다 어머니가 내 곁에서 그저 많이 먹기만을 바라고 계셨으니…. 지금도 잊지 못하는 그 동치미 맛일 거다.

돈이면 무엇이든 다 살 수 있는 세상이라고 하지만, 그때 그 온돌방에서 어머니가 차려주셨던, 그 동치미를 어디에서 사 먹을 수 있을까. 추억이라서 그리운 것만이 아니다. 이제 그 온돌방의 온기溫氣도, 그 마당에 깃들던 겨울밤의 정서도 다시 느낄 수 없으니, 어머니도 이 세상에 아니 계시니 더욱 쓸쓸한 밤이다. 눈처럼 그리움이 쌓여가는 밤이다.

어디선가 어머니가 한 사발의 동치미를 떠 오실 것만 같은 밤. 주스
보다 그 동치미 국물을 마시고 싶다. 어머니의 그 동치미.

# 고마운 회화나무

개방화의 덕일까? 대문 안에 갇혔던 나무에 자유화의 바람이 불었다. 주로 궁궐이나 선비들의 정원에 살던 나무가 저잣거리에서도 뿌리를 내릴 수 있게 됐다.

회화나무가 그렇다. 예부터 태생지인 중국에서 귀한 정자나무로 대접을 받았다. 주周나라 때 조정에 세 그루의 회화나무를 심고, 그 나무 아래에서 정승들이 마주앉아 정사를 논했다는 데서 비롯된 학자수學者樹·Scholar tree다.

그런 조상의 은덕인지, 우리나라에 들어와서도 궁궐이나 향교·서원 등 선비들이 거주하는 공간에 주로 심었다. 권세 있는 양반집 뜰에 심어 학자 배출을 꿈꿨다. 선비가 회화나무를 심으면 출세한다고 믿었고, 과거에 급제하거나 관리가 그 직에서 퇴임할 때 기념식수로 심곤 하였다.

그래서 널리 알려진 양반 동네에 가면 아름드리 회화나무 몇 그루는 심심찮게 볼 수 있다. 과거에 합격하면 회화나무를 심었기에 출세수出世樹·행복수幸福樹라 했다. 양반들의 전유물이었던 까닭에 양반수兩班樹란 별칭도 얻었다.

이처럼 지위 높고 벼슬하던 선비들이 길상목吉祥木으로 여겨 즐겨 심은 것은 그 나무의 수형이 아름답기 때문이었을 것이다. 사방으로 촘촘히 뻗는 가지와 잔잔한 수관樹冠이 깔끔하고, 넉넉하게 어우러지는 녹음이 좋아 조경수로 주목을 받았다. 봄에 나는 새잎은 은백색으로 빛이 나고, 녹색의 가지가 돋보인다. 잎의 질감이 섬세한데다 가지가 무성하여 여름 내내 시원한 그늘을 주기에 사랑받았을 것이다.

선비 집안의 회화나무가 언제부턴지 먼지 펄펄 나는 도시의 길가에 심어졌다. 팔작가八作家에서 살던 회화나무가 개방화의 물결을 탔을 뿐 아니라, 그 나무의 생육 특성이 자립과 자유화에 부채질하였다. 가리지 않는 토성土性, 빠른 생장生長, 내공해성耐公害性, 내건성耐乾性, 그리고 내한성耐寒性을 가져서 척박한 도롯가에서도 살아갈 수 있었을 것이다.

우리나라에선 1830년 무렵 창덕궁 동궐도東闕圖*에서 나타나는 여덟 그루의 회화나무(천연기념물)를 비롯하여 고즈넉한 정동길에서나 보이던 회화나무가 언제부턴가 내가 사는 여의도에도 가로수로 심어져, 이제는 누구나 즐길 수 있는 서민의 나무가 됐다.

그 덕에 내가 그 나무를 보고 산다. 지체 높은 선비들이 관상하던 회화나무를 나도 하루에 몇 번씩 쳐다볼 수 있게 됐다. 63로路, 아파트 입구 도로변에 일곱 그루의 회화나무가 서 있다. 가로수로 성년이 된

듯 스무 살은 먹었지 싶다. 키가 10m쯤 자란 원개형圓蓋形(그릇처럼 둥글고 오목한 꼴)으로 여름에는 시원한 그늘을 드리워 준다.

7~8월이면 새로 자란 가지 끝에서 꽃이 핀다. 영락없이 아까시나무의 꽃을 닮은 황백색 꽃술을 단다. 성급한 아까시나무 꽃처럼 우르르 한꺼번에 피지 않는다. 향기도 진하지 않고 은은하다. 꽃엔 많은 꿀이 있어 벌들이 모여든다. 화려하거나 풍성한 꽃은 아니지만, 잔잔한 꽃술을 피워 여름이 다 가도록 눈길을 끈다. 특히 귀가할 때 가로등에 빛나는 꽃송이를 먼발치에서 바라보는 게 여간 탐스럽지 않다.

10월에 접어들면 가지에 염주를 길게 꿰어놓은 듯한 열매를 단다. 종자는 잘록한 꼬투리 속 씨방에 든다. 특이한 것은 그 열매 꼬투리가 혹한을 견디면서도 바싹 마르지 않는다. 점액질로 광택이 나는 촉촉한 모양새다. 그 모양 그대로 이듬해 3월까지 제 가지를 떠나지 않는다. 새가 먹어 배설물로 나와 어디선가 대를 이을 후손이 되길 바라는 게 아닐까 싶다.

가지에 달린 채 겨우내 새들의 소중한 먹을거리가 된다. 눈을 맑게 한다는 회화나무 열매가 그들의 겨울 식량이다. 여러 마리 몰려다니는 직박구리(참새보다 큰 새)의 밥상이 된다. 나뭇가지 사이로 부지런히 옮겨 다니며 촉촉한 그 열매를 쪼아댄 후, 즐거워서 노래를 부른다.

"삐이요 삐이요, 삐 삐, 히이요 히이요, 히 히~."

때로는 참새·까치 떼도 날아와 열매를 따 먹으며 짹짹거린다. 까치는 아예 회화나무에 둥지까지 틀고 세 끼를 여기에서 때우는 것 같다. 참새들이 식후담食後談을 나누는지 눈을 마주치며 조잘대는 소리가 정겹다. 잎도 열매도 다 떨어뜨린 은행나무 가운데에서 유독 회화나무에만 열매가 남아, 새들이 그리로 모여든다.

휘몰아치는 칼바람, 수북이 쌓인 눈 속에서 허기진 배를 채울 수 있는 회화나무가 새들에게 얼마나 고마운 존재일까? 그런 생각을 하면서 이따금 걸음을 멈추고, 새들의 노랫소리와 재잘거림에 귀 기울이는 게 여간 즐겁지 않다.


오늘도 그 새들을 만날 수 있을 것이란 기대로 집을 나서니, 회화나무가 정겹다. 매운 배기가스를 맞고 서 있는 거리의 회화나무, 학자수나 출세수 같은 대접은 아랑곳하지 않고 여름엔 서늘한 그늘로, 겨울엔 먹을거리로 사람과 날짐승에게 베푸는 그 은덕에 새삼 감사하고 싶다. 고마운 회화나무다.


*동궐도: 창덕궁과 창경궁을 조감도식으로 그린 조선 후기의 궁궐 그림

# 복수초의 열매 사랑

사랑이 아픔이라더니 복수초의 열매 사랑이 그렇다. 키 작은 풀의 운명이라 키 큰 나무보다 먼저 꽃 피워 열매 맺으려는 그 열정이 뜨겁다.

살을 에는 엄동설한에 꽃을 피운다. 설날에 핀다고 원일초元日草, 눈 속에 핀 연꽃 같다고 설연화雪蓮花, 쌓인 눈을 뚫고 나와 꽃 피운다고 눈색이꽃·얼음새꽃이라고 불린다. 꽃의 모양이 밝은 황금색 잔처럼 생겨 측금잔화側金盞花, '행복을 부른다'란 꽃말로 복수초福壽草라고도 부른다.

이름만 봐도 유별난 꽃이다. 별나지 않고는 남보다 먼저, 곱고 개성 어린 꽃을 피울 수 없으리라. 한 편의 명문, '글 꽃'을 피우기가 그러하듯이.

얼마나 시리고 아팠을까. 여리디여린 작은 꽃잎으로 눈얼음을 뚫고 피어나기가. 온통 냉기 속에서 꽃 속 온도를 주변보다 5～7도나 높여서 눈과 얼음을 녹인단다. 그런 열기와 정성으로 꽃잎을 눈 위에 밀어 올린다. 꽃 피워야 열매 맺을 수 있다는 복수초의 간절한 염원이다. 사랑이다. 인생 겨울을 사는 나는 어떤 꽃으로 봄을 기다리고 있을까.

또한, 복수초는 음습지陰濕地에 태어난 제 입지立地를 알고 이에 대비한다. 20cm 전후의 작은 체구, 그 처지를 의식해 남다른 선견지명을 가졌다. 숲 속 주위를 둘러선 키 큰 나무를 먼저 인식한다. 머지않아 봄바람이 불어오면 우후죽순처럼 나뭇잎을 피운다는 것을, 그 나뭇잎들이 햇볕을 가린다는 것을. 그러기에 서둘러 꽃을 피우는 그 예지가 가상하다. 준비성 있는 강한 풀이다. 굵은 뿌리에 강심성배당체强心性配糖體인 아도닌Adonin 성분이 들어 있어서인지 모른다.

꽁꽁 언 숲 속에서 어렵사리 꽃을 피운 다음에도, 튼실한 열매를 맺으려고 지극정성을 다한다. 캄캄한 밤이나 구름이 짙게 낀 날엔 꽃잎을 피우지 아니하고, 봉오리 상태로 꽃부리를 다문다. 햇볕이 나면 노란 꽃잎을 종일토록 태양을 향해 고개를 돌린다. 이철호 논설위원이 말하듯 "접시 안테나 모양의 꽃잎은 오목거울처럼 햇볕을 최대한 반사해 암술 쪽으로 열을 모은다. 수정을 위해 따뜻한 암술 주변으로 곤충들을 모으려고 혼신의 힘을 다하는 것이다." 그리하여 튼실한 결실을 보는 뜨겁고 아픈 '열매 사랑'이다.

지금 내 열매는 '익은 글' 한 편이다. 이 나이에 아직도 설익은 글을 쓴다. 튼실한 열매 하나 맺지 못한 채 겨울을 산다. 월악산 깊은 숲 속, 저 복수초가 나를 흔든다. '어서어서 잠 깨어 꽃을 피우십시오.'라며.

# 감칠맛

"감칠맛 나는지 잡숴 보세요."

김장을 마친 마천동 여동생은 내가 좋아하던 반찬으로 상을 차렸다. 겉절이·무채 무침·양미리 조림, 그리고 배춧국으로 오랜만에 어머니의 손맛을 내어 봤다고 한다. 어릴 적 이맘때면 자주 먹던 어머니의 반찬. 겉절이·배춧국도 맛이 있었지만, 그 어느 반찬보다 나는 양미리 조림과 무채 무침을 즐겨 먹곤 하였다.

어머니는 김장할 때 잘라낸 무청을 정성스럽게 다듬어, 짚으로 꼰 새끼에 엮어 말렸다. 이슬 맞고, 얼고, 녹기를 거듭하여 연하게 말린 시래기를 물에 담갔다가 꺼내, 된장 푼 국물에 바짝 마른 양미리와 다진 마늘 등을 같이 넣어, 푹 삶아 주시곤 하였다. 어릴 적에 즐겨 먹던, 내가 좋아하는 반찬이라고 여동생이 그 양미리를 조리하여 상에 올린 것이다.

여동생은 "옛날 생각하며 시래기를 밥에 얹어 드세요."라며 권한다. 김 오르는 따뜻한 밥에 시래기를 걸쳐가며 먹는 맛이 옛 맛 그대로다.

시래기에 밴 양미리와 된장 맛이 일미다. 혀에 감기듯 뒷맛이 구수한 감칠맛이다.

어머니 손맛을 낸 무채 무침도 먹음직스럽다. 깨끗이 씻은 무를 적당한 굵기로 채 썰어서 소금에 30분쯤 재어 두었다가 살짝 짠 다음, 고춧가루·다진 마늘·참기름을 넣은 데다 식초를 뿌려 조물조물 무쳤다며 맛을 보라고 한다. 아삭아삭 씹히며 달짝지근한 감칠맛이 난다.


'감칠맛', 그 낱말에 대해 아쉬움을 느낀다. 어머니의 손맛, 그 '감칠맛'이란 우리말이 국제 공용어로 등재되지 못해서다. 국력이 미치지 못했기 때문이었을까. 아니면 때를 놓친 우리의 태만이 빚은 결과였을까? 1908년 일본 도쿄대학 이케다 기쿠나에池田菊苗가 단맛·신맛·짠맛·쓴맛 외에 제5의 맛이라며 '우마미Umami(旨味)*'로 명명하였다. 우리의 '감칠맛'인 그 '우마미'가 1985년 하와이 '우마미 심포지엄'에서 국제 공용어로 지정되었다.

김정은 배화여대 교수가 <감칠맛의 비밀>이란 책에서 말하듯, 감칠맛은 '맛있다.'라는 말과 혼동되기도 하지만, 어디까지나 우리의 기본 맛 가운데 하나로 천연 재료 속의 글루탐산Glutamic酸이나 이노신산Inosinic酸·구아닐산Guanylric酸 성분에서 우러난 우리 맛의 고유 명칭이다. 이 맛은 다시마·버섯·토마토·멸치·조개 같은 식재료食材料 속에 포함돼 있다.

그 맛은 우리 입에 친근한 맛이다. 세상에 태어나서 가장 먼저 맛보는 모유의 맛과 비슷한 맛이다. 이 성분을 섭취할 때 소화액과 침 분

비가 왕성해진다는 전문가의 분석이다. 소화 잘 되는 기능이기에 국내외에서 주목받고 있는 맛이다.

끼니때마다 먹는 우리의 김치도 감칠맛 나는 음식의 하나이다. 젓갈 등 김치에 든 각종 첨가물이 발효된 맛이다. 담근 지 20일이 지나면 가장 맛있게 익어 발효되면서 아미노산량이 증가해 감칠맛이 난다. 이런 '감칠맛'이란 낱말이 '우마미'에 앞서 국제 공용어로 등록되었다면 얼마나 좋았을까.

그런 아쉬움에 젖으며 밥을 먹는다. 오랜만에 어머니의 손맛을 다시 느끼듯 감칠맛이 혀에 돈다. 그 맛을 여동생에게 전수해준 어머니의 손맛에 감사하고 싶다. 한편 미안한 마음이다. 곱고 맛있는 우리말(감칠맛) 대신 '우마미'란 말로 통용하게 되었으니….

대를 이어 얻어먹기만 한 음식, 그 감칠맛이 음식에만 있는 게 아닐 것이다. 내 마음의 씀씀이에도, 일상 구사하는 말에도, 때때로 쓰는 글에서도 감칠맛을 낼 수 있을 것이다. 비록 지금은 그런 맛을 낼 능력과 솜씨가 내게 없을지라도 꾸준히 노력해 볼 일이다. 그러다 보면 어느 날엔가 음식 아닌 또 하나의 새로운 '감칠맛'을 국제 공용어로 등록할 수 있을지 그 누가 알랴. 어렵지만 희망을 가져 볼만한 일이 아닌가. 내 대에 이루지 못할지라도.

사람은 가도 '감칠맛'이란 말은 한류韓流를 탈 수 있을지 모르니까. 세계인의 말로 영원히 남을지 모르니까.

*우마미[Umami旨味]: 일본 도쿄대학 이케다 기쿠나에(池田菊苗·1864~1936) 박사가 1908년 천연 재료인 다시마 국물에서 감칠맛을 발견, 그 맛의 성분인 글루탐산을 추출하여 '우마미'로 이름 붙였다. 이케다 박사가 규명한 감칠맛 성분이 아지노모도사에 의해 상품으로 개발돼 선풍적인 인기를 얻었다. 한국에서도 미원味元으로 널리 알려진 조미료이다.

# 빈숲의 겨울나무

바람 쐬러 도봉산을 오르는 길. 무수골에 찬바람이 분다. 잎과 열매를 다 떨어뜨린 빈숲, 묵묵히 겨울을 나는 키 큰 나무들이 시선을 붙든다.

지난여름 푸른 잎으로 가려졌던 그 숲 속에 햇볕이 가득하다. 딱새, 찌르레기들이 제집 울타리를 잃은 듯, 그 빈숲을 내게 하소연하는 듯, 찍꺽찍꺽, 찌르륵거린다.

찬 기운이 온몸에 느껴질 정도로 썰렁한 숲 속, 마른 잎이 바람 따라 뒹군다. 겨울나무 ― 신갈나무·은행나무·벚나무·상수리나무 주위에 낙엽이 수북이 쌓인다. 앙상한 나뭇가지 사이로 파란 하늘이 보인다. 덩그러니 서 있는 겨울나무는 제 나이테를 그리며, 내년 봄 준비를 한다.

혹한에 얼지 않도록 수액의 흐름을 멈추고, 동면冬眠하는 것도 봄을 의식해서다. 가을에 만든 잎눈과 꽃눈을 얼지 않게 부단히 노력한다.

보송보송한 솜털로 감싸 주거나, 여러 겹의 두꺼운 비늘로 옷을 입혀 추위를 막아주는 정겨운 나무다.

잎 떨어뜨린 벌거벗은 가지에 힘과 기운을 쌓아가면서 새봄에 더 높이 성장하려고 채비하는 나무. 그런 나무를 보며 내 인생 겨우살이를 생각한다. 나무만 한 지구력이 내게 있는가. '이 나이에….'라며 망설이기 일쑤다. 시조 공부도, 연초에 다짐한 신간 읽기도 이행하지 못하고 산다.

나무는 설한풍에도 제 할 일을 다한다. 북풍이 몰아치고 눈덩이가 쏟아질 때도 뿌리는 토양에서 영양을 빨아들인다. 바람에 흔들리는 몸체를 중심 잡는 일을 한시도 게을리하지 않는다. 겨우내 희망의 끈을 놓치지 않고, 봄이 온다는 믿음과 소망으로 추위를 견디며 꽃 피울 준비를 한다. 기다리는 숲의 봄은 어느 날 갑자기 오지 않는다. 매운바람, 캄캄한 긴 밤을 묵묵히 견디는, 휑한 비탈의 숲 속을 정령처럼 지키는 그런 나무에 온다.

저 혼자 겨우살이를 하지 않는다. 주위의 생명에 촘촘한 사랑을 펼치며 더불어 겨울을 산다. 박새, 직박구리, 부엉이가 나뭇가지에 둥지를 틀게 하고, 딱따구리도 제 줄기에 구멍을 파게 한다. 껍질에도 딱정벌레, 무당벌레, 사슴벌레, 장수풍뎅이가 구멍을 내어 그 속에서 살게 한다.

더부살이하는 곤충들은 나무의 수액을 먹고, 껍질 속에 알을 낳을 뿐 아니라 표피의 진딧물을 잡아먹어 나무를 건강하게 해준다. 뿌리 주위엔 이끼와 버섯들도 이웃하여 같이 산다. 두더지나 지렁이는 뿌리 밑 흙 속을 다니면서 땅속 공기를 이동시켜 주며 살아간다. 찬 겨울을 나무와 더불어 살아가는 숲 속 생명의 다정한 모습, 그 공생의 지혜를 배워야 하지 않겠는가. 찬 겨울을 떨면서 사는 이웃에게 사랑의 손길을 뻗칠 일이다.

나무는 잎 떨어뜨린 벗은 몸으로도 이웃과 공생의 겨우살이를 한다. 나는 이에 비하면 얼마나 호사한 차림인가. 춥다고 장갑 끼고, 모자 쓰고, 목도리를 두르고, 내의에 두툼한 다운재킷까지 입고, 바람이나 쐬러 다니는 한가한 겨우살이가 아닌가. 마치 봄을 잊은 듯 '인생겨울'을 살아가는 자신이 아닐까.

봄(꽃)은 이미 지나간 계절로 내게 다시 오지 않는 것처럼, 여름 성장은 이제 다 끝난 것처럼, '이 나이에'라며 꿈과 희망을 체념하고 사는 나날이다. 빈숲에서 겨우살이 하는 나무, 봄을 기다리는 저 겨울나무에 부끄럽지 않은가. 꽃과 열매는 식물에만 있는 게 아니다.

어찌 보면 글 한 편도 '꽃'이 아닌가. 인생의 꽃이요, 열매다. 그 '꽃'을 피울 준비를 해야 할 겨울이다. 나만이 아닌, 봄을 기다리는 이웃을 보듬으며 살아갈 일이다. 빈숲의 겨울나무처럼.


또 찬바람이 분다. 낙엽이 뒹군다. 나뭇가지가 흔들린다. '땡그랑 땡그랑~', 원통사圓通寺의 풍경 소리가 내 걸음을 재촉한다.

# 오늘의 복운

언제부턴지 습관이 됐다. 아침밥을 먹으면서 조간신문을 본다.

여느 아침과 같이 오늘도 식탁에 앉으면서 C 신문을 편다. 으레 제일 먼저 시선이 가는 데가 '오늘의 운세'다. 오늘 하루를 살아가는 데 특별히 금기禁忌하거나 유의해야 할 사항이 있는가 해서다.

'오늘의 운세' 칸에는 십이지상十二支像, 즉 열두 가지 동물의 상像이 '띠'별로 인쇄돼 있다. 나의 띠인 '돼지 상像' 밑, 35년생에 쓰인 운세. "작은 일은 스스로 해야 복을 받을 듯."

밥을 먹으면서 오늘 운세의 의미를 곱씹어 본다. '작은 일은 스스로 해야 복을⌒'이란 말을 되뇌면서 식사를 마친다. 식탁에서 일어서며 마음먹는다. '그래, 가장 가까운 데 있는 것부터, 손쉬운 작은 일부터 시작하자.'

내가 비운 그릇과 컵, 그리고 사용한 수저 등을 식탁에서 2미터쯤 떨어진 주방 싱크대로 옮겨, 깨끗이 씻는다. 또한, 남은 반찬 그릇은 냉장고에 넣는다. 사용한 냅킨은 쓰레기통에 치우고, 다 읽은 신문도 반듯이 접어 식탁 한쪽에 놓는다.

그리고 서재로 들어가 시흥 농장에 갈 채비를 한다. 세탁물을 찾으러 갔던 아내가 돌아온다. 오늘 입을 바지와 티셔츠를 내게 건네준다. 나는 아내에게 "아침 잘 먹었소. 농장에 다녀오리다."라며 옷을 갈아입는다.

주방 쪽으로 걸어간 아내가 말끔히 치워진 식탁을 보고 놀라며, 의아해하는 소리가 어렴풋이 들려온다. "어쩐 일일까?"

현관을 나서니 아내가 의아하게 생각하고 있을, 그 얼굴이 떠오른다. 전철역으로 향하는 발걸음이 가볍게 느껴진다. 다 큰 자식들을 제 갈 길로 떠나보내고, 부부만이 사는 노년엔 집안일을 나눠 해야 한다더니 오늘 내가 한 일은 참 잘한 일이지 싶다. 비단 오늘만이 아닌, 그런 마음가짐으로 살아가야겠다.

별것 아닌, 내가 비운 그릇 몇 개 치워놓고, 스스로 흐뭇해하는 자신이 아닌가! 아내가 할 일을 내가 도와줬다는 것보다 내가 할 수 있는 일은 남을 의식하지 않고, 스스로 한다는 것에 뿌듯한 마음이다.

누구나 '오늘의 운세'를 그대로 다 믿지는 않는다. 하지만, 행동의 길잡이가 돼 악운惡運은 조심하고, 복운福運은 행동으로 옮기기 마련이다.

그래선지 '오늘의 복운이, 작은 일은 스스로…,'란 오늘의 운세가 잔잔한 내 가슴에 잔물결을 일으킨다. '잔물결'이 일고 일면, '큰 물결'이 되지 않겠는가.

# 눈[雪]을 품는 강물

강물이 눈을 녹인다. 눈송이 내리는 족족 제 가슴에 품어 물로 만든다. 그래선지 뭍과 강이 딴 세상이다. 내가 선 여의도 한강공원 둑길엔 눈이 수북이 쌓여 가는데 한강엔 눈이 없다. 한 송이도 보이지 않는다.

왜 그럴까? 높은 대기에서 내려온 눈은 강물 온도보다 차서 물에 닿는 순간 녹아 버린다. 강물 온도도 온도려니와 그 너른 가슴으로 눈을 제 품에 안아 자기화한다. 눈이 녹아 불어난 강물은 힘이 더해져 흐르는 속도가 빨라진다. 강물의 목적지, 바다로 향한 걸음걸이가 당당하다.

물의 속성이 그러하듯 높은 데서 낮은 데로 흐르며 높고 낮음의 차이를 없애간다. 언젠가는 너른 바다에 닿을 것이란 바람으로 멈춤 없이 흘러간다. 그냥 떠밀리는 게 아니다. 흘러가면서 많은 일을 한다. 오염된 물을 정화하고, 목마른 동식물에 갈증을 덜어주고, 농산물의 성장을 돕고, 그리고 건조한 대기에 습기를 증발하면서 제 목적지로 간다. 제 길을 가면서 남에게 도움 주는 선행善行을 한다. 나도 그렇게 흘렀으면.

그것만이 아니다. 하늘로 증발한 수분은 다시 비나 눈이 돼 지구로 되돌아오는 선순환善循環을 거듭한다. 그 순환 과정에서 모든 동식물의 생명수가 되어서인지 노자老子는 말했다. '상선약수上善若水*'라고. 그런 것 같다. 강물이 눈을 품어 제 배를 불리지만 선행과 선순환을 하기에 밉지 않다. 선해 보인다.

눈이 내리는 건 인간의 의지와는 관계없는 자연 현상이다. 하지만 강물의 입장에선 제 몸집을 불려 흐름을 가속해주니 어찌 고맙지 않겠는가. 제 몸이 불어나기 전의 힘만으로는 아무리 빨리 가고 싶어도 눈이나 비가 오지 않는 한, 흐름의 속도를 올릴 수 없는 게 물의 운명이다. 새처럼 훨훨 날아갈 수도 없고, 인간처럼 뛰어갈 수도 없는 강물로서는 오는 눈이 흐름에 힘을 실어주는 격이니, 여간 반갑지 않을 것이다.

눈은 강물과 천생연분이다. 내리고 또 내려도 그 순간순간에 바로 강물과 한몸이 된다. 눈은 제 형체에 대한 미련도 없이 깨끗이 물에 동화하여 흘러간다. 자연은 참으로 기묘하다. 물이 수분으로 증발하여 눈이 되었다가 다시 어미 품으로 돌아오는 귀소본능歸巢本能이 아닌가.

저만치 밤섬이 보인다. 청둥오리 떼가 불어난 물살을 가르며 떠다닌다. 짙푸른 강물 너머 햇살에 빛나는 눈 덮인 밤섬이 그림처럼 아름답다. 그 섬 주위를 휘돌아 흐르는 강물이 봄을 일깨우듯 유유히 흐른다. 머지않아 봄이 오면 저 물도 꿈의 대해大海에, 제 큰집에 닿을 수 있을 것이란 벅찬 기대로, 그런 열망으로 흐르는 물이 장하다.

그래서일까. 강물은 복이 많다. 강의 수면에 내리는 눈만이 아닌, 뭍 곳곳에 내린 눈이 녹아 흐르는 개천의 물 또한 제 가슴에 품는다. 여정의 중간 중간에 제 몸집을 불려 가며 흐린다. 넓은 바다를 향한 흐름에 힘을 얻는다. 지혜로운 행진이다.

나의 '바닷길', 그 목적지는 얼마나 더 가야 할까. 지금 어디쯤 흐르고 있을까. 흐르면서 물처럼 이웃을 보듬는 상선약수일까. 가는 길목마다 힘을 보태줄 '눈[雪]'은 어떤 것일까. 내리는 눈을, 부딪히는 세파世波를 눈처럼 녹여, 내 에너지화할 수 있는 온기와 너른 가슴을 가졌을까?라는 물음에 시원한 답이 떠오르지 않는다. 그래선지 찬 눈을 받아 녹이는 강물에, '눈을 품는 강물'에 자꾸만 시선이 간다.

*상선약수上善若水: 최고의 선은 물과 같다는 뜻으로, 노자老子의 사상에서, 물을 이 세상에서 으뜸가는 선의 표본으로 여기어 이르던 말.

# 추사 유배길을 걸으며

제주 올레길 제9코스를 앞장서 걷던 친구가 말한다.

"올레길에서 제주의 산수山水와 풍경은 많이 봤으니 이제부터는 우리도 역사 공부 좀 합시다."라며 추사유배길로 방향을 바꾼다. 추측건대 화가인 그가 추사의 세한도歲寒圖를 의식한 것이지 싶다.

유배길, 제주도는 우리 역사에서 대표적인 유배지다. 조선 시대 안동 김씨 세력과의 권력 싸움에서 무고誣告를 당해 유배해 온 추사 김정희秋史 金正喜(1786~1856), 대원군을 비판하여 귀양 온 면암 최익현勉庵 崔益鉉(1833~1906), 조선왕조실록에 삼천 번이나 이름이 등장하는 우암 송시열尤庵 宋時烈(1607~1689), 파란만장한 인생을 살았던 광해군光海君(1575~1641) 등 당대 내로라하는 지식인·정치인이 이 섬에 유배됐다.

유배는 죄인을 귀양 보내는 일을 이르는 말, 정치적 반대파를 외딴곳에 가둬 두는 수단이었다. 그러기에 한 번 가면 돌아오기 어려운 절해고도絶海孤島였던 제주로 보내는 것이 관례였다.

추사가 유배 왔던 서귀포시 안덕면, 그의 작품을 완성한 행적 따라 추사유배길이 만들어졌다. 세 갈래 코스다. 제1코스는 제주 추사관에서 시작해 정난주丁蘭珠 마리아 묘와 대정향교大靜鄉校를 거쳐, 다시 제주 추사관으로 돌아오는 '집념의 길', 제2코스는 김정희의 한시·편지·차茶 등을 통해 추사의 인연들을 떠올리는 길로 제주의 옹기문화를 함께 만날 수 있는 '인연의 길', 마지막 제3코스는 산방산의 웅장함과 안덕계곡의 경관을 따라 걷는 길로 제주의 바다와 오름, 계곡의 경치를 느끼는 '사색의 길'이다.

그 제1코스에 들어서니 친구가 또 한 번 부연 설명한다. "지금까지 두어 시간 걸은 올레길은 산과 바다, 풀과 꽃 등 아름다운 자연을 관상하는 길이라면, 이 길은 추사가 가족과 친구를 떠나온 외로움을 견뎌내며 작품을 구상했던 길"입니다. 극한의 고독에서만이 상상할 수 있는 그림을 그리며 걸었을 길이다.

추사체*가 그랬고 세한도도 그랬을 것이다. 김정희는 1840년 이곳으로 유배 와 엄정하고 칼칼한 그의 추사체를 완성하고, 절묘한 공간 분할의 세한도를 그렸다. 55세의 늦은 나이에 시작한 제주 유배 생활은 추사 김정희를 더욱더 단단하게 알차게 해 주었다. 이 길을 걸으면서 치열한 자신과의 싸움, 외로움과 그리움의 붓끝에서 그런 작품을 잉태하였을 것이다. 그 당시 제주의 자연이 추사체에 새로운 조형 감각을 가질 수 있도록 한 배경이 되었을 것이다. 세한도 또한 이곳에 유배를 왔기에, 아니 고독했기에 진실한 제자를 만날 수 있었으며, 그에 대한 절절한 고마운 마음을 이 그림에 담을 수 있었을 것이다.

유배 온 이곳은 절망지였다. 좁은 감옥 안에 갇힌 것은 아니었지만, 기한이 정해져 있지 않은 무기 징역형이었기에 다시 돌아간다는 희망이 보이지 않았다. 그러나 그는 희망보다도 더 큰 당대의 걸작을 여기에서 만들어냈다. 추사는 이 길을 걸으며 뭍에 두고 온 가족을 그리워하고 외톨이가 된 고독에 젖었을 것이다. 그랬을 그 길을 걸으며 당시 추사의 처지에 서 본다.

35세에 과거에 합격한 후 성균관 대사성大司成, 병조참판, 동지부사 冬至副使 등의 요직을 거친 그가 안동 김씨 세력가들의 정치적 공세에 휘말렸다. 모진 형벌과 고문으로 죽음 직전에 제주도로 귀양 오게 되었다. 가족도 친구도 없는 적막한 섬에서 이 길을 거닐며 울컥울컥 솟는 신분적 갈등을 잠재웠을 것이다.

헌종 10년(1844) 추사 나이 59세, 제주에 온 지 5년째 되던 해, 그의 생애 최고의 명작으로 손꼽히는 세한도(국보 180호)를 그렸다. 쓸쓸한 화면엔 여백이 많아 찬바람이 휩쓸고 지나간 듯하다. 지난날 추사 문전에 드나들던 많은 사람의 모습은커녕 인적마저 찾을 수 없는 텅 빈 공간. 보이는 것은 동그란 창이 나 있는 소담한 서재와 시들지 않는 노송 한 그루, 그리고 잣나무 세 그루를 까슬까슬한 마른 붓으로 쓸 듯이 그려낸, 문인화文人畵이다.

화면 여백의 휑한 느낌은 바로 절해고도인 이 섬에서 늙은 몸으로 홀로 맞닥뜨려야만 했던 쓸쓸한 감정 그것이었을 것이다. 외롭고 추울수록 따스함을 그리워하는 게 인지상정이다. 각박한 세상에 따스한 정을 준 고마운 마음을 이 소산燒散한 그림에, 강철 같은 추사체로 쓴

발문跋文에 그의 내심을 담았다.

<세한도>는 추사가 그의 제자이며 역관譯官이었던 이상적李尙迪 (1804~1865)에게 그려준 그림이다. 스승이 귀양살이하는 동안에 여러 해에 걸쳐, 천만리 먼 곳 중국 연경燕京에서 사 온 책 120여 권을 보내주는 한결같은 고마운 마음에 감격하여 그려 보낸 작품이다. 세한도 왼쪽 여백에 그림을 그리게 된 연유를 밝혔다.

"공자께서 '날이 차가워진 뒤에야 소나무 잣나무가 시들지 않음을 알 수 있다'고 했는데 (…) 그대와 나의 관계는 전前이라고 더한 것도 아니고 후後라고 덜한 것도 아니다 (…) 아! 쓸쓸한 이 마음이여! 완당 阮堂 노인이 쓰다." (세한도 '발문' 중에서)

날이 차가워진 뒤에야 소나무가 시들지 않은 것을 알듯이 시련이 닥쳐야 주위 사람의 진정한 정을 느낄 수 있다는 의미일 것이다. 꿋꿋이 역경을 견뎌 낸 선비의 올곧은 강한 의지와 고난과 고독이 함께 만들어 낸 작품, '추사체'와 '세한도'이다. 그것은 고독의 아픔이 가진 또 다른 반전反轉일 것이다. 극한의 어려움과 외로움이 없었다면 그만한 걸작을 만들지 못했을지도 모른다. 엄청난 좌절과 고독을 통해 얻을 수 있었던 결실, 아니 한 인간이 처한 '극단적인 역경에서의 승리' 가 아니겠는가.

추사유배길을 걸으며 자신을 의식한다. 탁월한 추사의 재능에 비견할 수는 없지만, 그의 유배 중에 성취한 결실에 큰 감명을 받는다. 튼실한 열매를 맺으려면 쓰린 고독과 좌절의 아픔을 견뎌내야 한다는 것을, 평탄한 삶에선 달작達作이 없다는 것을 새삼 깨닫는다.


*추사체秋史體: 조선 말기의 명필인 추사 김정희의 글씨체. 벼루 열 개와 붓 천
  개로 연마한 치열한 노력의 결실. 뛰어난 독창성과 창의성은 자신을 평생 단련한
  결과였다.

# 꽃노을 앞에서

설날 저물녘 한강공원을 걷는다. 석양에 강물이 물든다. 한 폭의 그림 같아 사진 한 장 찍고 싶다. 저만치 보이는 마포대교 남단, 해넘이전망대*에 오른다.

일몰 풍경이 장관이다. 우측은 밤섬, 좌측은 국회의사당, 그 사이의 강물과 하늘에 붉디붉은 노을을 펼쳐놓았다. 아득한 서쪽 하늘 끝까지 뻗친 석양이 이글이글 끓는다. 고된 일과를 마치고 쉬러 가는 해의 뒷모습, 하루의 마무리다. 영화의 마지막 장면처럼 여운을 남긴다. 곱다.

물론 해가 지는 건 지구의 자전自轉에 의한 현상이다. 저녁노을이 붉은 것도 빛의 파장 때문이다. 보라색은 짧은 파장인데 반하여 붉은색은 긴 파장이다. 해가 기울면서 빛이 통과해야 하는 대기 중의 거리가 멀어져 짧은 파장은 중간에서 사라지고, 긴 파장을 가진 붉은빛만이 보이는 자연현상이다. 푸른색을 띠는 빛은 붉은빛보다 산란散亂이 더 잘 일어나서 해가 질 때, 지평선 위에 붉은 햇빛만 남아, 하늘이 붉게 보인다.

그런 자연적인 현상이지만, 하루를 열심히 살았기에 뒷모습이 저토록 아름다울 것이다. 모든 생명체에 이바지한다. 이른 아침부터 저물녘까지 해는 많은 일을 한다. 귀하고 소중한 빛과 열을 내려준다. 식물은 그 빛을 받아 광합성을 하면서 성장 에너지를 얻는다. 동물도 해가 비춰주는 광명으로 낮 동안 일을 할 수가 있다. 종일 그런 장한 일을 하고 휴식하러 기우는 해. 기울면서 어둠을 내려줘 인간을 비롯한 모든 생명체에 잠을 자게 하는 태양. 그 모습이 성공한, 제 뜻을 이룬 이의 뒷모습 같다.

그 때문인지 해의 하루 마무리가 아름답게 보인다. 하늘에 해와 구름이 어우러져 핀 꽃노을이다. 뭇 동식물에 활기와 에너지를 불어넣고 지는 해. 아무런 대가도 보상도 바라지 아니하고, 인종과 남녀노소를 가리지 않는다. 누구에게나 골고루 내려준 '빛'과 '열'이다.

이제 하루의 일과를 마치면서 뜨거운 열기를 서서히 식히며 드리우는 꽃노을이 아닌가. 그 노을이 내 가슴에 하나의 '꽃도장花印'을 남긴다. 나는 오늘 그 누구에게 빛과 열을 주었을까. 이 저물녘에 어떤 색깔의 노을을 드리우고 있을까?

저 태양은 내일 또다시 떠오르기 위해, 생명체에 에너지와 광명을 주기 위해 쉬러 가는 길. 오늘이 마지막이 아니기에 가진 것 다 내려주면서 내일을 설계하는 게 아닐까? 내일 아침 힘차게 다시 떠오를 것을 생각하면서. 내일은 내일의 태양을 띄울 것이라고 다짐하면서.

그렇다. 나도 그래야 하지 않겠는가. 해만큼 보람된 일을 할 수야 있겠는가만은. '내일 새 태양을 띄워 나름대로 최선을 다해야지, 그리하여 하루의 마무리에 꽃노을을 지어야지'라며 소원한다. 박두진 시인의 '해'를 되뇌면서.

해야 솟아라.
말갛게 씻은 얼굴 고운 해야 솟아라.
산 넘어 산 넘어서 어둠을 살라 먹고,
산 넘어서 밤새도록 어둠을 살라 먹고,
이글이글 앳된 얼굴 고운 해야 솟아라.

......

과분한 바람일까? 아니다. 비록 다른 이에게 '해'만큼 크게 기여할 수는 없을지라도 하루를 마무리하면서, 내 마음 한쪽에 작은 꽃노을 하나 드리우고 싶다.

*해넘이전망대: 여의도에서 마포대교 왼쪽 보행로 300m 지점에 설치된 한강의 풍취와 석양을 조망할 수 있는 휴식 공간.

# 7부
## 썰물로 밀물로

# 흔들리는 정체성

요즈음 때때로 할아버지의 옛 모습이 떠오른다.

어릴 적 그 시절의 생활은 어려웠지만, 마음의 여유가 있었다. 우리 집안의 표상이었던 할아버지는 걸음도 천천히 걸었으며 말도 느릿느릿하셨다. 풍족하지 못했기에 오히려 바쁘지 않고 느긋한 삶이 아니었나 싶다. 글방의 선생답게 많은 가르침을 주셨다.

"무슨 일이든 서둘지 말고 한 우물을 파야 한다."라고 일러주셨다. "한 번 먹은 마음을 끝까지 밀고 가는 끈기가 있어야 성공할 수 있다."라고 입버릇처럼 말씀하셨다. 그래선지 서당에 매화분梅花盆을 곁에 두고 사셨으며, 뒤란 울타리도 대나무를 심어 수시로 내다보곤 하셨다.

낮이면 두루마기 차림으로 벼루와 붓이 놓인 탁자 앞에 반듯이 앉아 계셨다. 언제나 깊은 생각에 잠겨 있는 '정중동靜中動'의 모습이 믿음직스러웠다. '본받아야지'라며 흔들림 없는 곧은 삶을 다짐하곤 했다.

그런 할아버지의 유전자遺傳子를 이어받았는지 주위 사람들로부터 "깐깐하고 무뚝뚝하다. 보수적이다."란 말을 듣는다. 더 좋은 대안이 생겨나도 먹었던 마음을 좀처럼 바꾸지 않는 옹고집. 손에 한 번 쥐었던 물건도 여간해서 놓치지 않으려 한다. 이를테면 다 읽은 책이나 잡지를 치우지 않고 방안에 가득 쌓아 둔다. 오랫동안 입은 옷도 버리지 아니하고 옷장에 빽빽이 걸어 놓는다. 손때 묻은 물건에 대한 고집스러운 집착, 쓰던 물건을 오래 간직하려는 습성, '보수적 애착증保守的 愛着症'이라고나 할까.

새로운 것을 받아들여 혁신할 줄 모른다. 그러니 현대를 사는 젊은 이들과 잘 어울리지 않는다. 시류에 발 빠르게 적응하거나 변화할 줄 모르니 시대에 뒤처지기 마련이다. 남들보다 뒤떨어지는 걸 의식해서인지 그제야 마음의 동요가 일어난다.

생각 끝에 열차를 바꿔 탄다. 8년여 다니던 안정된 공무원 생활에서 스스로 물러난다. 틀에 박힌 일상에서 벗어나고 싶었기 때문이다. 새로 생긴 코트라KOTRA(대한무역진흥공사)로 옮긴다. 수출시장을 개척하는 일로 국내 1년 국외 3년, 순환 근무를 한다. 낯설고 물 선 남미(브라질), 아프리카(세네갈)까지 찾아다니며 할당된 수출목표 달성을 위해 애를 쓴다. 자초한 고생이다. 할아버지가 계셨다면 야단맞았을 것이다. 한우물을 파지 않는다고.

느긋하지 못한 마음도 그러하다. 누가 원고를 독촉하는 것도 아닌데 펜만 잡으면 서둘기 일쑤다. 조급하게 마무리하려고 하니 설익은 습작이 된다. 한 편이라도 정성을 들여 제대로 써야 할 텐데 그렇지 못한 성급함, '서두름'이 생활화되어 간다.

"빨리 갑시다.", "빨리 탑시다.", "빨리 결정해 주십시오."…. 수많은 독촉을 받는다. 초점 맞출 겨를이 없이 나도 모르는 사이에 일상의 물결에 휩쓸린다. 줏대 없이 걸음걸이도 말도 빨라지고, 마음마저 조급하다. 이렇듯 시류에 흔들리는 탓에 반짝이는 삶을 살지 못하는 건 아닌지. 내 인생에서 서둘지 않았다면, 흔들리지 않고 한 길을 걸었다면, 월척은 아닐지라도 반 척짜리는 낚았을지 모른다. 정체성을 지키는 것만이 능사가 아니라 하더라도 이룬 게 별로 없으면서 이어받은 본성만 잃어가는 상실감을 느낀다.

'보수적 애착증'도 시류에 희석돼 간다. 멀쩡한 휴대전화를 언제 봤느냐는 듯 이별한다. 신주 모시듯 정성스럽게 다루던 휴대폰을 버리고 남들 따라 스마트폰으로 바꾼다. 20여 년 동안 사용해오던 '011'로 시작하는 내 번호를 헌신짝처럼 버리고, 새 전화에 따라오는 '010'으로 바꿔 사용한다.

그동안 여러 차례 새로운 휴대폰으로 바꾸자는 애들의 성화가 있어도 꿈쩍하지 않았다. 번호를 바꾸면 여러 사람에게 불편을 주기 때문에 고집스레 구 모델 전화를 가지고 다녔다. 작고 가벼워 휴대하기 편했으며, 기능에도 통화하거나 메시지를 송수신하는데 아무런 지장이 없었다.

전화만이 아니다. 마음도 변했다. 얼마 전까지만 하여도 전차 칸에서 속으로 옆 사람을 나무랐다. 머리를 굽실거리며 곁에 가 앉아도 눈길조차 주지 않던 사람들을. 온 정신을 손 전화 화면에 두고 있어,

'뭐 이런 사람들이 있을까?'라며 이상하게 생각했다.

그러던 나도 별수 없이 확산되는 스마트폰의 파장波長에 휘둘린다. 두어 달 전에 산 스마트폰을 손에 들고 산다. 전차 칸에서 나무랐던 그들과 똑같이 화면에 시선을 꽂는다. 종래 컴퓨터로 주고받던 이메일을 손 전화로 보내고 받는다. 시시각각 화면에 뜨는 국내외 소식을 하나도 놓치지 않으려는 자신을 본다. 흔들렸다. 많이 흔들렸다.

그 옛날 할아버지 나이 대帶를 훨씬 넘긴 나는, 손에 든 스마트폰에 귀 기울이며 산다. 조마조마한 마음으로 누구한테 무슨 전화가 걸려올까. 어떤 메시지가 날아올까? 울릴 신호음에 긴장한다. 내일이면 무엇이 어떻게 달라질지. 나의 유전적인 '정체성'은 또 얼마나 흔들릴지.

빠르고 편리한 세상. 그 세상을 벗어나 외톨이로 살 수는 없지만, 때론 긴 담뱃대 들고 느긋이 한시漢詩 읊던, 할아버지의 여유로운 모습이 그리운 요즘이다.

# 부추, 그와의 우연한 만남

우연한 만남이었다.

어디에서 그 씨앗이 날아왔는지? 상추를 뜯고자 밭고랑에 들어서니 상큼한 향내가 난다. 다가가 보니 부추 두 포기가 솔잎 같은 뾰족한 잎을 올렸다. 이건 무단 점거 아닌가! 남의 밭에 승낙도 없이 뿌리를 내리다니, 중얼거리며 망설인다. 뽑아버릴까. 그냥 둘까? '저절로 내 농장에 찾아온 생명인데' 하며 그대로 두기로 마음먹는다.

봄이 가고 8월에 접어드니 여러 잎 사이에서 꽃대를 뽑아 올리더니 민들레꽃처럼 생긴 화관花冠에 20∼30개의 작은 흰 꽃을 피운다. 곱다. 상추·쑥갓과 이웃하여 밋밋하던 채소밭의 분위기를 일신시켜 준다.

그 이듬해 4월, 지난가을의 부추 꽃이 열매를 맺어 씨앗을 뿌렸는지 십여 포기로 늘어났다. 3년째 봄이 되니 이십여 포기로 '부추 일가'를 이뤘다. 채소밭에 들 때마다 그 상큼한 향내를 맡으며 찾는 '부추 일가'가 대견해 보였다. 내가 씨앗을 뿌린 것도, 모종을 사다 심은 것도 아니었다. 그렇다고 다른 채소처럼 거름이나 물을 주면서 가꾸지도 않았다. 해 준 건 부추 사이에 난 잡풀을 뽑아준 게 전부이다.

그런데 예상외로 보답이 풍성하다. 한 포기에 많은 잎(5∼10개)을 올려 자란다. 그 어느 작물보다 성장이 빨라 자주 그 부추를 베어다 먹는다. 향내와 더불어 맛도 있지만, 그것보다도 건강에 좋다고 하여 즐겨 먹는다.

베어온 부추를 물에 씻은 후 가위로 잘게 자른다. 그런 다음 금방 푼 밥에 자른 부추와 참기름 한 숟가락 넣고 고추장으로 비벼 먹으니 그 맛이 일미다. 소화 잘 되고, 비타민 많으며 간과 신장에 좋은 채소다. 특히 혈액순환과 신진대사를 활발하게 하여 정력 특효제로 알려졌다. 그래서 양기초陽氣草·기양초起陽草라 불린다.

부추를 많이 베어 오니 조리하는 음식도 다양해진다. 오이소박이·부추전, 부추잡채·된장찌개 등으로 이용하게 돼 부추가 자라나기 바쁘다. 2주일이면 한 뼘 정도 자라는 부추를 4월부터 11월까지 수시로 베어다 먹는다. 베어도 베어도 다시 자라는 강한 생명력, 그렇게 강하니 몸에 좋은 채소이지 싶다.

그런 부추의 힘이 어디에서 나올까? 뿌리 주위의 흙을 파 본다. 파뿌리처럼 생긴 실뿌리가 둥글게 엉켜 있다. 엉킨 많은 뿌리에서 그런 힘을 얻는가 보다. 실 같은 뿌리가 나고 또 나서 땅속의 줄기가 분얼分蘖하여, 포기수를 늘려나가니 이제 두어 평 되는 땅을 제 영역으로 넓혔다. 그만큼 베어 갈 부추가 많아지니 이웃 생각을 한다. 우리 집만이 아닌 아파트 이웃에 부추를 나눠준다.

"저희 밭에서 베어 온 부추입니다."

"고맙습니다. 부추 향이 신선합니다."

그 덕에 뜸하던 이웃과의 주고받는 정이 오간다. 건네준 부추에 대한 답례가 온다. 참외·빈대떡·파전 등의 음식이 오가니 서로 만난다. 이웃을 방문하는 발길이 트인다. 만나서 소통하니 더 가까운 이웃이 된다. 부추가 닫힌 문을 열어, 또 하나의 만남을 맺어준 것이다.

그뿐만이 아니다. 영하 16~17도를 오르내리던 지난겨울 동안 감기 한 번 걸리지 않고 지낼 수 있었던 것도, 만나는 사람들로부터 전보다 혈색이 좋아졌다는 말을 듣는 것도 부추 먹은 덕이지 싶다.

살아오면서 부추 같은 만남, 몸에도 좋고 이웃과의 소통에도 활력을 주는, 그런 끈끈한 만남도 그리 많지 않을 것이다. '우연한 만남'을 소중히 여겨야겠다.

# 녹綠

'쓰지 않으면 녹이 슨다.'란 옛말이 가슴에 와 닿는다.

유난히 춥던 겨울이 가고 봄바람이 분다. 산마루가 푸릇푸릇하고 들새도 잠을 깨어 날갯짓하는 시흥농장을 찾는다. 조경수(주목과 벚나무) 천여 그루를 심은 지 6년이 됐다. 내 키보다 높이 자란 그 나무를 돌아보니 웃자란 가지가 더러 눈에 띈다.

'잘라 줘야지'라며 창고에 들른다. 연장 상자에서 전지가위를 꺼내니 벌겋게 녹이 슬었다. 손잡이를 쥐고 움직여 보니 뻑뻑하여 칼날이 제대로 맞물리지 않는다. 사포沙布로 그 녹을 닦으면서 녹슨 원인을 생각한다.

지난여름에 쓴 전지가위가 한 해 동안 창고에서 잠을 잤다. 긴 겨울을 나면서 쇠붙이에 습기가 스며들어 녹이 되었다. 그동안 한 번이라도 꺼내 습기를 닦아주던가, 몇 번 사용했더라면 녹슬지 않았을 것이다. 밀폐된 공간에 넣어 둬 햇볕을 받지 못해, 멀쩡하던 전지가위가 산화하여 녹이 슬었다.

그뿐만이 아니다. 같은 창고에 보관한 다른 연장도 마찬가지다. 낫·호미·삽 등도 군데군데 녹이 보인다. 그 녹을 닦으면서 자신을 의식한다. 이 연장들처럼 오랫동안 쓰지 않아 녹슨 데가 내겐 없는지?

누구나 그러하지만, 직장 생활할 때는 바쁘기 마련이다. 할 일도 많고 신경 쓸 일이 한둘이 아니다. 아래위 사람과 인간관계를 잘 유지해야 하고, 때 되면 승진도 해야 한다. 일도 열심히 하여 나름대로 실적과 실력을 쌓아가야 한다. 거기에다 내가 다니던 직장(KOTRA)은 국내외 순환근무로 자리잡힐만하면, 옮겨 다니곤 하였으니 언제나 마음이 바빴다. 바쁜 만큼 '신경 세포'도 쉴 틈이 없었다. 밤낮으로 '수출목표' 달성이란 힘겨운 과제가 어깨를 무겁게 했다.

직장 일만이 아니다. 애들이 한창 자라며 공부할 때라 여러 면으로 신경 쓸 수밖에 없었다. 거주지가 2~3년마다 바뀌는 낯선 환경에 적응하고자 애를 썼다. 애들의 언어교육과 더불어 주재지의 생활풍습 등에 빨리 익숙하려고 부단히 노력하였다. 그렇게 부지런히 자신과 가족을 위해 힘쓰던 그 시절도 흐르는 세월에 묻혔다.

어느덧 애들도 성인이 돼 다 제 갈 길로 떠났다. 밤낮없이 신경 쓰던 직장 일에서도 손 뗀 지 어언 이십여 년이 가까워져 온다. 그동안 하릴없이 빈둥빈둥 논 건 아니다. 나름대로 산을 찾아 건강을 다지고, 농장에 조경수를 심어 가꾸고, 틈틈이 글도 쓰곤 하였다.

그러나 지난날 직장 다닐 때처럼 경쟁을 의식하지 않는다. 늘 뇌리를 떠나지 않던 목표 달성(수출목표)이란 임무에 신경을 곤두세우지도 않게 되었다. 그만큼 머리 쓸 일이 줄어든 셈이다. 짐작건대 직장 다닐 때 굴리던 신경세포가 100이라면 그중에서 30%의 세포는 '머리 창고'에서 쉬고 있지 않나 싶다. 쉬고 있는 그 세포가 녹이 슬었는지 신경이 무뎌지고, 기억력도 감퇴하여 간다.

이따금 찾아오는 건망증이 그렇다. 물론 노화에도 원인이 있긴 하겠지만, 머리 쓰는 일이 줄어들었기 때문이다. 직장에서 일할 때만큼 신경을 쓰지 않는데다 머리 쓰며 생각하던 일을 인터넷이 대신한다. 알고 싶은 자료나 답을 손에 든 스마트폰이 인터넷에서 불러온다.

기억의 달인, 인터넷의 기술발전이 뇌의 능력을 떨어뜨린다. 뇌가 할 일을 잃어, 반실업半失業 상태가 되어 간다. 실업의 뇌세포가 '머리 창고'에서 긴 잠을 자면서 녹이 슨다. 녹슨 그 세포가 건망증을 불러온다.

호주머니에 든 열쇠를 이 방 저 방 찾아다니는가 하면, 손에 볼펜을 쥐고도 책상 서랍을 뒤진다. 외출하고자 전철역을 향하다가 '아차, 지갑!' 하며 되돌아오기 일쑤이다. 아무래도 뇌세포가 녹슨 탓인 것 같다. 쓰지 않아 녹슨 뇌세포는 점차 퇴화할 뿐 아니라 개체細胞 수도 줄어든다고 하니 염려스럽다.


걱정만 할 일이 아니다. 인터넷 사용을 줄여 가면서 녹슨 연장은 닦아 쓰면 된다. '뇌의 녹'은 손으로 닦을 수는 없지만, 앞으로 신경 쓸 일거리를 만들어 활성화해 가면 된다. 하지만 살아오며 우선순위에서 떠밀리기만 한, 누구를 그리워할 수 있는 감정의 '愛 세포'가 내 '마음 창고'에 깊숙이 묻혔다. 오랫동안 쓰지 않아 녹이 슬었을 것이다. 지난 그 세월의 더께만큼 겹겹의 녹이 쌓였을 것이다. 이제 그 녹을 벗길 수 있을까. 녹여낼 수 있을까? 식은 내 가슴의 열기로.

# 나눔, 건성으로 살지 말고

　때때로 '나눔'이란 말에 부끄러움을 느낀다. 번번이 나누며 살아야지 하면서도 실천하지 못하는 게 나눔이다.

　여유가 많다면 남들처럼 보육원이나 구호단체에 찾아가 뭉칫돈을 전할 수도 있으련만, 그렇지 못하다. 겨우 세끼 밥 먹고 사는 처지라서 고작 연말 길거리를 걷다가 불우이웃돕기 캠페인 함에 몇천 원 넣어주는 게 나눔의 전부이다. 때문인지 어려운 이웃에게 선행하는 얘기를 들을 때면 적은 금액으로나마 나도 '그래야 할 텐데….'라고 뉘우치기 일쑤이다. 그래선지 '미리내가게'란 기사가 나의 눈길을 붙든다.

　올해(2013년) 초, 처음 시도된 '나눔 실천' 운동. 가게 이용자가 돈을 미리 내놓고, 자신과 지인, 또는 어려운 이웃이 차나 음식을 먹을 수 있게 하는 선행이다. 동서울대 전기정보제어과 김준호 교수가 창안, 경남 산청山靑의 '후후커피숍'이 최초로 회원 가게에 가입함으로써 시작됐다. 김 교수는 '기부록'이란 기부 애플리케이션application(응용 프로그램)을 만들어 운영 중인 '적극적 나눔 실천가'이기도 하다.

그는 지난 1월, 기업의 사회적 책임 관련 자료를 수집하다가 우연히 이탈리아의 '서스펜디드 커피suspended coffee*' 운동을 알게 됐다. 커피숍 방문자가 맡겨놓은 돈으로 형편이 어려운 누군가가 무료로 커피를 마실 수 있는 나눔 방식이다. 주로 노숙자나 커피 사 마실 돈이 없는 사람들에게 혜택을 줌으로써 그들이 '아직은 살 만한 세상'이라는 희망과 '나도 언젠가는 커피값을 맡겨놓는 사람이 되겠다'는 노동의 동기 부여 효과도 있는 것으로 알려졌다.

김 교수는 '서스펜디드 커피' 방식보다 진일보한, 우리 실정에 맞는 기부 모델을 만들었다. 커피숍에 국한하지 않고 식당과 여타 업종으로 그 범위를 넓혔으며, 꼭 어려운 사람이 아니더라도, 누구나 '누구누구가 맡겨놓은 커피값, 음식값'을 이용하도록 했다. 운동의 이름도 '돈을 미리 낸다.'는 개념을 담은 '미리내가게'로 정했다.

어려운 이웃에게 적은 금액을 기부하기에 편리한 방식이다. 나처럼 '나눠야지.' 하면서 미적거리는 이에게 안성맞춤이다. 한데, 뉘우친다. 김 교수처럼 필요하면 방법과 수단을 마련할 수 있는데도 나는 그렇지 못했다.

평소 나눠야 한다는 것을 느끼면서도 그 실천 방법을 강구하지 않고, 그냥 '실천하기 어렵다'란 자기변명을 하며 살아왔다. '생각의 한계'다. 비단 나눔만이 아닐 것이다. 마음이 하고자 하는 내면의 소리에 더 적극적으로 다가가야 하지 않겠는가. 구차한 변명이나 하면서 건성으로 살지 말고!

'미리내가게를 보자.' 산청의 '후후커피숍'이 지난 5월 8일 첫 번째 꽃을 피웠다. 그 이후 입소문을 타고 업계에 널리 알려져 7월 현재 전국 40여 곳의 가맹점이 생겼다. 점차 생활 수준 향상에 따라 시민의 '나눔 운동'이 활성화되고 있는데다 '미리내가게'란 이름이 재미있고, 기부 참여 방식이 독특해 이 가게는 빠른 속도로 점포망이 늘어날 것으로 보인다.

서울에도 '노PD네 콩 볶는 집(마포구 합정동)'을 비롯해 세 군데나 문을 열었다. 내가 사는 여의도에도 곧 '미리내가게'의 간판을 볼 수 있을 것이다. 어차피 마시는 커피, 이왕이면 차도 마시고 나눔도 할 수 있는 그 가게에 들여, 한두 잔의 커피값을 맡겨두면 어려운 이웃이 '맡겨 놓은 돈 있어요?'라며 차나 음식을 먹을 수 있을 것이다. 나눔을 하고자 하는 이도 그 나눔을 받는 사람도 편리하게 됐다.

가슴에 잔잔한 물결이 인다. 내 삶을 '건성으로 살지 말고' 더 진지하게 살아가자는 쐐기의 물결, 하루 너덧 잔씩 마시는 커피를 줄여, 덜 마시는 그 커피값을, 아니 거기에 더 보탠 금액을 '미리내가게'에 맡기자는 다짐의 물결.

이제, 그동안 마음속으로만 느꼈던 '작은 나눔'을 실천할 기회가 온 것이다. 내가 맡긴 돈으로 누군가가 따뜻한 음식을 먹으며 피우는 얼굴의 꽃을 떠올리면서, 나도 나누며 산다는 작은 보람을 맛보리라.

*서스펜디드 커피: 백여 년 전 이탈리아 남부 나폴리 지방에서 'caffe sospeso(맡겨

둔 커피)'란 이름으로 전해 오던 전통에서 비롯됐다. 이후 거의 자취를 감췄다가 2010년 12월 10일 세계 인권의 날에 즈음해 이탈리아에서 '서스펜디드 커피 네트워크'란 페스티벌 조직이 결성되면서 다시 활성화됐다. 150여 개의 서스펜디드 카페를 가진 불가리를 비롯해 미국, 영국, 러시아, 캐나다, 호주, 한국 등으로 확산하고 있다.

# 문학 기행, 향수를 불러오는

　어릴 적 소풍 가듯 들뜬 마음으로 관광버스를 탄다. 며칠 간 내리던 비가 멎고 쾌청한 초여름 날씨. 스치는 싱그러운 가로수가 마치 고향을 찾아가는 플라타너스 그 길인 듯 설렌다.

　문학 기행 가는 길. 버스가 중부 내륙고속도로에 들어서자 여강시가회如江詩歌會* 고문(원용우 교수)이 인사말을 한다. "많은 회원이 참석해 주셔서 감사합니다. 덕분에 화창한 날씨입니다. 오늘 문학 기행은 김천 정완영鄭椀永 문학관과 직지사直指寺를 거쳐서, 충북 옥천에 있는 정지용鄭芝溶 생가를 돌아봅니다. 들르는 곳마다 좋은 작품 소재를 발굴하시기 바랍니다."

　인사말에 이어 참석회원 39명에 대한 소개가 끝나자 기다렸다는 듯이 이미숙 선생의 시조창唱이 이어진다.

　나비야 청산에 가자. 범나비야 너도 함께 가자.

가다가 저물거든 꽃에 들어가 자고 가자.

꽃에서 푸대접하거든 잎에서라도 자고 가자꾸나.

......

호흡이 긴 그 가락을 들으니 먼 산에서 구름이 떠오르듯, 큰 바위가 굴러내리듯, 강물이 굽이쳐 흐르듯 하는 그 창에 귀를 기울인다. 이어서 회장(모상철)의 '고향의 봄' 하모니카 연주를 들으며 창밖에 펼쳐지는 충주 벌의 풍경에 젖는다.

모심기가 끝난 넓디넓은 들. 논마다 물이 가득 채워져 찰랑거리는 잔물결이 고향의 들판(고론지)과 겹친다. 어릴 때 모심기하던 날, 마을 어르신들의 구성진 농악 소리, 논둑에서 어머니가 정성껏 차려주신 새참을 먹던 생각, 모심기하는 날 못줄 잡아주며 온종일 땀 흘리던 일……. 그 논의 흙탕물이 발에 밟히는 것 같다.

차창 너머 스치는 진초록 보리 이삭·피어난 보랏빛 감자 꽃·대나무로 에워싸인 농촌 마을의 풍경이 고향 집을 그리게 한다. 그런 생각에 젖는 사이 버스는 '영남 제일 문'에 들어선다. 경북으로 접어드는 길목, '영남'이란 말이 영천永川(내 고향 )에 들어서는 듯 반갑다.

'풍요로운 행복 도시'란 현수막을 지나, 직지사로 가는 길엔 벚나무가 줄을 지어 서 있다. 차는 어느덧 백수 문학관에 닿는다. 입구에 우뚝 선 '白水 鄭梡永 先生像'이 우리 일행을 맞이한다.

현대 시조의 선구자인 정완영 시인의 흉상과 연보로 그의 삶을 한눈에 알아볼 수 있는, 제1전시코너부터 시작하여 그의 창작 시집, 문학적 배경과 창작 모습, 그리고 대표 작품들을 멀티비전으로 감상할 수 있는 제7전시코너까지 이어진다. 전시코너를 더듬어 가다 보면, 어느새 우리는 백수 문학과 그의 삶에 흠뻑 빠져든다.

신춘문예 3관왕이 그의 글을 말해 준다. 1960년 국제신보에 시조 <해바라기>, 1962년 조선일보에 시조 <조국>, 1967년 동아일보에 동시 <해바라기처럼>가 뽑혔다. 초·중·고 교과서에도 그의 작품 <분이네 살구나무>, <부자상父子像>, <조국>이 각각 실렸다. 문단에 등단한 후 천여 편의 시조를 썼다. 난 지금 몇 편의 글을 썼을까? 부끄럽다. 고향을, 향수를 그리는 시조만도 백 편이 넘는다고 한다.

그의 시조는 생활의 도시화와 더불어 거칠어지고 굳어지는 우리네 마음을 '고향'이란 정서로 부드럽게 순화하고, 생활에 여유를 주는 작품들로 정평이 나 있다. 95세의 고령에도 태어난 황악산黃岳山 (1,111m)자락에서 작품 활동을 이어가고 있다. 고향에 대한 애착이 유별나 그의 시조 문장 곳곳에서 향수를 느끼게 한다. <시인의 고향> 초장이 그러하다.

경부선 김천에서 북으로 한 20리
추풍령 먼 영마루 구름 한 장 얹어두고
밟으면 거문고 소리 날듯도 한 내 고향길.

정완영 시인학교란 넓은 잔디밭 너머 졸졸 흐르는 물소리를 들으며 직지사 경내로 들어선다. 소나무·느티나무·잣나무 등의 아름드리나무가 우거진 입구에 '동국제일가람東國第一伽藍 황악산 직지사'란 간판이 말해 준다. 한국 불교 1천6백 년의 역사와 그 세월을 같이 한 절이란 것을. 절 곳곳에 작약(목단과)이 붉게 붉게 피어 있다. '들어가지 마세요. 숲이 아파요'란 안내 표지판이 눈길을 끈다.

이 절은 신라 눌지왕訥祇王 2년(418), 아도화상阿道和尙이 지었다. 불교 본연의 직지인심直指人心을 상징하는 의미로 붙여진 사명寺名이다. 약 3만 평에 이르는 경내엔 벽화로 유명한 대웅전(보물 1576호)과 동자상·천불상을 모신 비로전毘盧殿·관세음보살을 모신 관음전觀音殿을 비롯한 열한 채의 사찰과 석조여래좌상石造如來坐像(보물 319), 그리고 2개의 3층 석탑(보물 606, 607) 등의 문화재가 있다.

경상·충청·전라의 3도道를 굽어볼 수 있다는 황악산 비로봉毘盧峰을 쳐다보며 직지사를 벗어나 마지막 여정인 충북 옥천으로 향한다. 버스가 달리는 황악산 기슭은 그 산의 운치만큼이나 숲도 깊다. 마치 나의 고향 마을에서 포항 가는 28번 국도 따라 삼성산三聖山 시티재를 넘는 환상에 젖는다. 안강安康 장에 아버지 따라다니던 그 시티재가 눈앞에 어른거린다.

옥천 가는 길 따라 들어선 가로수마다 '향수'란 팻말이 붙었다. 안내 표식인 동시에 밤에는 야광이 돼 안전 운행을 도와준다. 정지용의 '향수'란 시제詩題가 옥천을 상징하는 브랜드이며, 길잡이가 되었다. 버스는 4번 국도를 40여 분 달려 옥천읍 하계리 정지용 생가 앞에 멎는다. 일행이 차에서 내리며 이구동성으로 "마치 고향에 온 기분"이라며 생가 입구에 있는 시인의 대표작, <향수> 시비 앞에 둘러선다.

넓은 벌 동쪽 끝으로

옛 이야기 지즐대는 실개천이 휘돌아 나가고

얼룩백이 황소가

해설피 금빛 게으른 울음을 우는 곳,

그 곳이 참하 꿈엔들 잊힐리야

......


생가 앞 청석교 아래는 <향수>의 서두에 쓴 '실개천'이 휘돌아 흐른다. 그 길 따라 작은 사립문 사이로 집 안에 들어선다. 두 채의 초가와 돌담·우물·장독대 등이 내 고향 집에 들어서듯 반갑다. 정원에 주먹만 한 수국水菊 꽃이 주렁주렁 달렸다. 입구 우측엔 큰 감나무가 꽃을 피우며 서 있다.

보통 장독대는 뒤란에 두는데 시인 생가에선 출입문 좌측 담장 밑에 10여 개의 단지가 놓여 있다. 집을 돌면서 시인이 거처하던 방을 들여다 본다. 저 작은 방에서 맛깔스러운 시를 쓸 수 있었으니 놀랍다. 그의 숨결이 밴 방 안의 질화로와 등잔이 시어詩語가 되었고, 이 초가의 흙과 두엄 냄새가 더욱 그를 향수에 젖게 하였을 것이다.

생가 옆 문학관에 들어서니 시인의 좌상이 첫눈에 들어온다. 그 모형 옆에 앉아 기념사진을 찍고, 동선 따라 어두운 터널에 들어선다. 음악과 함께 정지용의 '시 세계, 지용 연보, 삶과 문학, 문학 지도, 시와 산문집' 등이 주제별로 벽면에 전시돼 있다.

문학 체험관은 멀티미디어 기법을 활용했다. 관람객이 그 자리에서 문학 체험을 할 수 있는 공간이다. 양 손바닥을 내밀면 손 위에 흐르는 시어를 읽어 보며 배경음악과 더불어 시인의 '시 세계'를 눈과 귀, 몸과 마음으로 느끼는 감동을 준다.

독창적이고 세련된 언어 감각으로 국민의 노랫말이 된 <향수>, 그 시를 발표한 후 그는 도쿄 유학에서 돌아와, 이 집에서 잃은 조국에 대한 심정을 <고향>이란 시로 나타냈다.

고향에 고향에 돌아와도
그리운 고향은 아니러뇨.

산꿩이 알을 품고
뻐꾸기 제철에 울건만,

마음은 제 고향 지니지 않고
머언 항구로 떠도는 구름.
……

일본 유학하는 동안 이상적 공간이었던 고향의 상실감, 나라 잃은 민족의 아픔을 나타낸 시가 아닌가 싶다. 그렇게 고향과 조국을 그리는 시를 썼던 시인은 6·25전쟁의 와중에 사망한 것으로 알려졌다. 그는 저승에서도 이 초가와 휘돌아 나가는 실개천을 그리워하고 있을 것이다.

오늘 여강시가회 문학 기행 내내, 꿈결에 고향 곳곳을 돌아다니듯 가슴이 설렜다. 고속도로를 달리는 차 창 너머 펼쳐진 충주 벌에 겹치는 고향의 들판을 떠올리면서, 백수 문학관에서 그의 시조 <시인의 고향>을 읽으면서, 직지사에서 옥천을 향하며 아버지와 함께 안강 장에 가는 환상에 젖으면서, 그리고 정지용의 생가에서 그의 시 <향수>와 <고향>이 탄생한 바탕과 배경을 두루 돌아보면서.

설레기만 했으니, 남들처럼 '고향', 당신을 그리는 시 한 편을 쓰지 못했으니 미안한 마음이다. 내게 그럴만한 글재주가 없으니 안타까울 뿐이다. 하지만 오늘 온종일 당신만을 생각하였다. 그 미련이 아직도 남은 듯, 푸른 하늘에 뭉치 구름으로 피어올라 남으로 남으로 흐른다.

*여강시가회: 한국 교원대 대학원에서 고전 시가를 지도하시던 원용우 교수의 제자들과 광진문화원 시조반 수강생으로 구성된 '시조 사랑' 모임.

# 고디이 국, 그 식도락 60여 년

　배곯지 않고 사는 게 꿈이던 시절이 있었다. 내 젊은 시절, 궁핍한 생활에 뭐 내세울 만한 '식도락'이 있었겠는가마는, 찌든 가난 속에서도 즐겨 먹는 음식이 있었다.

　고디이(다슬기) 국. 그 시절 고향 청계천淸溪川엔 고디이가 흔했다. 경북 영천永川과 경주시慶州市 경계 따라 흐르는 그 계천의 물은 맑았다. 여름철이면 훌쩍 뛰어나가 물놀이하던 곳이요, 때때로 여동생과 같이 고디이를 줍던, 연중 마르지 않는 계천이었다.

　초등학교 다닐 때, 여름 방학이면 어머니는 내게 두 가지 일을 주셨다. 그 중 하나는 소를 먹이는 일이었다. 하루치 소죽을 끓여 먹일 풀을 베어다 놓는 일과 산비탈에 나가 소에게 풀을 뜯기는 일이었다. 그리고 또 한 가지 일은 일주일에 한두 번 계천에서 고디이를 주어 오는 일이었다. 어머니는 내가 친구들과 다른 곳에 놀러 가는 것은 극구 만류하셨지만, 여동생과 같이 계천에 고디이를 주우러 간다고 하면 기꺼이 외출을 허락해 주셨다.

그도 그럴 것이 반찬거리가 마땅찮던 그 시절, 고디이를 주어 오는 날 저녁은 정구지(부추) 무침에 그 국 한 가지로 일곱 가족이 즐겁게 저녁밥을 먹을 수 있었기 때문일 것이다.

내게도 고디이 줍는 일은 퍽 즐거웠다. 여름이 한가운데로 접어들면 계천에 나가 물놀이를 할 수 있는 데다 고디이 줍는 일도 여간 재미있는 일이 아니었다. 여동생이 계천 바닥에다 소쿠리를 대어 주면 나는 기다란 밀대로 물을 일렁일렁 움직여 떠오르는 고디이를 바가지에 주워 담곤 했다. 한 시간이면 한 바가지를 주울 수 있었다. 주운 고디이를 어머니에게 건네주면 그렇게 좋아하실 수가 없었다.

건네받은 그 고디이를 채에 담아 껍데기에 묻은 이끼 등을 깨끗이 씻은 후, 삶아서 바늘을 돌려가며 속살을 빼내셨다. 그런 다음 고디이 우린 국물에다 그것의 속살과 함께 들깻가루·정구지·파 등을 넣은 다음, 된장을 풀어 가마솥에 푹 끓여 주시던 그 국 맛을 지금도 잊지 못한다.

무더운 여름철, 마당에 모깃불을 피워 놓고 온 식구가 멍석에 둘러앉아, 땀을 뻘뻘 흘리면서 그 국을 즐겨 먹곤 했다. 쌉싸래한 그것의 속살이 맛있을 뿐 아니라 푸르스름한 국물이 시원하고 개운하였다. 어머니는 "위장·간·빈혈에도 고디이만한 음식이 없다."라고 하시며 으레 국을 더 떠 주시곤 하셨다.

그런 추억 때문인지 지금 사는 서울에서 지방으로 여행할 때면 그 지역 고디이 전문식당을 찾기 일쑤이다. 이를테면 올갱이 축제가 열리는 충북 괴산 올갱이 해장국집, 경북 군위의 고디이탕집, 충북 보은

미락식당 등 곳곳의 맛집을 찾아다닌다.

남들은 복날이면 삼계탕이나 보신탕집을 찾지만, 나는 서울에서 소문난 K 다슬기 식당을 찾아간다. 맛도 맛이려니와 이맘때가 되면 그 옛날 고향 집 마당에서 온 가족이 같이 먹던, 정겨운 분위기와 그 맛을 다시 그리기 위해서다. "마이 묵어라(많이 먹어라), 더 묵어라."라고 하시던 어머니의 그 목소리를 또 한 번 듣고 싶은 '모정慕情의 그리움'일 것이다.

또한, 고디이를 떠올리면 나를 일깨워 주는 채찍이 된다. 고디이국을 더 좋아하는 또 하나의 이유이기도 하다. 나사 모양으로 꼬여 있는 단단한 껍데기는 제 몸도 몸이려니와 그 몸 속에 있는 알, 즉 후손에 대한 울타리, 두터운 사랑이 아닌가. 몸의 색깔도 제가 붙어사는 바위나 돌의 색깔(황갈색, 또는 흑갈색)로 닮아가는 건 또 얼마나 주위 환경에 잘 적응하는 지혜인가. 앞부분이 크고 꼬리 부분이 작은 형태는 오직 앞으로 전진할 뿐, 뒤로 후진할 줄 모르는 그 진취성을 나는 고디이로부터 배운다.

그런 환경 적응력 때문일까. 고디이는 산지에 따라 개체 변이가 심하다. 색깔도 크기도 다르다. 그래선지 지역에 따라 부르는 이름도 다양하다. 서울에선 다슬기, 경상도는 고디이, 충청도와 강원도는 올갱이, 전라도는 대사라 또는 대수리로 불린다. 우리나라의 강, 연못, 개울, 호수 등에 널리 서식하고 있는 유용한 구황救荒 식품이다.

오늘도 나는 K 식당에서 다슬기국을 먹으면서 그 옛날을 떠올린다.

마당 멍석에 온 식구와 같이 훌훌 먹던 그 구수한 고디이 국의 맛을 다시 음미한다. 어머니가 갖은 양념을 풀어 넣고 끓여 주시던 그 정성의 맛, 온 가족이 둘러앉아 같이 밥을 먹던 그 정겨운 분위기의 맛, 그리고 또다시 맞이할 수 없는 그 시절에 대한 아쉬움의 맛.

"마이 묵어라, 더 묵어라."라고 하시던 어머니의 정겨운 목소리를 자꾸 듣고 싶다. 그렇듯 '고디이 입맛'이 60여 년이나 이어져 오고 있다.

# 억지웃음 짓고서

'웃어야 복 받는 날', 오늘 C 신문에 게재된 나의 운세다. 한창땐 거들떠보지도 않던 '오늘의 운세'에 언제부턴지 거기로 시선이 간다. 나이 탓일까?

웃음, 그 샘이 바짝 마르지 않았을까. 웃어 본 적이 아득하다. 미국에 사는 손녀들이 다녀간 지가 1년이 가까워져 온다. 아내도 외손녀 보러 일본에 가 있다. 성격이 무뚝뚝한데다 곁에 가족마저 없으니 웃을 일이 없다. 온종일 말 없는 고적한 나날.

많지 않은 가족이 흩어져 산다. 내 탓이다. 재직 시 근무지가 외국이라서 동반가족으로 따라다녔던 애들이 제가 공부한 데서 취업하여 산다. 큰애는 미국에, 두 딸은 일본에. 그러니 본의 아니게 이산가족인 셈이다. 늘그막에 혼자 살면서 하는 일이란 게 다람쥐 쳇바퀴 돌듯 거기서 거기다.

아침 먹으면 조경수造景樹 키우는 시흥 밭에 나간다. 농막에서 옷

갈아입고 즉석커피 한 잔 뽑아 먹곤 밭고랑을 돈다. 주목·벚나무 가지 치고, 풀 뽑고, 채소밭에 물주며 1,200평 밭을 한 바퀴 돌아 나오면 때가 된다. 식당에 전화하여 배달해 준 밥으로 점심을 때운다.

비라도 오는 날은 나를 업데이트한다. 도서관에 들러 신간 도서를 읽는 게 일과다. 시사지時事誌도 빼놓지 않는다. 국내외 주요 신문·잡지의 머리기사 줄거리를 건너뛰듯 본다.

그러니 웃을 일이 거의 없다. 어쩌다가 친구들과 어울려도 산에 다니는 등산 이야기, 아니면 병원 드나들며 진료받는 아픈 얘기가 대부분이다. 젊은 시절 서로 만날 때면 손 흔들고 활짝 웃던 싱싱한 모습은 찾을 길이 없다. 남들처럼 애완견이라도 기른다면, 집에 돌아올 때 꼬리를 살랑살랑 흔들며 반겨주는 그 모습에 웃음을 띨 수 있을 텐데……. 그마저 아파트 생활이라 여의치 않은 실정이다.

티브이를 켠다. '웃음 프로'라도 있을까 해서다. 채널을 돌려보지만, 아침 시간이라 오락 프로는 찾을 수 없다. 문득 떠오르는 '아침마당(월~토, 08시 25분)' 프로도 시간이 지났다. '웃어야 복 받는 날인데~'라며 거울 앞으로 다가간다.


청춘 시절을 떠올리며 그때의 눈웃음을 다시 지어본다. 거북등처럼 쭈글쭈글한 이마 아래 눈썹을 크게 뜨며, 웃는 억지웃음이 어쩐지 어색하다. 쑥스럽긴 하지만, '억지웃음' 짓고서 기다리는 '복'. 운세에라도 의지하고 싶은 힘 빠진 인생. 나만 이럴까? 언뜻 내다본 하늘에 무지개가, 나를 보고 웃는다.

# 이 일을 우얄꼬

살면서 '한 번 뱉은 말은 주워 담을 수 없다'란 말을 한두 번 들은 게 아니건만, 석양에 기운 이 나이에도 신중하지 못한 말을 한다. 오늘도 무식의 수준이 드러나는 어이없는 실언을 했다.

창수등산회創隨登山會 유월 산행. 10여 명씩 참석하던 회원이 오늘은 6명(남4, 여2)이다. 목적지 불곡산佛谷山(470.7m)이 가파른 산인데다 한여름 더위로 참석이 저조한 것 같다. L 회장이 단출한 산행이라며 앞장을 선다. 양주역에서 10여 분 걸어 시청 뒤 등산로 따라 상봉을 향한다. 32〜33도를 오르내리는 찜통더위에 연신 땀을 닦으며 걷는다. 얕은 산언덕에 올라서니 여기저기에 밤꽃이 한창이다.

어린 시절이 떠오른다. 이맘때면 고향 마을 삼성산三聖山에 무리지어 피던 밤꽃. 벌이 윙윙거리긴 하였지만, 꽃처럼 보이지 않았다. 뭐이런 꽃이 있나? 색깔도 희끄무레하고 모양도 마치 여우 꼬리를 닮았다. 꽃자루에 밀가루 같은 화분花粉을 피침처럼 달고 있어 꽃이라기보다 새로 돋아나는 줄기처럼 보였다.

'꽃' 하면 떠오르는 수식어가 화려함과 감미로운 향기이다. 그런데 밤꽃은 생김새도 그러하거니와 향기 또한 생선 비린내 같은 비릿한 냄새다. 이러한 모양과 향기로 어떻게 벌과 나비를 불러모을까 의구심이 들곤 했다. 그렇게 마땅찮게 생각했던 밤꽃의 추억을 그리며 산을 오른다.

땀이 눈을 가린다. 흠뻑 젖은 수건으로 이마를 닦으며 가져온 물을 마시고 또 마신다. 산속에서 들려오는 꿩 울음소리, '삐욱 삐욱' 하는 직박구리 소리가 목말라 물을 달라는 절규로 들린다. 그런 산새 소리를 들으며 하늘로 치솟은 소나무·떡갈나무·물푸레나무 등의 싱그러운 향기를 맡으며 산줄기를 탄다. 20여 분 걸으니 '제2보루'라는 표지가 보인다. 그 표지판 앞에서 회장이 설명한다. "불곡산에는 삼국시대 때 고구려가 세운 성벽인 보루堡壘가 정상까지 아홉 군데가 있습니다. …."

기가 턱 막힌다. 제2보루까지 오는데 많은 땀을 흘리며 헉헉거렸다. 가져온 물병을 거의 다 비웠는데 이제부터 7보루를 더 가야 한다니! '어쩔까, 돌아갈까? 참석 인원도 적은데 나까지 그럴 수 없지' 하며 속으로 마음먹는다. '무리하지 말고 내 페이스로 걷자'라며 천천히 발을 뗀다. 그러니 선두가 잘 보이지 않는다. 걱정되는지 이따금 C 총무가 힐끔힐끔 뒤돌아보기도 하고, 갈림길에선 한참 동안 나를 기다려 주기도 하니 고맙고 미안하다. "저는 더위에 약합니다. 저의 걸음걸이로 따라가겠습니다. 기다리지 마시고 선발대와 함께 올라가시기 바랍니다."

5분간 걷고 1분간 휴식하는 그런 더딘 걸음으로 20여 분 오르니 전면에 하늘이 삐죽이 보인다. 저만치 "아-이-스-께-끼"란 소리가 들린다. 반갑다. 빠른 걸음으로 걸어가니 회원들이 아이스께끼를 줄줄 빨면서 기다리고 있다. Y 부회장이 사 주는 예의 그 얼음과자를 입에 무니 달고 시원하다. 몇 년 만에 먹는 그 맛이 꿀맛이다.

그 아이스께끼를 다 먹으니 "출발합니다."라며 산정을 향해 걷는다. 문득 생각나는 시조를 읊는다. "태산이 높다 하되 하늘 아래 뫼이로다. 오르고 또 오르면 못 오를 리 없건마는……."을 되뇌며 오르고 또 오르니 절벽이 가로막는다. 오랜 침식과 풍화작용으로 바위가 쩍쩍 갈라진 형태의 병풍 바위다. 그 절벽에 놓인 철 계단을 밟으며 올라서니 사방이 확 튄 휴식터다. 삼삼오오 둘러앉은 등산객이 막걸리를 마시며 쉬고 있다.

우리 일행도 양주 벌이 내려다보이는 그늘 밑에 자리를 편다. 저마다 한두 가지씩 가져온 먹을거리를 내어놓는다. 아무것도 준비해 오지 못한 나는 이동매점에서 시원한 막걸리를 사서 신문지 상牀에 올린다. 김밥·맥주·과자·오이·방울토마토 등을 펴놓고 술잔을 채워 H 회원이 건배 제의를 한다. "쓰죽(쓰고 죽자)" 짝 짝 짝.

잔을 주거니 받거니 하며 30여 분 쉬다가 세 회원이 정상까지 다녀오겠다며 자리를 뜬다. 나는 남은 두 회원과 더불어 세상 이야기를 나눈다. 정상이 가까운지 20여 분 만에 돌아온 회원들과 '맛과 멋'이란 S 회원이 보내온 수필 한 편을 낭송한다. 그런 다음 하산 길로 들어선다.

왔던 길로 걷다가 이구동성으로 이왕 온 김에 임꺽정* 생가 터를 보자며, 그 길로 방향을 잡는다. 남쪽으로 내려가는 그 길에 제피(산초의 경상도 방언)나무가 반긴다. 향긋한 그 향이 고향을 불러온다. 어릴 적 어머니가 고추장에 절인 제피 잎을 도시락 반찬으로 넣어주시곤 하였다. 아릿한 그 맛에 즐겨 먹던 생각이 난다.

고향 산천을 떠올리며, 그 시절을 그리워하며 한참 내려오니 표지판이 보인다. 임꺽정 생가 터 안내다. 그 표지판 아래 너른 잔디밭 한쪽에 큰 비석이 서 있다. 4각 돌띠石帶 안, 돌기둥에 굵은 글씨로 '임꺽정 생가 보존비'라고 세로로 쓰여 있다. 그 주위를 한 바퀴 쭉 둘러봐도 집터 유물은 하나도 보이지 않고 비석만이 덩그러니 서 있다.

잔디밭 아래 길쭉한 정원에 개망초가 무리지어 피었다. 그 꽃밭을 구경하고 있는데 총무가 손짓한다. "기념사진을 찍겠습니다. 보존비 앞에 일렬로 서 주십시오."라며 카메라 렌즈를 조절한다. 카메라 앞으로 달려가니 비석 위에 드리운 밤나무 가지에서 밤꽃 향이 확 풍겨온다. 무심결에 "비릿한 이 냄새!" 하니 모두가 깔깔깔 웃음을 터뜨린다. 왜 웃을까? 의아해하며 주위를 살피니 회장이 귓속말로 일러준다. "성페로몬!"

아차 싶다. 또 실수했구나. 점잖은 문인들 앞에서, 특히 두 여성 선배가 있는 앞에서 이런 실언을 하다니! '아 아, 이 일을 우얄꼬'. 삼사일언三思一言할 일이다.

*임꺽정: 조선 명종 때의 의적義賊. 일명 임거정林巨正. 양주에 살던 백정白丁이 었으나 정치의 혼란과 관리의 부패로 민심이 흉흉해지자 일부 백성을 규합하여 황해도와 경기도 일대에서 관아를 습격하고 창고를 털어 곡식을 빈민에게 나눠 줬다.

# 모자帽子 따라온 봄

머리가 세어 간다. 아침마다 거울 앞에서 흰머리가 검은 머리에 가리도록 빗질을 하고 또 한다. 날로 늘어가는 흰머리를 안타까워한다. 그 모습을 눈여겨봤는지 아내가 모자 하나를 가져온다.

"패션 모자입니다. 젊어 보일 거예요."

"어쩐 일이요!"

"머리 세는 걸 아쉬워하는 것 같아서 사 왔습니다."

"고맙소."

그날부터 그 모자를 쓰고 다닌다. 만나는 사람들이 "모자가 참 잘 어울립니다."라며 칭찬해 줄 때면 아내가 사 주었다는 것을 자랑삼아 얘기하곤 했다. 그해, 2012년의 겨울은 몹시 추웠다. 겨우내 그 모자를 쓰고 다녔다. 그래선지 으레 앓던 감기도 걸리지 않고 겨울을 잘 넘겼다.

남녘바람이 불어온다. 어느덧 봄이다. 기온은 따뜻해졌지만, 그 모자를 쓰지 않으면 머리가 썰렁하다. 무엇을 잊은 듯 허전한 느낌이다.

그러니 모자 쓰는 게 하나의 습관이 됐다. 내 몸의 일부로 정착한 모자다.

3월이 가고 4월도 중순에 접어든다. 꽃철이다. 많은 사람이 여의도로 몰려온다. 우리도 윤중로에 벚꽃구경을 가려고 외출 준비를 하는데 아내가 일러준다.

"당신 앞머리가 많이 빠졌어요. 모자를 오래 쓰면 머리가 빠진다고 합디다. 날씨도 따뜻해졌으니 이제 모자를 벗고 다니세요."라며 옷장에 든 모자를 내어주지 않는다.

"어허! 병 주고 약 주네요. 머리 좀 빠지면 어때요."라며 실랑이를 하다가 겨우 그 모자를 받아쓰고 집을 나선다.


눈이 시릴 정도로 벚꽃이 활짝 피었다. 윤중로 벚꽃 길을 오랜만에 같이 걷는다. 휘날리는 꽃잎 따라 가슴에 와 닿는 온기, 모자 사다 주고, 머리 빠지는 걸 걱정하는 그 마음이 무심한 내 마음을 혹했나 보다. 흐드러진 벚꽃이 더 화사해 보인다.

# 썰물로 밀물로

썰물의 긴 여정이었다. 해운대 해변을 떠나 너른 세상으로 항해한 지 어언 반세기가 지난 이제, 밀물이 되어 돌아온 원점, 해운대 백사장.

우리 내외의 첫 기항지였던 곳. 그러니까 1963년 11월 5일 이른 아침, 수평선에 떠오르는 태양에 새로 출발하는 인사를 한다. '끼억 끼억〜' 하며 날아드는 갈매기들도 우리의 항해를 축하해 주는 듯하다. 백사장을 아내와 같이 걸으며 출렁이는 물결을 바라본다. '쏴〜쏴〜' 달려오는 밀물이 뭍에 닿자마자 다시 썰물이 돼 너른 바다로 떠난다. 그때 느낀다. 우리의 항로도 저랬으면, 끊임없이 출렁이는 물결과 같이 활기찬 나날이었으면.

물결이 일러준다. 잔잔한 밀물은 더 센 썰물이 될 수 없다는 것을. 파도가 일지 않는 물은 멈춰 있거나 더디 간다는 것을. 새삼 깨닫는다. 그날이 그날 같은, 호수처럼 조용한 지금의 생활(공무원)을 되돌아본

다. 생동감이 있어야 할 것 같다. 저 조석潮汐의 물결처럼. 그래! '너른 데로 나가 힘찬 행진을 하자.'

다짐하면서 서울로 돌아와, 8년간이나 다니던 직장에 사표를 낸다. 새로 출발한 코트라로 옮기고 나서 당시 국정지표였던 '증산·수출·건설'의 파도를 타야겠다는 결심을 한다. 외국에 나갈 수 있을 것이란 막연한 기대도 이 결단을 부추긴다. 또한 도쿄·뉴욕·런던·홍콩 등지에 무역관이 있다는 게 자극제가 된 것이다. 새로 시작하는 일이 다 그러하듯 공부하지 않을 수 없는 처지.

아침저녁으로 학원을 찾아 외국어(일어·영어·불어)를 배운다. 중학교 시절 5천 단어집을 한 장 한 장 뜯어가며 외우던 그 옛날로 다시 역류하는 물결. 찬바람이 휘몰아치는 영하 10도의 매서운 새벽, 한기가 목덜미에 파고들 땐 '내가 왜 편한 직장을 그만두고 이 고생을 하고 있나?'라며 후회하기 한두 번이 아니었으니. 하지만 그 어느 날인가, 가족을 옆에 태우고 구름 파도를 넘어 너른 물에서 헤엄칠 그날을 의식하곤 한다.

지성이면 감천인가. 가로 늦게 외국어 시험에 몇 번인가 응시해 겨우 외국 파견의 길이 열린다. 1971년 봄, 6년여의 고생 끝에 구름 파도를 타고 첫 기항지 나고야에 내린다.

주소도 없는 신설 무역관. 부랴부랴 집과 사무실을 얻고 애들을 학교에 편입학시킨다. 그때의 대일 수출품이라야 1차 산품이 대부분. 수산물과 농산물(송이버섯·인삼·한약재 등), 그리고 양말·와이셔츠 등의 섬유제품이 주 수출품이다. 낯선 길을 달리며 바이어 문을 두드

리던 어느 날 나무젓가락이 계약되고, 어묵판(어묵을 올리는 나무판)
이 수출된다. 이어서 보드랍고 엷은 한지 화장지가 일본 여인들의 필
수품으로 수요가 늘어 처녀 수출의 길이 열린다. 달마다 독촉받던 신
규상품 수출이다. 노력한 만큼 눈에 보이는 그날그날의 성과에 힘을
얻는다.

그즈음 바이어 10여 명을 인솔하여 대구로 출장을 온다. 도시 주변
마을마다 새마을 기旗가 펄럭이고 잠을 깨우는 종이 울린다. '새벽종
이 울렸네/새 아침이 밝았네/너도나도 일어나/새마을을 만드세ᄉ.' 새
마을 운동과 더불어 이 마을 저 마을로 수출 물결이 출렁거린다. 몇
년 전까지만 하여도 조용하던 골목에 기계음이 들린다. 옷 만드는 재
봉틀 소리, 목공소 톱질 소리, 볼트 너트 조이는 소리 등으로 부산하
다. 일하는 사람들이 잠잘 시간이 부족하다고들 한다.

헤어핀과 손톱깎이를 만들고, 푸른 감을 따서 일본 기모노 천의 염
색재료로 가공도 하고, 구운 오징어를 잘라 땅콩에 싼 다음 그 위에
김으로 돌돌 감는 맥주 안주도, 새로운 상품으로 불티나게 수출되어
간다. '잘살아 보세'란 바람이 수출에 활기를 더해 간다. 부두마다 수
출품이 체화滯貨돼 배[船]를 띄우고 또 띄우니 그때의 썰물과 밀물의
물결도 거세었으리라.

1977년 가을, 두 번째 항해지 로스앤젤레스무역관 부임 길에 경유
지 하와이에 들른다. 와이키키 비치, 'Jack in the Box'란 햄버거집에
서 점심을 먹는다. 커다란 빵 안에 먹음직스러운 고기와 채소, 그리고
햄과 치즈를 넣은 햄버거다. 애들이 이렇게 맛있는 음식은 처음 먹어

본다며 감자튀김까지 하나도 남기지 않고 다 먹는다. 먹고 나서 하얀 스티로폼 일회용 그릇을 휴지통에 넣으며 "깨끗한 그릇인데~"라며 아까워하던 아이들. 그 말을 듣는 순간, '우리도 잘살아야지. 빨리 수출을 늘려 경제 사정이 좋아져야지'라며 스스로 마음을 다잡는다.

그 다짐의 덕인지 로스앤젤레스와 뉴올리언스에서 근무하며 보람을 느낀다. 운이 좋았던 것 같다. 70년대 석유파동 때, 석유 시추가 활발하던 텍사스를 비롯한 루이지애나 주 연안지역에 많은 시설 투자가 이루어진다. 망치 소리 나는 데 길이 있다며 우리나라 비즈니스맨들의 발길이 끊이지 않는다.

미시시피 강 교량 건설용 자재를 수주받고, 우리의 철구조물과 석유 시추용 해상 플랫폼Platform 같은 대형 상품을 수출하게 된다. 사무실 수출실적판의 화살표는 위로위로 솟는다. 상담을 주선하느라고 밤낮없이 바빴지만 힘든 줄 모른다. 그만치 수출이 늘어감에 따라 일에 보람을 느낀다. 뛰어다니며 출렁인 썰물보다 더 불어난 밀물이 된다.

그다음 항해지 브라질 상파울루. 세계 제일의 외채국으로 일반 소비상품은 거의 수입규제에 묶여 있었다. 자국에서 생산되지 않는 수출용 원부자재 일부만 수입을 허용하였다. 그러다 보니 이 나라에 대한 우리의 수출실적이 저조하였다. 뛰어다녀도 실적이 오르지 않았다.

부임한 지 6개월 만에 본국으로부터 경고장이 날아왔다. 분기별 심사분석 결과다. 다음 분기에도 실적이 부진하면 소환한다는 내용. 큰일이지 싶었다. 사용할 데가 그리 많지 않은 포르투갈어를 투덜거리며 배우던 애들이 이제 겨우 슈퍼에 나가 쇼핑할 수 있을 정도로 말을 배워가는데, 이 일을 어떻게 하나! 고민하던 어느 날 신문기사에 시선이 간다.

세계은행 자금으로 펼치고 있는 브라질 전력화電力化 시설에 필요한 자재를 국제입찰로 구매한다는 내용, 이게 기회이지 싶었다. 현지 전력공사 부사장을 우리나라에 초청하여 H 사를 비롯한 중전기重電機 공장을 시찰케 하고 국제입찰 업무에 밝은 이곳 변호사를 우리의 에이전트로 선임하는 등의 활동으로 대형 변압기 350만 달러 상당액의 첫 낙찰을 받았다. 국제입찰을 통한 브라질 수출의 길이 트였다.

이어서 지구의 최서단 세네갈 그리고 다시 일본으로 옮겨 다니며 항해한 지 30여 년 만에 출항지로 돌아왔다. 생각해 보면 바다의 밀물과 썰물이 조석파潮汐波(조석에 의하여 생기는 물결)이듯 인생행로에서 오고 가는 것도 하나의 세파世波(세상의 물결)가 아니겠는가. 가면 오고, 오면 또 떠나는.


썰물 밀물, 그 물결 따라 이 나라 저 나라로 지구를 한 바퀴 돌아온 해운대. 가족과 같이 그 백사장을 다시 걷는다. 걸으면서 지나온 항로를 더듬어 본다. 짧지 않은 청장년기를 낯선 땅의 썰물로 출렁거렸던 세월. 밀려오는 거친 파도를 넘고 넘는 항해였다.

어려운 여건 속에서도 가족이 다섯으로 늘었고, 우리나라의 수출도 세계 7위국으로 발돋움하였다. 수출 증가가 우리의 경제 성장을 이끌어 왔다고 해도 과언이 아닐 것이다. 물론 내 힘으로 이렇게 수출이 늘고 경제가 좋아진 건 아니다. 다만 수출시장 개척의 초기 단계에서 작은 한 알의 밀알이, 물결이 되지 않았나 싶다.

하와이 생각이 난다. 애들이 그렇게 맛있다고 하던 햄버거를 이제 하와이가 아닌 서울에서도 먹을 수 있게 되었으니, 그동안 어려운 처지에서 밤낮없이 일한 모든 이에게 감사하고 싶다.

반세기 전 이 해변에서 출렁이는 물결을 보고 결심한 항로 따라 썰물로 밀물로 먼 여정의 항해를 마치고, 무사히 귀항하였으니 이 또한 고마운 일이다. 썰물로 밀물로 오늘도 출렁이는 물결이 금사金砂처럼 반짝인다.